The Duchess War
by Courtney Milan

気高き夢に抱《いだ》かれて

コートニー・ミラン
水野 凜[訳]

ライムブックス

気高き夢に抱《いだ》かれて

主要登場人物

ウィルヘルミナ（ミニー）・パースリング…………元チェスの名手
ロバート・ブレイズデル……………………………クレアモント公爵。貴族院議員
クレアモント公爵夫人………………………………ロバートの母親
エリザベス……………………………………………ミニーの親戚
キャロライン…………………………………………エリザベスの友人
リディア・チャリングフォード………………………ミニーの友人
ミスター・チャリングフォード………………………リディアの父親
ジョージ・スティーヴンス……………………………リディアの婚約者。在郷軍大尉
オリヴァー・マーシャル………………………………ロバートの異母弟
セバスチャン・マルヒュア……………………………ロバートの従兄弟。科学者
ヴァイオレット・ウォーターフィールド……………カンベリー伯爵夫人。ロバートの幼なじみ
ウォルター・ガードリー………………………………ミニーの求婚者

1

一八六三年一一月　イングランド、レスターシャー州レスター

決して隠れているわけではない。第九代クレアモント公爵ロバート・ブレイズデルはそう思った。

たしかに、こんなところに来てはいる。この〈ギルド・ホール〉と呼ばれる古い建物の二階にある図書室にいると、階下の演奏は遠くでかすかに響いている程度にしか聞こえない。ここには誰もいない。青灰色をした分厚いベルベット地のカーテンのうしろにいれば、誰にも姿を見られることはない。しかも、わざわざ重い茶色の革張りのソファを動かしてまで、ここに入りこんでいる。

だが、そこまでしてこの場所にいるのは、決して身を隠すためではない。この数百年前に建てられた木組みと漆喰《しっくい》の建物は開く窓がひとつしかなく、それがたまたまソファのうしろだっただけだ。

だからこんなところに入りこみ、細い葉巻を片手に、秋の冷ややかな夜気を受けながら煙

をくゆらせている。これは隠れているのではなく、古書を葉巻の煙から守ろうとしているだけなのだ。

ロバートは自分でもそう信じてしまいそうになった。本当に葉巻を吸っているのであれば。古ぼけた窓ガラスを通して、道路の向かい側にある教会の黒っぽい石壁が見える。ランプの明かりが敷石に動かぬ影を落としていた。ドアの前に置いたはずのビラの束が秋風に吹かれて通りに散らばり、水たまりに落ちている。

やれやれ、とんだごみを作ってしまったものだ。笑みを浮かべ、火のついた葉巻の端を、開いた窓のへりに軽く打ちつけた。吸ってもいないのに、灰が敷石に落ちていく。

ドアがきしみながら開く音が聞こえた。はっとして振り返ると、床板に何かがこすれる音がした。どうやら誰かが階段をのぼり、隣の部屋に入ってきたようだ。軽い足音だった。女性か、あるいは子供だろう。興味深いことに、図書室に入ろうかどうしようか迷っているような足取りに聞こえた。普通、音楽会のさなかにこんなところへ来る人間には、それなりの目的があるものなのに。たとえば誰かと密会するとか、はぐれてしまった家族を探しているとか。

カーテンのうしろからでは、図書室のほんの一部しか見えない。誰だか知らないが、こちらへ近づいてくる人間は、やはりどうしようかためらっているらしい。姿は見えないものの、足音からするとあたりをうかがうような忍び足で、何度も立ち止まっている。間違いなく大人の女性だ。

足音の主は誰かの名前を呼ぶことも、その誰かを探しまわることもしなかった。どうやら恋人に会いに来たのではないらしい。ただ、部屋の端に沿って歩きまわっている。

ほんの三〇秒ほど躊躇《ちゅうちょ》していたばかりに、声をかける時機を逸してしまったことにロバートは気づいた。〝見事なものだ〟自分がカーテンのうしろから出るところを想像してみた。〝いやあ、ここの壁は漆喰が均等ですばらしくてね。ほら、見てくれ〟

きっと頭がどうかしていると思われるだろう。今のところ、その結論に達した者は誰もいないが……。ロバートは窓の外へ葉巻を捨てた。葉巻はオレンジ色の先端をくるくる回転させながら水たまりに落ち、火が消えた。

カーテンの隙間から見えるのは、本が半分ほど並べられた本棚と、ソファの背と、その向こうにあるテーブルだけだ。テーブルにはチェス盤があり、誰かがゲームの途中で放りだしたのか、駒が置かれたままになっている。ルールはほとんど忘れてしまったが、おぼろげな記憶を頼りに盤を見たところ、どうやら黒が勝ちかけているようだ。相手がこちらに近づいてきた。ロバートは窓に身を寄せた。

女だ。

階下で大勢の若い女性たちと知り合ったが、その中のひとりではなかった。彼女たちはそろいもそろって華やかで、こちらの気を引こうとしていた。だが、目の前にいる女性は地味なことこのうえない。茶色い髪は飾りのひとつもつけず、首のうしろで結っている。唇は薄く、鼻は鋭くて、いささか高すぎる。ドレスは紺色で、アイボリーの縁取りがあるほかはレースもリボンもなく、いたってお堅いデザインだ。ウエストは息ができるのが不思議なほど締めつけられ、袖は肩から手首までぴっちりとしている。

カーテンのうしろに人がいることには気づいていない。彼女は首をかしげ、禁酒運動家がブランデーの樽《たる》を見るような目でチェス盤を見た。こんな忌まわしいものは、反対運動の歌や祈りで撲滅させるか、さもなくば戒厳令を敷いて禁止するしかないとでもいうように。

彼女は一歩進んで足を止め、また一歩前に出た。そして手首に引っかけたシルクのバッグに指を入れ、眼鏡を取りだした。

眼鏡などかけると、もっときつい顔つきに見えそうなものだが、その面持ちはかえって和らいだ。

どうやらこちらの思い違いだったようだ。先ほどの表情は軽蔑の表れではなく、ただ目をすがめただけだったらしい。今、チェス盤を見る女性の視線には、厳しさとはまったく違う表情が浮かんでいる。ただし、それがなんなのかはさっぱりわからなかった。彼女は腕を伸ばし、黒のナイトを取りあげると、ためつすがめつ眺めた。だが、それほどじっくり鑑賞する価値のある代物には見えなかった。無造作に彫られた、なんのへんてつもない駒だ。それでも彼女は目を輝かせ、それをじっと見ていた。

そして不意にその駒を唇に近づけると、そっとキスをした。

逢い引きの場面をのぞき見しているような気分になり、ロバートは思わず体がこわばった。あの女性には何か秘密があるのだろう。しかも、誰にも打ち明けるつもりのない深い秘密らしい。

また隣室のドアが開く音がした。

彼女がはっとして目を見開いた。慌てて室内を見まわすと、ソファのうしろに駆けこみ、そこにうずくまった。数十センチしか離れていないのに、相変わらずこちらの存在には気づいていない。スカートを引き寄せ、浅く息をしながら、ひたすら身を縮めている。

先ほどロバートが一五センチほどソファを動かしたことが、彼女に幸いした。そうでなければ、たっぷりとしたスカートはおさまりきらなかっただろう。

彼女はまだしっかりと握りしめていたチェスの駒を、ソファの下に押しこんだ。

ふたり分の重い足音が図書室に入ってきた。

「ミニー」男の声がした。「ミス・パースリング、いるのか？」

彼女は鼻の頭にしわを寄せ、壁にもたれかかった。返事はしなかった。

「それにしてもだ」もうひとりの男が言った。聞き覚えのない声だ。若い男らしい。酒が入っているようで、いささかろれつがまわらなくなっている。「あの女のことはちっともうらやましくないな」

「ぼくが婚約するつもりでいる相手だぞ。悪口を言うな」最初の男が応えた。「妻にするには完璧だ」

「あの怯《おび》えた小ネズミが？」

「しっかり家を守り、夫を大事にし、子供の面倒をよく見そうじゃないか。それに夫が愛人を作っても文句を言わない」蝶番《ちょうつがい》がきしむ音がした。本棚のガラス扉を開けたのだろう。「おい、ガードリー、何をしてるんだ?」酔っているほうの男が尋ねた。「そこに彼女が隠れていないかどうか探しているのか? そのドイツ語の本のあいだには入れないと思うぞ」そう言うと下品な笑い声をあげた。

ガードリーか。蒸留酒の製造所を所有している父親のほうにしては声が若いから、おそらく息子だろう。一度、見かけたことがある。とくに背が高いわけでもなく、髪は平凡な茶色で、顔立ちもこれといった特徴はない。よく似た顔を五人くらいは思いだせそうだ。

「ところがだ」ガードリーが答えた。「ミス・パースリングならここにおさまる。妻という意味では、彼女は書物と同じだ。ぼくが手に取って読みたいと思うと、ちゃんとそこにある。ぼくが読まないときは、置かれた場所でいつまでも辛抱強く待っている。こんなに都合のいい妻はいないのさ、エイムズ。それに母も彼女のことを気に入っているしね」

エイムズという男に会った記憶はなかった。ロバートは肩をすくめ、ミス・パースリングを見おろした。もうすぐ婚約しようという相手がこんなことを言うのを聞いて、彼女はどう思っているのだろう?

このロマンティックとは形容しがたい言葉を耳にしても、ミス・パースリングはとくに驚いたり、傷ついたりしている様子はなかった。どちらかというと、あきらめたような顔をしている。

「夜をともにしなくちゃいけないんだぞ」エイムズが言った。

「たしかに。でも、たまにで充分だ」

「彼女は小ネズミだからな。つつかれると、さぞやキーキー鳴くんだろうな」

軽く叩くような音がした。

「なんだよ」エイムズが声をあげる。

「ぼくの将来の妻だぞ」ガードリーが言った。

それほどいやなやつではないのかもしれない。

ガードリーは言葉を続けた。「あの小ネズミをつつくところを想像してもいいのは、このぼくだけだ」

ミス・パースリングは唇を引き結び、懇願するように天を仰いだ。だが図書室に神がいるわけもなく、顔をあげたことでカーテンの隙間が見えて……。

目が合ってしまった。彼女は目を見開きこそしたものの、叫び声はあげなかった。それどころか、はっとすることも、びくりとすることもなかった。ただ、とがめるような目で、黙ってこちらをにらんでいる。その小鼻がふくらんだ。

どうしていいかわからず、ロバートは小さく手を振ってみせた。

ミス・パースリングは眼鏡を外し、軽蔑の表情もあらわに、毅然《きぜん》とした態度でそっぽを向いた。ロバートは思わず彼女をまじまじと眺め、相手はスカートに埋もれるようにしゃがみこんでいるのだということを再確認した。つい、ドレスの襟ぐりに目が行った。彼女のきつい態度とは正反対の、柔らかそうな胸のふくらみが……。

今はそんなことを考えるときではない。そう自分を叱りつけ、一〇センチほど視線をあげた。相手が顔をそむけているせいで、左頬にかすかな傷痕があるのが見えた。白いクモの糸のような傷痕だ。

「きみの小ネズミはここにはいないようだな」エイムズの声が聞こえた。「きっと、ご婦人方の控えの間にでも行っているんだろう。母君には、図書室にいたので声をかけておいたと言えばいい」

「たしかに」ガードリーが応える。「それに、彼女は音楽会に顔を出すつもりはなさそうだなどと言う必要はないしな。たとえ本当にここにいたところで、きっと何もしゃべらなかっただろう」

足音が遠ざかり、またドアが開く音が聞こえて、男たちは出ていった。

こちらをじろりとにらむくらいのことはするかと思ったが、ミス・パースリングは顔もあげず、膝をついたまま、こぶしを握りしめた。そして、そのこぶしでソファの背を一発、強く叩いた。続いて二発目。その勢いでソファが動いたほどだ。

ロバートは彼女の手首を握り、三発目を止めた。「もういい。あんなやつのために、きみが痛い思いをすることはないだろう。あいつにそれほどの価値はない」

ミス・パースリングが大きな目でこちらを見あげた。

どこをどう見たら、この女性のことを〝怯えた小ネズミ〟などと思うのだろう。今の彼女は、まさに怒りで燃えあがりそうになっている。その怒りが手に伝わり、こちらまで焼き尽くされそうな気がして、思わず手首を放した。こっちはこっちで別の怒りを抱えているのだ。

「わたしのことは放っておいてちょうだい」ミス・パースリングが言った。「いつものことだから」

ロバートは驚いて跳びあがりそうになった。想像していた声とはまったく違ったからだ。とはいえ、どんな声を心に思い描いていたのかはわからない。外見から連想するような、厳しくて鋭い声？　きっと甲高いキーキー声でしゃべるとでも思っていたのだろう。いわゆる〝小ネズミ〟がそうであるように。しかしミス・パースリングの声は低く、温かみがあり、官能的だった。ふと、相手が自分の足元にひざまずいているという事実が急に気になってきた。

まったく、今はそんなことを考えている場合ではないだろう？

「どうせわたしは小ネズミよ。つつかれるとキーキー鳴くわ」ミス・パースリングはまたソファの背を叩いた。今に手を傷めそうだ。「あなたもわたしに対してよからぬことを考えているの？」

「まさか」ささやかな妄想は、よからぬことを考えているうちには入らないだろうな？　そうでなくては、男は誰しも永遠に地獄の火で焼かれることになる。

「あなたはいつもそんなふうにカーテンのうしろに隠れているの？　何か盗み聞きができないかと思って？」

耳まで熱くなった。「きみは婚約者が近づいてくると、いつもそんなふうにソファのうしろに隠れるのか？」

「そうよ」ミス・パースリングが挑むように答える。「聞いたでしょう。わたしはそのへんにぽいと置かれた本なの。ある日、春の大掃除のときにでも、彼のところの使用人がほこりをかぶったわたしを見つけるのよ。きっと執事はこう言うわ。〝おやおや、ミス・ウィルヘルミナ、こんなところにいらしたのですか。すっかり忘れておりました〟」

ウィルヘルミナ・パースリングという名前なのか？　変わっているな。

彼女はひとつ大きく息を吐いた。「さっきのことは誰にも話さないで。何ひとつよ」目を閉じ、指先でまぶたを押さえる。「どなたか知らないけれど、お願いだから黙って行ってちょうだい」

ロバートはカーテンのうしろから出て、ソファの脇をまわった。ほんの数歩離れただけで、ミス・パースリングの姿は見えなくなった。涙をこらえながら、じっとうずくまっているのだろう。

「ミニー」失礼とは思いつつ、ファーストネームで呼びかけた。その名前を口にしてみたかったからだ。

ミス・パースリングは返事をしなかった。

「階下《した》で待っている。二〇分経ってもきみがおりてこなかったら、迎えに来るから」

答えが返ってくるまでに、いくらか時間がかかった。「結婚のよいところは一夫一婦制だということよ。どこそこに来いと指図してくる相手はひとりで充分だわ。そう思わない？」

どういう意味なのかわからず、彼は困惑しながらソファの背を見つめた。しばらくして、ようやくわかった。ソファのうしろから引きずりだされると思っているのだ。

得意なことはたくさんあるものの、女性とのやりとりはその中に含まれていない。「違う、そうではないんだ」ロバートは口ごもった。「ただ……」革張りのソファに近づき、うしろをのぞく。「もし自分の大切な女性がソファのうしろに身をひそめていたら、彼女が元気かどうかを誰か気にかけてやってほしいと思っただけで……」

沈黙が流れた。やがてミス・パースリングが衣《きぬ》ずれの音をさせながら顔をあげた。ひっつめにしている髪からほつれ毛が落ち、頬にかかった。そのせいで顔立ちのきつさが和らぎ、頬の白い傷痕が浮かびあがった。とてつもない美人というわけではないが、どこか……心惹かれる。ひと晩じゅうでも話を聞いていたい気分だ。

ミス・パースリングが戸惑ったような顔でこちらを見た。「ああ、そういうこと」淡々と言う。「親切にしてくださろうというわけね」そんなこと、思いもよらなかったと言わんばかりの口調だ。彼女はため息をつき、首を横に振った。「でも無駄よ。ほら……」近い将来の婚約者が出ていったほうを指さす。「わたしなんかが夫に望めるのは、あんな人が精いっぱいよ。こういう縁談を何年も待ち望んでいたの。この腹の虫がおさまったら、彼と結婚するわ」

その言い方に自己憐憫《れんびん》はみじんもなかった。ミス・パースリングは立ちあがり、慣れた手つきでほつれ毛をピンで直すと、スカートを撫でつけ、威厳を取り戻した。

ふたたびしゃがみこみ、ソファの下に手を入れ、先ほど押しこんだチェスの駒を取りだした。首を傾けてチェス盤を見つめ、愛おしそうに駒を置く。

そして、ロバートが突っ立ったまま相手を眺め、何を言わんとしているのか考えているあいだに、ミス・パースリングは図書室を出ていった。

ミニーは大広間に面した暗い中庭へ続く階段をおりた。まだ胸がどきどきしている。さっきは一瞬、根掘り葉掘り質問されるかと思った。でも、それは免れた。すべてはまたいつもどおりに戻った。静かで、死ぬほど退屈な日常に。けれどもそれがわたしの望みだ。そういう日々なら、何も恐れずにすむ。

地元の四重奏団が演奏する下手な協奏曲は、ここにいるとほとんど聞こえない。暗闇のせいで庭は灰色に染まっていた。昼間ならさまざまな色があるというわけではない。この中庭は青灰色の薄石板が敷きつめられ、木骨造りの壁に囲まれている。敷石の割れ目には雑草が生えているが、それもセピア色に枯れ、夜になれば黒っぽく見えるだけだ。大広間に続くドアの近くには、パンチのグラスを手にした人々が立っていた。ここはすべてが静かだ。眺めも、音も、高ぶる心も。

音楽会には大勢の客が来ていた。席はすべて埋め尽くされ、そのまわりには立ち見客までいる。たいして上手でもないベートーヴェンの曲の演奏にどうしてこれほどの人が集まるのかわからないけれど、とにかく大広間は客でいっぱいだ。それを見て、図書室に行った。胃がぎゅっと縮まり、大広間に入ることができなかったからだ。

具合が悪いふりでもしようかしら？

いえ、ふりなどしなくても、気分が悪いのは事実よ。

でも……。

背後でドアが開いた。「ミス・パースリング、ここにいらしたのですか」

ミニーはびくっとして振り返った。

ここ、レスターの〈ギルド・ホール〉は古い建築物だ。中世時代に建てられたもので、何度か火災にも遭ったが、焼け落ちることなく現在まで残った。長い歳月のあいだにさまざまな使われ方をするようになり、式典などに使う道具の保管場所となったり、市長や市議会議員が公聴会を行ったり、今では今夜のような催し物が開かれたり、市長や市議会議員が公聴会を行ったりしている。建物の一部は拘置所に改造され、この中庭に面したれんが壁の一角は警察署長の住居になっている。

今夜は音楽会が開催されているため、まさか市長の応接室から誰かが出てくるとは思わなかった。

がっしりとした体つきの男性がつかつかと歩み寄ってきた。「三〇分ほど前からリディアが探していましたよ。ぼくもですけど」

ミニーはほっとして息を吐いた。ジョージ・スティーヴンスはいい人だ。少なくとも図書室へミニーを探しに来たふたりよりは、はるかにましだ。スティーヴンスは在郷軍の大尉で、ミニーの親友リディアの婚約者でもある。

「大広間は人が多すぎて……。新鮮な空気を吸いたかったんです」

「そうですか」最初は人影しかわからなかった姿が、だんだんこちらに近づき、眼鏡がなくても顔がわかるようになった。いつもの口ひげと頬ひげだ。

「人が多いところはお嫌いなようですね」スティーヴンスが気遣うような口調で言った。

「ええ」

「なぜですか？」

「昔からそうなんです」いえ、それが嬉しかった時期もある。男性たちがなんとかして話をしようと取り囲んできたときの記憶が、ぼんやりとよみがえった。別にミニーが媚態《びたい》を作っていたわけではない。当時はまだ八歳だったし、それに男の子の格好をしていた。あのときは人々に囲まれ、気持ちが浮き立った。でも、今は胃が痛くなるだけだ。

スティーヴンスが隣へ来た。

「それにラズベリーもだめなんです」ミニーは打ち明けた。「舌が痛くなるから」

大尉の口ひげの端がさがった。顔をしかめたようだ。彼は今見ているものが信じられないとでもいうように目をこすった。

「あら」ミニーはほほえんだ。「長いお付き合いですもの、わたしは大勢の人が集まるところが苦手なのはご存じでしょう？」

「いや」スティーヴンスは思わせぶりに答えた。「じつは先週、仕事でマンチェスターへ行ってきたんです」

反応してはだめ。ミニーはとっさにそう自分に言い聞かせた。こういうときの対応は体に染みついている。笑みを崩さず、スカートを撫でつける手も止めなかった。だが耳の中では轟音《ごうおん》が鳴り響き、心臓が早鐘を打っていた。

「まあ、わたしの故郷へ？」自分の声が聞こえた。妙に明るすぎる口調だ。「もう長いこと帰っていませんわ。あちらはどうでした？」

「奇妙なことを見つけましてね」スティーヴンスは一歩、こちらに近づいた。「あなたの大おば君、キャロラインのご近所を訪ねたんですよ。あなたの幼いころを知っている人がいたら、近況などお伝えしたいと思いまして。ところが、大おば君の姪御さんが結婚したことを誰も知らなかったんです。教会の記録簿も調べてみましたが、あなたの出生記録はありませんでした」

「それは変ですわね」ミニーは足元を見つめた。「自分の出生記録がどの教会にあるのか存じませんの。キャロライン大おば様に訊いてみないと……」

「あなたのことを覚えている人もいませんでした。子供のころはマンチェスターにお住まいだったんですよね？」

風がふたつの音程からなる悲しげな音を響かせ、中庭を吹き抜けた。それに応じるように鼓動もさらに速まった。だめ。今、倒れるわけにはいかない。

「そのころからもう、大勢の人が集まるところへ出かけるのは嫌いだったんです」自分がしゃべっているのが聞こえた。「だから誰も知らないのでしょう」

「なるほど」

「ほんの子供のころに街を出たので、マンチェスターのことはほとんど何も覚えていませんの。でもキャロライン大おば様だったら、きっと――」

「ぼくが気になっているのは、大おば君ではなく、あなたのことなんですよ」スティーヴンスはゆっくりと言った。「この街の治安を守るのはぼくの務めですから」

スティーヴンス大尉は真面目な人だ。在郷軍が招集されるのは年に一度しかなく、あとは火災発生時に消火活動を支援するくらいしか任務はないが、それでも彼は自分が果たすべき義務を真剣にとらえている。

ミニーはもう芝居をする必要がないほど本気で困惑した。「何をおっしゃりたいのかわかりませんわ。わたしの出生記録と街の平和に、いったいどんな関係があるんでしょう?」

「昨今は物騒な世の中です。以前、労働者階級が選挙権を求めてデモを行ったとき、ぼくは在郷軍にいて、鎮圧に務めました。あのデモがどんなふうにして始まったか、この目で見たのです」

「それとこれは――」

「あのときの経緯は今でもよく覚えています」スティーヴンスは冷ややかに続けた。「誰かが労働者たちをそそのかしたんですよ。黙って言われるままになっているのではなく、声をあげるべきだとね。彼らは集会を行い、ビラをまきました。ミス・パースリング、あなたが労働者衛生委員会で発言されるのを聞きました。ああいう意見はよくないですね。まったくもって気に食わない」

今やスティーヴンスの口調はとても冷たくなっていた。ミニーの腕に震えが這《は》いのぼった。

「わたしが申しあげたのは、ただ――」

「それはわかっています。あのときは、きっと何も考えずに話したのだろうと思っていました。ですが、ようやくわかりましたよ。あなたはご自分の正体を偽っている。嘘をついているんです」

ミニーはまた鼓動が速まった。ちらりと左を見ると、三メートルほど先に数人の客がいた。若い女性がひとり、パンチを飲みながらくすくす笑っている。もしここで悲鳴をあげれば、この窮地から逃れることができるかもしれない……。

でも、それで問題が解決するわけではない。そんなことは不可能だと思っていたけれど、スティーヴンス大尉は本当に事実を突き止めたのかもしれない。

「確信があるわけではありません」スティーヴンスは言った。「だが骨の髄から、何かが怪しいと感じています。あなたはこれに関わっていますね？」一枚の紙を取りだし、ミニーの胸元に押しつけんばかりに突きだした。

ミニーは反射的にそれを受け取り、窓の明かりにかざした。一瞬、新聞記事の切り抜きかと思った。新聞ならどこにでもある。しかし、手触りが違った。もしかして、わたしの出生記録？　それなら大変なことになる。ポケットから眼鏡を取りだした。

ようやく文字を読むことができて、安堵《あんど》のあまり大声で笑いだしそうになった。たしかにわたしは名前を偽っているし、たくさんの嘘もついている。それなのによりにもよって、こんなことで大尉はわたしを疑っているの？　それはビラだった。工場の壁に貼ってあったり、教会のドアの外に束で置かれていたりするようなビラだ。

〝労働者たちよ〞一行目には巨大な大文字でそう書かれ、その下にはこうあった。〝団結せよ、団結せよ！！！！！〞

「まあ」ミニーは反論した。「こんなもの、今初めて見ましたわ。それにわたしはこういう書き方はしません」ひとつ例を挙げるなら、単語の数より感嘆符のほうが多い文章など、悪趣味以外の何物でもないと思っている。

「これが街中に出まわっています」スティーヴンスはうなった。「誰かそれに手を貸している者がいるはずです」指を一本立てる。「あなたは労働者衛生委員会のチラシを作る係をしている。つまり、どこの印刷屋に出入りしても、誰からも怪しまれずにすむわけです」

「でも——」

大尉は二本目の指を立てた。「それにあなたは、労働者自身も委員会の活動に参加すべきだと主張している」

「それは労働者がちゃんと清潔な井戸水を使えているかどうか知るためです。そこを確かめなければ、わたしたちがいくら活動しても、結果的に労働者の健康問題は何も変わらないということになってしまいますから」

三本目の指が立った。「おふたりの大おば君は食料共同組合に関わっておられる。あなたはその手伝いをしているそうですね」

「それは単なる商売です！　キャベツをどこで売ろうが、こちらの勝手でしょう」

スティーヴンスは三本の指をミニーに突きつけた。「すべてがぴったりあてはまるんですよ。あなたは労働者に同情的だし、正体を偽っている。それに誰か印刷を手伝った人間がいるのは間違いない。こんな署名をするとは、ぼくがよほどまぬけだと思っておられるようですね」彼はビラのいちばん下を指さした。そこには名前が書かれていた。ミニーは眼鏡をかけたまま、目をすがめた。

いや、ちゃんとした名前ではない。明らかに偽名だ。

それは〝デ・ミニミス〟と読めた。ラテン語のようだ。ラテン語を学んだことはないけれど、イタリア語なら少しはわかるし、フランス語はそれなりにできる。おそらく〝つまらない者〟くらいの意味だろう。

「さっぱりわかりません」ミニーは首を横に振った。「これがわたしと、どんな関係があるんです？」

「デ、ミニー、ミス」スティーヴンスは音節をひとつずつ区切って発音した。「ミス・ミニー、ぼくはばかではありませんよ」

笑ってしまいそうなほど強引な解釈だ。だが、この冗談みたいな説がもたらす結果を考えると、とても笑う気にはなれなかった。

「証拠があるわけではありません」彼は言った。「あなたはぼくの婚約者の友人でもあるわけですから、公の場で恥をかかせたり、扇動罪によって告発したりすることは望んでいません」

「扇動罪ですって？」ミニーは愕然《がくぜん》とした。

「だから、これは警告だと受け取ってください。まだこんなことを続けるつもりなら……」スティーヴンスはミニーが手にしているビラを指ではじいた。「あなたの正体を暴き、裏で糸を引いていることを突き止めてみせます。そうなったら、あなたの人生は終わりですよ」

「わたしは何もしていません！」彼女は言い返したが、大尉はすでにこちらへ背を向けていた。

　ミニーはビラを握りしめた。どうしてこんなことになってしまったのだろう？　そもそも、わたしの出生記録がないことと今回のビラの件を結びつけたところから、推測が間違っている。でも、それはたいしたことではない。いちばん怖いのは、大尉が真実を探ろうとすることだ。そうなれば本名も、過去も、昔の罪も暴かれてしまう。長いあいだ隠してきたものの、まだ葬り去られてはいない罪も……。

　つまらない《デ・ミニミス》者。

　どのみち、たとえ無事でいられたとしても、わたしの人生は終わっているようなものだ。そこにはわずかな違いしかない。でも、そのささやかな身の安全を、わたしは絶対に失いたくない。

2

「ミニー！」

中庭の反対側から、また名前を呼ぶ声が聞こえた。今度は、はっとすることも、鼓動が速くなることもなかった。ミニーは安堵を覚え、心からの笑みを浮かべると、声のしたほうを振り返って両手を差しだした。「リディア」優しい気持ちが声ににじみ出た。「会えて嬉しいわ」

「どこにいたの？」リディアは尋ねた。「ずっと探していたのよ」

これがほかの相手だったら嘘をついただろう。でも、リディアなら……。

「図書室でソファのうしろに隠れていたの」

普通なら不審な行動だと思われても仕方がない。けれどリディアは、わたしのことを誰よりもよくわかってくれている。彼女は鼻を鳴らし、頭を振った。

「それって、なんというか……」

「ばかみたい？」

「ううん、そんなことないわ」友人は言った。「でも、あなたを見つけられてよかった。時間よ」

「時間って……なんの？」今夜の演奏曲目はベートーヴェンだけのはずだ。

リディアは何も言わずにミニーの肘を取り、市長の応接室のほうへ向かった。

ミニーは立ち止まった。「リディア、答えてちょうだい。今は何時？」

「どうせあなたのことだから、音楽会へ出てきて、みんなに挨拶をしてまわるなんてことはしないだろうと思ったの。だからお父様にお願いして、引き止めておいてもらったのよ。さあ、あなたのことを紹介させてちょうだい」

「紹介……」中庭には、もう客はほとんどいなかった。「どなたに？」

リディアは人差し指を振った。「少しは世間の噂話にも耳を貸したほうがいいわよ。こんなにすごいことを知らないなんて嘘みたい。彼はまだ二八歳だけど、すばらしい政治家だという話よ。一八六〇年の輸入協定を結ぶときに、ずいぶんとご活躍された大物らしいわ」

その輸入協定がどういうものか、誰もがよく知っていると言わんばかりの口調だった。ミニーはそんな協定の話は聞いたこともなかったし、どうせリディアも知らないだろうという確信があった。

リディアはうっとりとため息をついた。「そんな人がこの街にいらしているなんて……」

「いったい誰のこと？」ミニーはちらりと友人を見た。「それに、そのため息はなんなの？あなたは婚約者がいる身でしょう？」

「ええ」リディアが答える。「とても、とても幸せよ」

〝とても〟を二回も繰り返すとかえって嘘っぽく聞こえるのに、とミニーは思ったが、口には出さなかった。以前にも何度かその話をしたことがあるが、納得してもらえなかったからだ。

「でも、あなたは婚約していないわ」リディアはミニーの手を引っぱった。「少なくとも今はまだ。そもそも頭の中で楽しむだけなら、何もいけないことはないもの。ねえ、豪華な赤いシルクのドレスを着て、すてきな殿方にエスコートされ、みんなにうっとりと眺められながらしずしずと歩くところを、一度くらい空想してみなさいよ」

想像力がないわけではない。だがそんな場面を思い浮かべようものなら、大衆はうっとりと眺めるどころか、こちらの名前を叫びながら怒鳴り、物を投げつけてくる。そして夜には悪夢を見るはめになる。

「何も今すぐに結婚式の費用を用意しろと言っているわけじゃないの。ただ、ちょっと夢見るだけ。ほんの少しね」リディアはそう言いながら、応接室のドアを押し開けた。

そこには数人の人間しかいなかった。リディアの父親で、この街の治安判事でもあるミスター・チャリングフォードが、ドアのそばでふたりが入ってくるのを待っていた。ミスター・チャリングフォードは娘に向かってうなずいた。応接室はさして広くはないものの、壁は板張りで、窓はステンドグラスになっており、暖炉には彫刻が施されている。奥の壁にはレスター市の紋章が誇らしげに掲げられ、正面には市長の重厚な椅子が置かれていた。

そこにいたのは市長とその妻、スティーヴンス大尉、そして見知らぬ男性ふたりだった。

そのうちのひとりの顔を見たとたん、ミニーは息をのんだ。

あの人だ。それは図書室で声をかけてきた、ブロンドの髪にブルーの目をした男性だった。大物というには若すぎる。さらに言うなら、大物にしては優しすぎるように見えた。でも市長が懸命にご機嫌をうかがっているところを見ると、やはりそうなのだろう。

「ほらね」リディアがささやいた。「たとえあなたでも、彼が相手なら夢のひとつも見たくなるでしょう?」

ハンサムで、優しくて、地位のある男性……。ふいにミニーは、空想の中の月明かりに照らされた道へといざなわれた。

「かなわぬ夢を抱くと……」ミニーは言った。

あれはまだ幼いころのことだった。当時は父親にもそれなりに友人がいたらしく、ウィーンやパリやローマなど、さまざまな土地へ招待された。父に富や人望があったわけではない。ただ由緒ある家柄に生まれ、話し方が気さくで、チェスの腕では誰にも負けなかったというだけだ。父はかなわぬ夢を抱き、それを異常なまでの熱心さで娘に押しつけた。

〝自分を信じろ〟ミニーは五歳のときから、そう言われて育った。〝富などなくてもいい。金持ちである必要はない。われわれレイン家の人間は誰よりも自分を信じる。そうすれば、おのずと結果はついてくるものだ〟と。

だから言われたとおりにした。父親のことも心から信じていた。だから父のもくろみが泡と消えたとき、信頼関係は崩れ、あとにはむなしさしか残らなかった。

「たとえ、ありえないような夢でも……」リディアの声で現実に引き戻された。「信じていれば、かなうかもしれないわ」

「かなわぬ夢を抱くと……」ミニーは淡々と応えた。「今、持っているものまで失うのよ」

この男性へと続く、月明かりに照らされた道などないのだ。たしかに彼は優しい言葉をかけてくれた。でも、それだけだ。夢など見るまい。空想などするまい。

「どうせ失うものなんてないも同然じゃない」リディアがからかうように言う。

「たくさんあるわ。今はわたしが通りを歩いていても、誰も怒りながら追いかけてきたりしないし、石を投げてきたりすることもないという事実が大切なの」

それに見知らぬ人が親切にしてくれるのも嬉しい。なるほど、あの男性はリディアが目をきらきらさせるくらいにハンサムだ。輸入協定の締結に関わったと彼女は言っていたけれど、それなら国会議員なのかしら？　でも、そんな年齢にはとても見えない。

「まあ、深刻な悩みね」リディアが顔をしかめた。「そうね、怒鳴られたり、怪物呼ばわりされたり、ドラゴンに食べられちゃったりしたら大変。だけど、ばかなことを考えないで。そんなこと、万が一にもあるわけないじゃないの。いいわ、自分では空想できないなら、わたしが手伝ってあげる。ほら、次の瞬間にも彼がこちらを向いて、あなたに目を留めるかもしれなくてよ」

空想するまでもなかった。名も知らぬその男性が振り向いた。リディアは顔を輝かせ、片足をうしろに引いて、深々とお辞儀をした。彼はリディアに目をやったあと、ミニーを見た。

〝やあ、戻ってきたね〟男性の目はそう言っていた。少なくとも、そのようなことを。図書室で会った人だという衝撃だけではないものを、ミニーは感じていた。何かもっと、お互いをわかり合っているという感覚だ。ソファのうしろでともに過ごしたわずかな時間が、どういうわけだか深く心に染みている。

男性は視線をずらし、リディアの父親に気づくと、まわりにいた人たちから離れて前に進みでた。「ミスター・チャリングフォードですね?」

相手に近づく途中でもう一度、ミニーのほうを見る。その顔には、かすかに痛ましさを宿したほほえみが浮かんでいた。どこかで見たことのある笑みだとミニーは思った。昔、こんな表情を見た覚えがある。

ミスター・チャリングフォードの興奮した様子を見るまでもない、この人は本当に大物なのだ。その好奇心に満ちた表情や気まずそうな笑みが誰に似ているのか、ようやくわかった。八年前に出会ったウィリー・ジェンキンスという名の少年だ。ウィリーは同年代の子供に比べて、はるかに体が大きかった。まだ一五歳だったが、すでに身長は一八〇センチ、体重は八〇キロ以上あった。その体格にふさわしい筋力も備わっていた。一度など、ウィリーがふたりの弟を両腕に抱えているのを見たことがある。

それだけ体が大きくて力が強いと、ほかの子供たちから恐れられそうなものだが、そんなことはなかった。独特のほほえみのせいだ。

ミスター・チャリングフォードがこれ以上ないほど深くお辞儀をした。緊張で喉を詰まらせながら言う。「このふたりをご紹介させていただいても……?」

そんなことは恐れ多くて許されない、だめだと言われるのが当然とでも思っているような口ぶりだ。

「ええ、ぜひ」男性がこちらを見た。ミニーは思わず目をそらした。「知り合いはそれなりにいますが、お若い淑女の友人が増えるのはいつでも大歓迎です」そう言うと、先ほどと同じ申し訳なさそうな笑みを浮かべた。ウィリーと同じ笑みだ。ウィリーは腕相撲が強く、勝負に勝つと、いつもそういうほほえみを浮かべた。〝きみより体が大きいし、力も強くてごめんよ。いつもぼくが勝ってしまうけど、その代わり、勝負できみに痛い思いはさせないからね〟そう言っているような笑みだった。自分にとてつもない力があり、そのことで決まり悪さを感じている人が見せる表情だ。

「ありがとうございます」ミスター・チャリングフォードが言った。「娘のミス・リディア・チャリングフォードと、その友人のミス・ウィルヘルミナ・パースリングです」

ブロンドの髪をした男性はリディアの手を取り、軽く会釈をすると、ミニーのほうへ腕を伸ばした。

「こちらのお方は……」ミスター・チャリングフォードが続けた。「ロバート・アラン・グレイドン・ブレイズデル」

ブルーの目がミニーを見た。あまりに色が薄く、まるで冬の湖のようだとミニーは思った。いっそう申し訳なさそうな笑みが口元に浮かんだ。彼の手が触れ、手袋を通して指のぬくもりが伝わってくる。落ち着かなくてはと思うのに、つい心が浮き立ち、ほほえみを返した。つかの間、再び空想の世界に入りこみ、月明かりに照らされた道に立っているような気分になった。銀色の光を浴び、魔法をかけられたみたいに人生が輝いている。

隣でミスター・チャリングフォードが聞こえよがしに唾をのみこんだ。

「もちろんわかっていると思うが、クレアモント公爵閣下だ」

ミニーは思わず手を引きそうになった。公爵ですって？　そんなに身分の高い人に、ソファのうしろに隠れているところを見られてしまったの？　そんな、嘘でしょう。

ミスター・チャリングフォードはクレアモント公爵の隣にいる男性を手で差し示した。

「そして、こちらは閣下がお仕事をともにされておられる……」

「友人です」クレアモント公爵が訂正した。

「もちろんですとも」ミスター・チャリングフォードはまた唾をのみこんだ。「閣下のご友人、ミスター・オリヴァー・マーシャル」

「おふたりとも、はじめまして」クレアモント公爵はそう言うと、ミニーの肩越しにリディアに向かってうなずいた。「お会いできて嬉しく思います」

ミニーはわずかに首を傾けた。「わたくしもです」声がかすれた。

なんて最悪の夜だろう。親友の婚約者にはあらぬ疑いをかけられ、クレアモント公爵にはひどく屈辱的な場面を見られてしまった。いらぬ空想などもしなければよかった。月明かりに照らされた道に立ち、淡い恋心など抱いてしまったことが恥ずかしい。ひとたび夢を見ると、そこから覚めたとき、現実はいっそう厳しく感じられる。

クレアモント公爵が、またあの笑みを見せた。ミニーは目をそらした。そのほほえみが意味するところを悟ったからだ。

このミニー・パースリングには何もないけれど、クレアモント公爵はすべてを持っている。そして、そんなことを思ってみても仕方がないだろうに、彼はそれをきまり悪く思っているらしい。


ミニーが大おばたちと暮らす農場へ戻るあいだ、馬車は揺れつづけた。規則正しくではない。激しく、ガタガタと。馬車のスプリングを新しいものに取り換えれば、こんなに歯が鳴るほど揺れはしないだろうに、とミニーは思った。だが大おばたちは決して裕福ではなく、馬車を修理するなどという贅沢《ぜいたく》を味わう余裕はなかった。

キャロライン大おばは杖《つえ》を膝にのせ、ミニーの向かい側の座席に腰かけていた。その隣にはエリザベス大おばが座っている。ふたりは人混みの中で見ると、あまり変わらない。でもキャロラインのほうが、背が高くてふっくらしている。エリザベスは背が低く、痩せ気味だ。キャロラインは白髪がほとんどなく、つやのある濃い色の髪をしているが、エリザベスのほうはブロンドだった髪がすっかり白くなっている。

ふたりともいい年なのだから、こんな寒い一一月の夜には家の暖炉の前でじっとしていればいいものを、ミニーと一緒に音楽の夕べに出席した。そして今、双子のようにむっつりと

って暖を取っていた。

夜なので暗いし、御者からは見えないということもあり、ふたりは手を握り合って暖を取っていた。

こんなときに、また自分が悪い話を持ちだすことになるのをミニーは申し訳なく思った。「お話があるの。スティーヴンス大尉のことよ」

「大おば様方」車輪の音に負けそうな静かな声で切りだす。「お話があるの。スティーヴンス大尉のことよ」

ふたりの大おばは長いあいだ視線を交わしていた。「知っているわ」キャロラインが応えた。「あなたに話そうかどうか迷っていたの」

「彼はわたしの過去を探っているわ」

ふたりはまた、ゆっくりと目を見合わせた。ようやくキャロラインが口を開いた。

「たしかに困ったことね。でも、もっと大変なことだって乗り越えてきたじゃないの」

ミニーは首を横に振った「もう突き止めているのかもしれない。たとえそうでなくても、すぐに何か見つけだすでしょう。わたし、もうどうしたらいいのかわからない」

エリザベスが腕を伸ばし、ミニーの膝をぽんぽんと叩いた。「動揺してはだめ」優しい声で言う。「取り乱したりすれば理由を勘繰られるわ。いいこと？　こんな突拍子もない事実、誰にも悟られるわけがないわよ」

ミニーは二度、大きく息を吸った。

「でも――」

「ちゃんとあたりをつけて質問しないかぎりは真実など出てこない」エリザベスが続けた。「だけど、あなたが一二歳まで男の子として父親に育てられたなんて誰に想像できる?」

「でも、もし気づかれたら、調べあげるのは――」

「おやめなさい。ミニー、深呼吸をして。むやみに不安になっても、いいことなんて何もないわ」

言うのは簡単だ、とミニーは思った。目をつぶれば、怒りに顔をゆがめた群衆に怒声を浴びせられる場面がまざまざとまぶたに浮かぶ。

「大丈夫よ」エリザベスは馬車に揺られてよろめきながら、ミニーの隣に座り直した。「安心して。心配ないから」慰めの言葉をかけつづけ、ミニーの髪を撫でる。おかげでミニーは少しずつ落ち着きを取り戻し、忌まわしい過去をまた記憶の底に封じこめることができた。恐ろしい妄想が薄らぎ、呼吸がいつもどおりに戻っていく。

「そうよ、それでいいの」エリザベスが言った。「この件はわたしたちに任せてちょうだい。スティーヴンス大尉はうちにも話を聞きに来たわ。あなたがわたしたちをだましていると、彼は思っているのよ。わたしたちの親切心につけこんで、ミニー・パースリングのふりをしているのかもしれないと言っていたわ」

「まあ、なんてことを」ミニーは両手で顔を覆った。

「でもね」今度はキャロラインが言った。「そう思われているほうが、まだましよ。だって完全に間違っているもの。こちらは嘘をつく必要さえない。スティーヴンス大尉にちゃんと話したわ。わたしは出産に立ち会った、こと切れようとしているあなたのお母さんに、この子は大切に育てるからと約束もした。それに赤の他人にあれこれ詮索されるのは迷惑だともね。何も知らないくせに、カッコウみたいによその巣をつつきまわらないでちょうだいと言ったら、彼は納得したわ」大おばは力強くうなずいた。「今では、あなたはわたしたちの姪の子供だと理解してる。何かがおかしいとは思っているようだけど、その疑念も今や揺らいでいるはずよ。大丈夫、もうこれ以上、調べようとはしないわ」

「でも、本当は違うのに」ミニーは息が苦しくなった。「わたしはキャロライン大おば様の姪の子供じゃない。わたしは――」

キャロラインが杖を手に取り、ミニーの脚を軽く叩いた。「ほら、そんな言い方をしてはだめ。あなただって、わかっているでしょう?」

もちろんわかっている。ミニーは記憶にあるかぎり、ずっと昔からふたりのことを〝大おば様〟と呼んできた。だが、血がつながっているのはエリザベスだけだ。およそ五〇年前、エリザベスとキャロラインは女学校を一緒に卒業し、ロンドン社交界にデビューした。でも、愛する男性とめぐりあえないまま何年かが過ぎた。ふたりは適当な相手と結婚するのをよしとせず、社交界から退き、キャロラインがレスターの郊外に所有する小さな農場で一緒に暮らすことにした。お互いに独身の友人同士として、残りの人生をともに生きることにしたのだ。ふたりは姉妹のように仲がいい。姉妹以上の関係かもしれないとミニーは思っている。

「心配しないで」エリザベスが言った。「あなたのお母さんにちゃんと約束したんだもの。

わたしたち、ふたりでね」声が震えている。「一度はあなたを手放してしまったけれど、もう絶対にそんなことはしないわ」

ミニーは頰の傷痕に触れてみた。子供のころ、怖いものはないと思っていた。みんなは、つまずくことも、失敗することもあるかもしれないけれど、自分だけは違うと信じていた。だが確固たる自信があったばかりに、挫折したときの衝撃は大きかった。暗闇の中で横たわり、片目が見えなくなるかもしれないと思ったときのことは、今でもはっきりと覚えている。そんなときだった、ふたりの大おばが迎えに来てくれたのは……。

あのとき、キャロラインはこう言った。〝一緒にいらっしゃい。そうすれば人生をやり直せるかもしれないわ〟

ふたりが約束してくれたのは、決して若い娘がうらやむような華やかな人生ではなかった。大おばたちについていけば、つましい生活をすることになるのはわかっていた。それに名前を変えなくてはいけない。何年か子供時代を過ごしたのち、なるべく早めに地元の男性と結婚し、子供のひとりも産むことになるだろう。そこには名声も賞賛もない。よいことはひとつだけ。少なくとも、もう怒った群衆に追われる心配はなくなる。

そんなささやかな人生をミニーに与えるため、大おばたちは精いっぱいの努力をしてくれた。結婚適齢期に向けて恥ずかしくないだけのドレスをそろえられるように、できるかぎりの倹約をした。一度も愚痴を聞いたことはないが、なぜ紅茶に砂糖を入れないのか、どうして有料の貸出図書館に通わなくなったのか、ミニーにはよくわかっている。彼女のために、ふたりは余生の楽しみをすべてあきらめたのだ。

それなのに、大おばたちが必死に勝ち取ってくれた人生をミニーはあまり望んでいない。

「もし……」ミニーは言った。「スティーヴンス大尉に本当のことを話したら……」

ふたりは愕然とした顔で彼女を見た。「何を言ってるの」エリザベスが諭すように言う。「ここまで頑張ってきたのよ。そんなことはできないわ。それはあなたもよくわかっているでしょう?」

エリザベスが向かいの席に戻り、今度はキャロラインがミニーの隣に座った。

「わたしたちが、あれをするな、これをするなと言ってきたのは、決してあなたを縛るためでも、ましてや罰するためでもないのよ。あなたを大切に思っているからなの。普通の人生を歩んでほしいのよ。ミスター・ガードリーは優しくしてくれる? こうなったからには、なるべく早く彼と結婚するのが得策かもしれないわ」

「そうね」キャロラインがうなずいた。「それがいいわ。あなたが蒸留酒製造業者の息子と結婚すれば、スティーヴンス大尉の疑いを晴らすことができる。だって労働者たちが団結したら、あなた自身が生活の糧を失うことになるのだから。ミスター・ガードリーと結婚すれば、まっとうな人生が手に入るばかりか、信用も取り戻せるわ」

それはミニーもひそかに考えていたことだった。

信用まで手に入れられるとは、なんという好条件かと思う。持参金もなく、十人並みの容姿しかない女性にとっては、どんな相手だろうが、実際のところ結婚できるだけで運がいいというものだ。たとえ夫の不誠実な態度を我慢させられることになろうとも……。でも、やはりどうしてもこの結婚には前向きになれない。

「彼が話しているのを聞いてしまったの」ミニーはかすれた声で言った。「わたしのことを小ネズミと呼んでいたわ」

ふたりの大おばは顔を見合わせた。

「そんな人と結婚することはないわ」エリザベスがゆっくりと言った。「あなたが不幸になるくらいなら、もちろんやめるべきよ。でもお断りしたらどうなるかも、よく考えてみてちょうだい。とりあえず、しばらく様子を見るのがいいかもしれないわね」ひどく顔をしかめている。年齢があがれば、もう条件のよい縁談など来ないと思っているからだろう。「もしスティーヴンス大尉があなたの過去を突き止めてしまったら……」語尾が消えた。

それは口にするまでもなく、三人ともわかっていることだ。そんな事態になったら、もう一生結婚などできない。

クレアモント公爵に話したことは嘘ではない。わたしみたいな女が夫に望めるのは、ガードリーのような男性が精いっぱいだ。将来の妻にしようという女性について知っているのは、人前で寡黙になるということだけ。妻はいつでも黙っていればいいと思っているのだから当然だ。彼はわたしに対してなんの興味もない。好きな色も、好物の料理も。けれどもそんな相手と結婚するほうが、身の安全は守れるのだろう。

ウィルヘルミナ・パースリングは、ガードリーが求婚しようとしてくれていることに感謝している。でも、ミナーヴァ・レインは……。

「彼はわたしのことなど何も知らないわ」ミニーは言った。「わたしを小ネズミと呼ぶような人よ。でも、ミナーヴァ・レインは小ネズミなんかじゃない」

「その名前を口にしてはだめ」エリザベスが穏やかな口調ながらきっぱりと言い、ミニーの両膝をつかんだ。

「黙っていることが肝心よ」キャロラインがつけ加える。「本当のことを話しても、いいことなんて何もないわ」

〝黙っていること。動揺しないこと。誰にも本当のことを話さないこと〟この一二年間、そう教えられて育ってきた。だけど、それでどうなるというの？　運がよければいつの日か、世間からすっかり忘れ去られてしまうとでも？

ミナーヴァ・レイン。かつてはその名前で生き、そして、その名前を葬った。当時の記憶は冷たい灰に覆われた熱い炭のようだ。火が消えたあとも、まだくすぶりつづけている。たまにそれが燃えあがり、叫び声をあげたくなるときがある。できるものなら、ずたずたに引き裂かれた自分の性格を燃やし尽くしてしまいたい。

炎のごとき反逆の精神がよみがえってきた。

わたしの一部はミナーヴァだ。まだ粉々に砕け散ってはいない。そのミナーヴァが耳元でささやいた。〝黙っていることなどないわ。戦略を立てるのよ〟

そんなことを考えてはいけない。行動を起こそうとしているなどと知ったら、大おばたちが猛反対するだろう。これまでもずっとそうだったのだから。

スティーヴンス大尉はわたしがビラを作ったと思っている。でも、わたしはやっていない。だったら、誰の仕業なのか自分で突き止めればいいのではないかしら？

何をばかなことを。そんなの不可能に決まっている。

犯人は誰であってもおかしくない。でも、あのビラを作るのが不可能な人もいる。その人たちを除外していけば、最後には真犯人が残る……。

いいえ、やっぱり無理よ。その数は数百人どころか、数千人に及ぶかもしれない。

そう思いながらも、いったんなすべきことがわかると、もう考えを止めることができなかった。ブロック体の大文字や感嘆符など、手がかりはある。工場の経営者や、その子供たちについて書かれた文章にも特徴があったような気がする。あの内容には何か違和感があった。

そのとき、ビラとはまったく関係のないことが頭に浮かんだ。自分がソファのうしろに隠れた理由はちゃんとわかっている。大勢の人と、ガードリーの求婚を避けたかったからだ。

では、クレアモント公爵はなぜあそこにいたの？

〝団結せよ、団結せよ、団結せよ！！！！〟

それに、どうして公爵はあんな表情をするのだろう？　愛想はよいけれど、どこか決まりが悪そうな笑み……。なぜ彼は権力者であることを申し訳なく思っているの？

やはり何かがおかしい。でも、いったい……。

はたと気づいたミニーはあまりの衝撃に目の前が真っ白になり、馬車の中にいることを忘れた。

こういう瞬間が訪れることがミナーヴァ・レインでいることの醍醐味《だいごみ》だ。そんなとき言葉はただの細い糸となり、莫大《ばくだい》な思考を包みこむことができなくなる。頭の中の景色が地殻変動によって激しく変わり、自分の言語能力では説明できないほどの強い確信が得られる。そうなると、行動を起こすのは身の安全を揺るがす危険な行為だとわかっていても、もうなすべきことをせずにはいられなくなる。戦略がずしりと重く膝に落ちてくるのだ。

小ネズミと呼ばれたミニー・パースリングはそんなことを考えもしない。けれどもミナーヴァ・レインは何をすべきかわかった。

嬉しいことに、この戦略がうまくいけば、今すぐガードリーと結婚しなくてもすむだろう。いつかあきらめざるをえない日が来るのかもしれない。でもスティーヴンス大尉の疑念さえ消えれば、結婚を数カ月は先延ばしにできそうだ。それに、ただの希望ではあるけれど、もしかしたらそのあいだに状況が少しはましになるかもしれない。

3

こんなにすてきだなんて、ずるいわ。クレアモント公爵が応接間に入ってきたのを見て、ミニーはそう思った。窓から差しこむ朝の光が、明るいブロンドの上で揺れている。髪はいささか長めだが、くせ毛なのでそれほどには見えない。公爵はドアのところで立ち止まり、ミニーを見ながら、片手で髪をくしゃくしゃにした。髪型は柔らかい印象を与えるものの、薄いブルーの鋭い目がそれを打ち消している。冷たい春の水が流れる小川を思わせるような目だ。彼はその目でミニーを見たあと、隣に立っているリディアに視線を移した。

ミニーがクレアモント公爵邸を訪ねたいと言ったとき、リディアはくすくす笑った。内密に彼に話したいことがあるからと言うと、まばたきもせずに目を丸くした。

ふとミニーは、世間向けに装っている仮面の奥を公爵の鋭い視線に見透かされた気がした。きっとただの思いすごしだろう。彼の目はなんでもわかっているように見える。

だが、本当は何も知らないはずだ。もし気づいているなら、そんなふうに歓迎の表情を浮かべたりはしないだろう。口元に笑みが浮かんだだけでなく、目にも変化が表れた。氷水のような薄い色がわずかに濃くなり、夏空の水色になった感じがする。

クレアモント公爵の美しい顔立ちには少年のような雰囲気があった。細面にはにかんだ笑みを浮かべているからだろうか。あるいは、ちらりと目をそらす仕草のせいで、そう見えるのかもしれない。

この若き公爵がいかに国会の職務に励んでいるかということについて、昨夜、下院議員のパッカリーが熱弁をふるっていた。それを聞いていなければ、きっと詐欺師に違いないと思ったただろう。ハンサムで、若くて、気取らない公爵などいるわけがない。現実の公爵は太鼓腹で、年寄りで、偉そうにしているものだ。

「ミス・パースリング」クレアモント公爵が言った。「驚いたな。わざわざ訪ねてきてくれるとは嬉しいよ」

驚いたというのは本心だろう。嬉しいという部分は、話し合いが終わる前に撤回することになるはずだ。

「おはようございます」ミニーは挨拶をした。

公爵は彼女の手を取り、その上で会釈をした。手袋を通して指のぬくもりが伝わってくる。

「ミス・チャリングフォード」彼は次にリディアの手を取ると、世界でいちばん高貴な女性だと言わんばかりに、恭しくその手へ顔を近づけた。リディアはちらりとミニーのほうを盗み見て、笑いをこらえるように唇を引き結んだ。

「今日はまたなぜここへ?」クレアモント公爵が訊いた。

リディアは問いかけるような視線をミニーに送り、返事を待った。

「もし誰かに尋ねられたら、労働者衛生委員会への寄付をお願いに行ったと答えるつもりです」ミニーは息を詰め、相手の反応をうかがった。

公爵はしばらく考えたのちに口を開いた。「わかった。では、そういうことにしておこう。詳しく説明してくれれば、それなりの寄付をさせてもらうよ。それから……昨晩のことなら、わたしは口が堅いから大丈夫だ」

頭はよさそうだ。

リディアが片眉をつりあげた。ふたりは紹介される前に面識があったことに気づいたのだろう。ミニーは首を横に振った。「いいえ、それとは別にお話があるのです。ミス・チャリングフォードには付き添い《シャペロン》として同行してもらいましたけれど、できれば彼女には席を外していただきたい内容です」

「本当ですわ」リディアが明るい口調で言う。「わたしは何も聞かされていませんのよ」

「わかった」クレアモント公爵の顔から笑みが消え、警戒するような冷たい表情が浮かんだ。何か醜聞じみたよからぬ話を持ちこみ、結婚を迫るつもりだとでも考えているのだろう。裕福で端整な顔立ちをした公爵ともなれば、そんな罠をかけられそうになることも珍しくないはずだ。それでも彼は客人を追いだすようなまねはしなかった。顎を撫でながら、応接間の中を見まわしている。

「きみが小さな声で話せる自信があるなら、ミス・チャリングフォードにはあそこに座ってもらうというのはどうかな？」ドアのそばにある椅子を指さした。「ドアは開けたままにしておき、わたしたちは窓辺へ行こう。そうすれば、何も変わったことがないかすべてを見ていてもらえるし、話し声は届かない」

公爵はリディアのために椅子を支えた。これまでのところ、彼の振る舞いはあまりに自然で、完璧なまでに紳士的だ。ミニーは自分の直感が間違っていたのだろうかと不安になった。公爵はベルを鳴らし、やってきた使用人に、ふたつのトレイに分けて紅茶の用意をするよう命じた。そしてミニーのウエストに手を添え、窓辺へ案内した。軽く触れているだけだし、それもドレス越しだというのに、彼女は鼓動が速くなり、息が苦しくなった。

自分が叫びだしそうで怖い。この人には地位も財産もあり、さらに指先で触れただけでわたしの心拍数をあげることができる。でも、わたしはロマンスを求めに来たわけではなく、これから彼を恐喝しようとしているのだ。正面の窓から広場が見えた。

ここレスターはロンドンほどたくさん広場がない。窓から見える広場はあまり手入れがなされていなかった。木が一本立っているが、樹木と呼ぶのはふさわしくないほどひょろりと痩せている。芝生もすっかり枯れてしまい、灰色の砂利がむきだしになっていた。それでも、ここはこの街で数少ない広場のある一画だ。

普通、仕事で成功した熟練工はストーニーゲイト地区のロンドン通りあたりに居を構える。郷紳《きょうしん》階級（下級地主層の総称。貴族と同様に上流階級を構成する）は郊外にある広大な領地で暮らしている。本当の金持ちは街の外に住むものだ。

だが、クレアモント公爵は違う。またひとつ、彼に関して奇妙なことが見つかった。ミニーはポケットに入れた例のビラを指先でもてあそびながら、その事実を頭の中のリストに書き留めた。普通、公爵ほど身分の高い貴族はこの土地へ来ると、キツネ狩りをするためにクォーンやメルトン・モウブレイに滞在するものだ。でもクレアモント公爵は、工場の多い地区から数ブロックしか離れていないところに屋敷を借りている。

「では、話をうかがおうか」クレアモント公爵が言った。

しっくりこないことが多すぎる。やはり彼は何かを偽っているに違いない。ただ、その理由がわからない。サイドテーブルにチェス盤が置かれていた。見ないでおこうとしたが、つい目が行ってしまった。

白が優勢だ。チェックメイトまであと六手。うまくいけば三手。最後の一手はルークとビショップで挟み撃ちだ。

「チェスをなさるんですか？」ミニーは尋ねた。

「いや」公爵は手を振った。「勝てたためしがなくてね。これはうちに滞在している客が、彼の父親と手紙でやりとりをしながら駒を動かしているんだ。まさかわたしに勝負を挑む気ではないだろうね？」

ミニーは首を横に振った。「ちょっとお訊きしてみただけです」

メイドが紅茶を運んできた。そのメイドが立ち去ると、ミニーはポケットに手を入れ、昨晩スティーヴンス大尉に突きつけられたビラを取りだした。ゆうべの雨でビラの端が濡れ、それが乾いて黄色く丸まっている。かまわずに、それをクレアモント公爵に差しだした。

公爵はビラを手に取ることなく、興味深げに眺めた。そして、ブロック体のタイトルとその下の文章を少し読んだところで顔をあげた。「こういう過激なビラにわたしが興味を持っていると思われているのかな？」

「いいえ」自分がこれから恐ろしく大胆な発言をしようとしていることが、ミニーにはまだ信じられなかった。「あなたはそういうものに興味がおありなのではありません。ご自分でお書きになっているのです」

クレアモント公爵はビラに目をやり、ゆっくりとミニーに視線を戻すと片眉をつりあげた。彼女はじっと見られていることに耐えられず、胃がねじれるような感じがして顔をそむけた。しばらくすると、公爵は小さな菓子パンを手に取ってふたつに割った。湯気があがったが、熱さは気にならないらしい。

返事をするつもりさえないようだ。ばかばかしくて相手にする気にもなれないのだろう。クレアモント公爵は今もこうして座り心地のよい椅子に腰をおろし、使用人によって磨き抜かれた家具に囲まれている。わずかでもほこりがあれば、その使用人たちが飛んできて掃除をするに違いない。ほんの二カ月しか滞在しない土地に屋敷を借り、そこを維持するために一〇人以上の使用人を雇っている。そんな屋敷がイングランドのいたるところにあり、タブロイド紙でさえも正確にはわからないほど莫大な財産を所有している。そんな人には過激なビラなど作る理由がない。

でも、彼には何かある。それは間違いない。

身の潔白を態度で証明するかのように、クレアモント公爵はくつろいだ様子で菓子パンを食べ終えると、彼女にも手振りで勧めてきた。

ミニーはとても食べられそうな気分ではなかった。紅茶を飲むことを考えただけでも胃がけいれんした。このまま黙殺する気だろうかと思ったそのとき、公爵が手を伸ばし、紙の向きを直した。「〝労働者たちよ。団結せよ、団結せよ、団結せよ〟」文言を声に出して読んだ。「そして、たくさんの感嘆符」軽蔑するように鼻を鳴らす。「たとえばわたしは感嘆符を使うのが好きではない。それなのに、いったいなぜわたしがこれを書いたと思うんだ？」

確たる証拠など何もない、とミニーは思った。それですべてのつじつまが合うような気がするだけだ。でも、心証的には確信を持っている。これで違うとなったら最悪だ。大恥をかくことになるけれど、そうなったらもう二度と彼には会わないようにすればいい。彼女は膝の上で手を組み、言葉の続きを待った。向こうが沈黙という手で圧力をかけてきたのなら、こちらも同じ手で返すまでだ。

案の定、公爵のほうが先に口を開いた。

「ご友人たちが疑われるのはいやだから、この街に来たばかりのわたしが怪しいと思いたいのかな？」

ミニーは答えなかった。

「それとも、わたしはいかにも労働者を扇動しそうな顔をしているとか？」茶化すような口調だ。たしかにクレアモント公爵は見た目も、話し方も、そういうたぐいの人間とはまったく違う。言葉はいかにも貴族らしい、流暢《りゅうちょう》で美しいクイーンズ・イングリッシュだ。顔にはかすかに笑みが浮かんでいる。きみをからかっているんだよ、とでもいうように。

「あるいは、わたしには過激な一面があるという噂でも耳に入ったのか？」

そんなことはない。それどころか、彼は洞察力があり、穏やかな話し方をする政治家だともっぱらの噂だ。

「どうしてこの街においでになったんです？」ミニーは尋ねた。「レスターの産業に投資するためだという話は聞いています。でもあなたほど身分の高い方なら、わざわざご自分でいらしてみなをひれ伏させるようなことはせず、事業に詳しい代理の者をよこすのが普通でしょう」

「このあたりには友人が多くてね」

「でしたら、なぜそのご友人方のお宅に滞在されないのですか？」

クレアモント公爵は肩をすくめた。「気を遣わせるのがいやなんだ」

「あなたは公爵でいらっしゃいます。どのみち、まわりの者はいつでも気を遣いますわ」

彼は顔をしかめ、決まりの悪そうな表情をちらりと見せた。「だからこそ、なおさらこういうものを書いたりはしない。何かわたしだという根拠はあるのか？」

ミニーはビラをつまんで持ちあげた。「お知りになりたければ、どうぞ。このビラにはパラグラフがふたつあります。これを読み、あなただと確信しました」

「だったら」公爵は手振りで促した。「ぜひ声に出して読んで、問題点を指摘してくれ」

ミニーはポケットから眼鏡を取りだし、それが書かれた部分を読みはじめた。

「〝経営者は利益のほとんどを自分のものとするが、そのためにいったいどれほどのことをしているというのか？　ただ、工場を所有し、そして監督しているだけだ。頭脳も体力も使わぬ仕事によって、彼らは多額の報酬を得ている。着替えをするのに指一本すら動かす必要はない。世間には一四歳で重労働に携わる少女たちもいるというのに、彼らの娘たちは好き勝手し放題だ。彼らの息子たちが気にかけるのは、放蕩《ほうとう》しすぎないようにすることだけだ〟」

クレアモント公爵はなんの反応も見せなかった。ただ、ゆったりと座り、氷のような薄いブルーの目でこちらを見つめ、自分の腕を指でとんとんと叩いている。そして、ようやく口を開いた。「いかにも公爵が書きそうな文章だとでも？」

「労働者の文章ではありません」

「彼らをみくびってはいけない。中にはかなりの文章力がある人間も――」

「わたしは労働者衛生委員会の仕事をしています」ミニーは相手の言葉をさえぎった。「あの人たちの能力は高く評価しています。百科事典並みの記憶力の持ち主もいます。夜になるとディケンズの最新作を読み、昼間みんなに暗唱して聞かせるんです。感動した最初のパラグラフだけではなく、ふたつ目のパラグラフまでも」

「わかるな」公爵はまだほほえんでいる。「ふたつ目のほうが印象が強いものもあるからね。そのビラにはふたつしかパラグラフがないんだろう？　そのふたつ目を音読してくれないか」

「やめておきます」ミニーはビラを置き、眼鏡を外した。「なぜなら、ふたつ目はあなたの大失敗作ですから。そこには経営者が何をしないかについて書かれていますが、労働者が何をするかについては言及されていません。普通、こういうビラは労働者の視点で書かれるものです。労働者はこんなに働いているのに、それで利益を得ているのは別の人間だという内容になります。でも、これは経営者の視点で書かれています。経営者が搾取したお金でどんな生活を送っているかという内容です。つまり、これを書いたのは経営者の側にいる人間だということです」

クレアモント公爵は動きを止め、軽く首を傾けた。そしてビラに手を伸ばし、それを取りあげて自分で読みはじめた。すぐに口元が不満そうにゆがんだ。だが、文章を目で追ううちに表情が変わった。まさかという顔になり、驚いたというように片眉がつりあがり、やがてゆっくりと唇に笑みが浮かんだ。顔をあげたときには、先ほどまで厳しく冷たかった目が輝いていた。

「なるほど」ようやく声を発した。「感服したよ。きみの言うとおりだ」

「そこまでわかれば、あとは簡単でした」ミニーは両手を握り合わせた。「経営者はそんなビラは作らないでしょう。自分の首を絞めることになりますから。世の中から経営者と労働者を差し引くと、残された人間はそう多くはいません。昨晩、あなたはカーテンのうしろに隠れていました。あなたには何かありそうです。現状では、あなたがこのビラを作ったと考えるのがいちばんしっくりくるのです」

きっとまた否定されるだろうと思った。今述べたのはただの推理であり、何かをきちんと証明しているわけではない。

しかしクレアモント公爵は何も言わず、応接間の反対側にいるリディアに目をやった。彼女は紅茶を飲みながら、ちらちらとこちらを気にしている。公爵はさらに声を落とした。

「もしわたしを告発するつもりなら、治安判事のところへ行ったはずだ。判事は怒った経営者たちを引き連れて、ここへやってきただろう。労働者を扇動するのはやめてくれと言いにね。だが、きみはそうしなかった。それどころか……」リディアのほうへ顎をしゃくる。「わたしに会いに来た本当の理由を彼女にまで隠している。いったい何が目的だ？」彼はベストのポケットに手を入れていた。普通は小銭入れなどを入れるポケットだ。

「やめてほしいのです」

クレアモント公爵はじっとミニーを見た。

「お願いです」彼女は唾をのみこんだ。「このビラのせいで、みなが疑心暗鬼になっています。それぞれがお互いを見張っているのです。わたしは労働者のための慈善事業の一環として、ビラの配布を担当しています。過激な内容のものではありません。コレラに関する注意を促しているだけです。それでも、わたしも疑われかねません」

「きみならたとえ捜査対象になったとしても、すぐに疑いは晴れるはずだ」公爵は言葉を切った。「何かほかにうしろめたいことがないかぎりね。おそらく、結婚間近のうら若き乙女が、求婚者が現れたらソファのうしろに隠れた理由を訊かれたくないんだろう？」彼は片眉をつりあげた。

ミニーは耐えきれずに目をそらした。「過去はぬぐえませんから」うつむいてティーカップを見る。

「おやおや」クレアモント公爵は低い声でからかった。「誰も過去にうしろめたいことがあったのかとは訊いていないぞ」

ミニーはティーカップの中の茶色い液体を見つめた。「あなたにとってはおもしろい話でしょうが、わたしには違います。将来がかかっているんです。今の人生を手に入れるために必死で生きてきました。ちっぽけかもしれないけれど、それなりに平穏な人生です。これを守るためなら、なんだってするつもりです。余計な詮索をされたくないんです。それはあなたも同じでしょう。ビラを作るのをやめてくだされば、お互いに身の安全は保たれます」

「身の安全か……」その言葉の意味を味わうかのように、公爵はゆっくりと口にした。「保身にはあまり興味がない。だが、あの男をきみから遠ざけることはできる。それでどうだ?」

その条件をのんでしまえたらどんなにいいだろう。しかし、ミニーは首を横に振った。

「それで次の結婚相手を見つけられなかったら、なんの意味もありません。結婚することは、わたしにとって宿命なんです」顔をあげ、まっすぐに相手を見る。「それしか道はありません」

クレアモント公爵の表情が和らいだ。「わたしが書いたビラのせいで、万が一にもきみの過去が脅かされるのだとしたら、それは本当にすまないと思う」

一瞬、ミニーはすべてを話してしまおうかと思った。公爵は首を傾け、じっとこちらを見ている。この人なら、なんでも話を聞いてくれそうな気がした。

だが過去の忌まわしい出来事を思い出しただけで、空気が冷たくなり、肺がけいれんしそうになった。

また顔を伏せ、紅茶に目をやった。「今の時代、女は生きるのが難しいのです。上流階級の男性はだんだん結婚しなくなっています。上流貴族で二七歳女性の未婚率は三四パーセントだと、何かに書かれていました。ですから、過去の恥は誰にも知られたくありません。どんなに他愛のないことだろうと、普通の人とは違うと思われたりしたら、それで人生が終わってしまいますから」

クレアモント公爵は椅子の背にもたれかかり、しばらく考えた。「お互いの問題を解決できる名案をひとつ思いついた。まず、わたしはどうやら、この街に滞在するもっとましな理由を見つけたほうがよさそうだ。きみが疑ったということは、ほかの人にも怪しまれるかもしれないからな。そしてきみは結婚できる六六パーセントの女性のうちに入らなくてはいけない」肩をすくめる。「だからこの街にいるあいだ、わたしがきみに言い寄るというのはどうだろう。もちろん、すげなくしてくれればいい。わたしはせいぜい恋わずらいをしているふりをするよ。そうすれば、きみは男にとって獲得したい相手になるし、わたしはビラを作りつづけることができる」

公爵はこともなげにそう言った。ミニーは、彼にダンスを申しこまれ、手をとりあってワルツを踊ることを思っただけで心拍が速くなった。慌てて首を横に振る。

「そんな方法、うまくいくわけがありません。あなたがわたしに興味を持つなんて、誰も信じませんわ」

「わたしが信じさせてみせるさ。今、きみが見抜いたようなことに気づける人間は誰もいない。ひとりもだ。きみは一見したところは物静かで、そうだな、ちょっと人見知りをするきらいはあるが……」

彼女は不満げな声をもらしたが、公爵に手のひと振りで止められた。

「しかし本当は芯が強く、物事の本質を見抜く鋭い洞察力がある。そんなきみにみんなの目を向けさせよう」鋭い目で、公爵はじっとこちらを見た。この人からは逃げられない、とミニーは思った。彼は声を落とした。「誰もがきみに注目するようになる」

心拍が速いだけ？　いいえ、違う。体じゅうが今にも震えだしそうだ。こんなふうに誰かに自分を見てもらえたのはいつ以来だろう？　それだけでなく、彼はちゃんとわたしを理解しようとしている。それが……重すぎて耐えられない。

だが、クレアモント公爵はさらに続けた。「それに、きみの髪には心引かれる。髪はカールすることはあっても色は変わらないだろうに、きみの髪の先端は光を受けて色が変化する。茶色だったり、ブロンドだったり、ときには赤色だったり。本当は何色だろうと思いながら、何時間でも見ていられるよ」

心臓が激しく打っていた。鼓動の速さはすでに限界だったが、それに加えて拍動が重くなった。全身が血液を必要としている。

「どうぞお好きなように」そっけなく応えたつもりだったが、声が震えた。「ですがご友人の誰かに、あんな小ネズミみたいな女のどこが気に入ったんだと訊かれたら、どうお答えになるつもりです？　まさか髪の色がどうこうなどとは言えないでしょう？　それは女性への口説き文句であって、殿方同士の話では通じませんもの」

髪の話をすれば彼女があっさり納得すると思っていたのだろう。クレアモント公爵は少し困ったように黙りこんだ。そして首を横に振ると、にっこりした。「ミス・パースリング、男はそんな野暮なことは訊かないよ。どこが気に入ったのかは、みんなわかっているからね」身を乗りだし、秘密を打ち明けるようにささやく。「きみの胸だ」

ミニーはあんぐりと口を開けた。そんなことを言われたせいで、急に自分の胸が気になりだした。なんだかむずむずする。

公爵がまたささやいた。「きれいな胸だな」

胸を見られているわけではないが、思わず手で覆いたくなった。視線をさえぎるためではなく、どんな形だったか確かめるために。本当にきれいなのかしら？　そんな目で自分の胸を見てみたことがない。

ほかの男性がこんなことを言えば、きっと無礼な口調になり、聞いているほうは虫唾《むしず》が走っただろう。けれどもクレアモント公爵は明るくほほえみながら、さらりと言ってのけた。

〝今日はいい天気だね。通りには丸石が敷かれているよ。きれいな胸だな〟とでもいうように。

「怒らないでくれ」彼は言った。「尋ねられたことに答えたまでだ。わたしたちは脅し、脅される仲じゃないか。表面だけ取り繕っても仕方がないだろう」

ミニーは肩を怒らせた。するとそのせいで胸を突きだすことになってしまった。

「鏡を見るとき、ここ以外にも目を向けてごらん」公爵は自分の頬を指さした。ちょうどミニーの傷痕があるところだ。「ありのままの自分を見てみるといい。怒りで燃えあがり、わたしと闘う気力に満ちたきみがいる。そういう目で自分を見てみれば、わたしがきみに興味を持つかどうかはすぐにわかるはずだ。わたしがきみに惹かれないわけはないだろう」

体がかっと熱くなり、冷や汗が出て、体が震えた。本当にきれいなのかどうかはわからない胸から爪先まで、これほど自分の体を意識したのは初めてだった。クレアモント公爵はじっとこちらを見ている。

ミニーは唾をのみこんだ。「そういうことをおっしゃるのは、わたしを説得してからにすべきでしたわ」手玉に取られたりするものですか。

公爵は顔をしかめて額をこすった。「そんなに身構えなくてもいい」また屈託のない笑みを浮かべる。「この街でいろんな人に出会ったが、きみがいちばんおもしろい。しばらく一緒にいられたら光栄だ」

それはつまり、この街にはしばらくしか滞在する気がないということだ。そのしばらくのあいだ、彼と踊り、甘い言葉をかけられ、極上のほほえみを見ることになる。そんな日々が続いたら本気になってしまいそう。ほんの一〇分ほど話しただけでも、こんなに動揺しているというのに。

クレアモント公爵が放ったクモの糸にとらわれまいと、ミニーは首を横に振った。彼の提案に応じれば、公の場に出るたびに注目を浴びることになる。それは耐えられない。

「わたしにとっていいことは何もありません。万が一、事実が明るみに出てしまったとき、あなたはビラを作ることはもうできなくなるでしょうが、それでも富も権力もあるし、その一風変わった性格ゆえに、なんのおとがめも受けずに終わるでしょう。でも、わたしはあなたのためにすべてを失うことになります。それにずっとあなたのそばにいれば、世間からは愛人だと思われ、結婚は望むべくもなくなるでしょう。結局のところ……」キャロライン大おばが亡くなったときには、と言おうとして悲しみがこみあげた。ひとつ大きく息を吸う。

「あなたは公爵という地位を失うことはなく、わたしは生きるすべをなくします」

「わたしは愛人だった女性をそんなひどい目に遭わせたりはしない。愛人のふりをしただけの女性もだ」

ミニーは顎をあげ、冷ややかな顔で相手を見た。「わたしにとっては人生がかかっているんです。茶化さないでください」

公爵は顔をしかめた。「困ったな。いいかい、ミス・パースリング」ため息をつく。「決してきみの人生を軽んじるつもりはない。だがわたしだって、思いつきでこんなことを始めたわけではないんだ。わたしはある約束を果たすために、この街へ来た。父親の犯した過ちを正すためにね。きみを危険な立場に追いこむのは本意ではないが、こちらも頼まれたからといってやめるわけにはいかない。だから対立せずにすむ方法を探そう」

「わたしもあなたが怪しいことをほのめかして、みながあなたを疑うように仕向けるのは本意ではありません」ミニーは言った。「ですが、どうしようもなければそうします。そうすればすべてが終わったとき、ミニーは公爵が相手でも冷静だったと言ってもらえますから」

「それで男たちがきみと結婚したがるとでも？」彼が疑わしそうに言う。

「別に何人もいりません。どのみち、ひとりとしか結婚はできませんもの」

クレアモント公爵の顔に笑みが戻った。「きみは何をやっても失敗したことがないだろう？ガードリーはきみのことを小ネズミと呼んでいたが、とんでもない。すこぶる手ごわい大ネズミだ」

公爵が人差し指でミニーの手に触れた。愛情表現ではない。そんなことはわかっている。そう自分に言い聞かせたものの、彼の指の感触に体がこわばり、動けなくなった。

「保証するよ」公爵は言った。「わたしがこの街にいるあいだに、きみには求婚者が現れる。もしそうならなければ、わたしが結婚を申しこもう」

彼女はとっさに立ちあがった。「いいかげんにしてください！」声をひそめる努力すらしなかった。「そんな冗談、ちっともおもしろくありませんわ。あなたがどう思っていらっしゃるのか知りませんが、こちらは真剣なんです。からかわないでください」

立ちあがった拍子にティーカップを足元に落としてしまい、靴下が濡れた。クレアモント公爵は黙ってトレイをまっすぐに直した。遠くでリディアが心配そうな顔をしている。

「だったら……」彼は声を落としたまま言った。「わたしは自分のやり方でいく。きみは好きにすればいい。どちらが勝つか試してみようじゃないか」

「そんなことさせるものですか」ミニーはにべもなくはねつけた。「あなたが言い寄ってきたら闘いますから」

「きみはそんなことはしないよ」公爵は穏やかに応えた。「さすがのきみでも、戦意のない相手と闘うのは無理だろう」

「わたしのことなど、何もご存じないくせに」

「そうだな」彼がまたにっこりした。ミニーの鼓動が跳ねあがった。

クレアモント公爵は立ちあがり、彼女の手を取ると、その上でお辞儀をした。深く頭をさげたせいで、手袋をしていないてのひらにかすかに唇が触れた。ミニーの体に衝撃が走った。

「たしかに何も知らない」彼は言った。「だからこそ、きみがどんな女性なのかわかると思うと楽しみだ」

4

ロバートは上階の書斎にいた。窓ガラスには雨粒が打ちつけ、外は雨にけぶっている。通りに出たふたりの女性は、スカートの裾を傘の中へ引っぱり入れた。ミス・チャリングフォードの傘は水色、ミス・パースリングの傘は焦げ茶色だ。こうして上から見おろしていると、ミス・パースリングの傘は通りを行くほかの傘にまぎれてしまう。何色のドレスを着ているのか知らなければ、それがミス・パースリングだとはわからなかっただろう。

ロバートは困惑していた。三週間も高熱を出したあと、弱りきった体で眠りから覚めてみると、ヴィクトリア女王がバーミンガムから来たライオンの調教師と駆け落ちしたと聞かされたような気分だ。世界がまったく違って見える。それなのにミス・パースリングは、街角の軒先にある雨よけの下で立ち止まり、傘をくるりとまわして友人のほうを向いた。たった今、こちらの予想をことごとく打ち砕いておきながら、何事もなかったかのように。

背後でドアが開き、近づいてくる足音が聞こえた。わざわざ振り返らなくても、それが誰かはすぐにわかった。使用人たちはいまだに主人のことを恐れ多く感じ、先に許可を求めずに近寄ってくることはない。この家でそんなことをするのはオリヴァー・マーシャルくらいのものだ。

「どんな用件だった？」オリヴァーが尋ねた。「悪い予感はあたったか？」

ロバートは窓台を指でこつこつと鳴らし、どう答えたものかと考えた。

「ふたりの淑女が寄付を頼みに来たんだ。なんという団体名だったかな？　そうだ、労働者衛生委員会だ」

オリヴァーに隠し事をすることはめったにない。昨晩ミス・パースリングの話をしなかったのは、ひとつにはたいしたことではないと思っていたからであり、もうひとつには他人の秘密を軽々しくしゃべるものではないと考えたからだ。だが……。今日のことは、オリヴァーに話すわけにはいかない自分の秘密に関わっている。

「なるほど。きみの顔をほれぼれと眺めに来たというわけだな」オリヴァーはからかうように言い、ロバートの隣に来た。窓の外に目をやって、とくにおもしろいものもないとわかると顔をしかめた。

「そういうことじゃない」

ミス・パースリングとミス・チャリングフォードは肩をくっつけ、顔を寄せ合いながら、雨よけの下を通り過ぎて金属製のひさしの下に入った。ひさしから、食器を洗ったような汚い水が地面に流れ落ちていた。

オリヴァーは、自分たちがこの街を訪れている目的は選挙改革の見通しを住民に話すためだと思っている。それなのにミス・パースリングは、ロバートが秘密にしているもうひとつの活動について暴露すると脅してきた。色目を使われるよりも、そちらのほうがはるかに始末が悪い。それに……。

「教えてくれ」ロバートはオリヴァーのほうを向いた。「きみがわたしをまっとうな人間だと思った理由はなんだ？」

オリヴァーは眼鏡を外してハンカチで拭いた。「おいおい、なぜぼくがそう思っているとわかるんだい？」

「真面目に訊いているんだ。きみと出会うまで、わたしのことを普通の人間として扱ってくれた相手はいなかった。公爵の息子としか見なされなかったからな」オリヴァーと出会ったあとも状況は変わらない。世間から見れば、自分は父親から議席を受け継いだ貴族院議員でしかなく、政治家としての将来性だけは期待されている。

ミス・パースリングが街角に消えた。ロバートは頭を振った。彼女はときによって難しい相手にもなるし、楽しい相手にもなる。

オリヴァーが眼鏡を拭き終わり、ロバートのほうを見た。「それはだな、公爵の息子というのがどういうものか、ぼくにもよくわかるからだ。何も公爵の息子はきみだけじゃない」

「それにしても初めて会ったとき、わたしは鼻持ちならないやつだったはずだ」

「そのとおり」オリヴァーは応えた。

ふたりのあいだに友情と呼べるかもしれない感情が生まれるまでには時間がかかった。最初、ロバートは友人をけしかけ、オリヴァーを敵にまわした。もっともオリヴァーのほうも、なかなか喧嘩《けんか》っ早い男だったのはたしかだ。

ある日、オリヴァーから淡々とした口調で、じつは自分たちは兄弟だと告げられた。その瞬間に天地がひっくり返った。

「いったい急にどうしたんだ？」オリヴァーが言った。「簡単だよ。ぼくたちは喧嘩をした。兄弟は喧嘩をするものさ。少しばかり時間はかかったが、それで理解し合えたということじゃないのか」肩をすくめる。

「きみは記憶力が悪いな。あれは少しばかりなんてものではなかったぞ」ロバートは言い返した。「わたしは友人を使って、きみをからかわせた。それに和解したあとも、兄弟だという事実を受け入れるのにずいぶんと時間がかかった」

当時、ロバートは何カ月も悩んだ。オリヴァーの誕生日から九カ月を引くと、両親が結婚してからわずか二カ月目になったからだ。父はなぜ婚外子をもうけ、経済的援助もせずに、その子を捨てたのか。納得のいく説明を見つけようと、あれやこれやと考えた。だが結局のところ、信じていたことが間違いだったとわかり、いくつもの嘘があったと気づいて、辞めていった使用人が何人かいたことを思いだしただけだった。

「何があったのか父に尋ねて、かばう気も失せたよ」

〝あの女がなんと言おうが知ったことじゃない。向こうが関係を持ちたがったんだ。女というやつはみんなそうだ〟父親は不機嫌にこう答えた。

その言葉だけで、父は責められてしかるべき罪を切って捨てた。ロバートはつらい現実に直面した。そして休暇が終わるとオリヴァーに会いに行った。

〝わたしは父親のような人間じゃない〟ロバートは震える声でオリヴァーに告げた。〝誰がなんと言おうと、父親とは違うんだ〟

〝そんなこと、わかっているさ〟オリヴァーは応えた。歳月を経るにつれ、その言葉はどんなお世辞よりも重い意味を持つようになった。

寮長はロバートの目をのぞきこんで感嘆したものだ。〝なんとまあ、お父上にそっくりだこと〟成人してからはしょっちゅう背中を叩かれ、こう言われた。〝先代によく似ていらっしゃいますな〟褒め言葉なのだろうが、そう言われるたびに、父が嘆かわしげに吐き捨てた言葉が思いだされた。〝向こうが関係を持ちたがったんだ。女というやつはみんなそうだ〟

ロバートはオリヴァーより五センチほど身長が高く、誕生日も三カ月早かった。だが、それより何よりふたりを分け隔てたのは、ロバートこそが嫡出子だったということだ。それゆえに公爵という位と、莫大な財産を受け継いだ。そして婚外子の弟など、ぞんざいに扱ってもかまわない立場にいた。

だからこそ、ロバートにはそれができなかった。たまたま嫡出子に生まれたというだけで、勝利の声をあげる気にはなれなかったのだ。婚外子として生まれたのはオリヴァーのせいではない。悪いのは浮気をした父親だ。

それ以来、自分が父親から爵位や財産などの特権を相続したことを思い知らされるたびに、忸怩《じくじ》たる気分になった。父親の罪を思いだすからだ。父は公爵だったばかりに、何をしてもとがめられなかった。たとえ人間としてあるまじきことをしようが、そのせいで誰がつらい思いをしようが、釈明のひとつさえする必要はなかった。それはつまり、ロバートが父親と同じことをしても、誰も驚かないということだ。

しょせん、男には体の欲求がある。そして女はそれを欲しがる。女というやつはみんなそうだ。それが父の考え方だった。

父親と同じでなくともかまわないと言ってくれた人間は、人生にひとりだけだ。いや……。ロバートはもう一度、窓の外を見た。ひとりと半分というところか。

ミス・パースリングはこの屋敷に乗りこみ、ビラを突きつけ、あなたがこれを書いたのだと言った。あのときは自分が誇らしくなり、思わずこう尋ねそうになった。〝この文言は説得力があると思うか？　気に入ってくれたかい？〟

ロバートは鼻の頭にしわを寄せた。「わたしたちの父親はくずだった」

オリヴァーが顔をしかめる。「きみの父親だ」鋭い口調だ。「ぼくはクレアモント公爵に育てられてはいない。釣りのひとつも連れていってもらった覚えはないからな。たしかに血はつながっているが、父親だと思ったことは一度もないぞ」

愛情を受けた記憶がないのはこちらも同じだ、とロバートは思った。

「親子の人間関係を言っているのではない」頑固に言った。「生物学的に、ということだ」

オリヴァーは首を横に振った。「人間関係も、生物学的なことも関係ないよ」穏やかに言う。「誰を家族と認めるかはこちらが決めることだ。おいおい、そんな苦い顔をするなよ。

わかっているだろう？　彼を父親だと思えないからといって、きみのことまで兄弟じゃないなどと言うつもりはないさ」

「そんなふうにすべてをすっぱりと割り切れたらいいんだが」ロバートは両手をポケットに突っこみ、遠くを見た。「今朝、母から手紙が届いた」

「ああ」オリヴァーはそばに寄り、ロバートの肩に手を置いた。「なるほど」

「そうなんだ」ロバートは苦い笑みを浮かべた。「ロンドンで二カ月前に会ったばかりだというのに」

オリヴァーは同情の色を浮かべ、ちらりと横目でロバートを見た。ロバートはその視線を追い払うように手を振った。

「こっちへ来るそうだ」彼はぶっきらぼうに言った。

母親の手紙にはこう書かれていた。〝レスターの〈スリー・クラウンズ・ホテル〉にしばらく滞在するつもりです。せっかくあなたも同じ街にいるのだから、一一月一九日に食事をしましょう〟

「何をしに来るのかは書かれていなかったし、これといって思いあたることもない」ロバートは弟の顔を見ないようにした。「わたしは昔から母に家族として認められたことがないんだ。わたしのことなどほったらかしだったのに、なぜ今さら……」

「急に息子が欲しくなったんじゃないのか？」オリヴァーが言う。

「よしてくれ」ロバートは吐き捨てた。「そんなことがあるものか」

ロバートとオリヴァーは人生の半分以上をともに過ごしている。ともにイートン校で学び、その後、ケンブリッジ大学へ進学した。そのあいだオリヴァーのところへは家族から頻繁に手紙が送られてきたが、ロバートにはほとんど来なかった。

オリヴァーは言葉を探しているのか、目をあげ、それから右を見た。「どうするつもりだ？」

「その日は街にいないと母に連絡しておいた。代わりにセバスチャンを行かせると約束したよ」

「ふむ」オリヴァーは無表情のままだった。

「セバスチャンにも手紙を書いて、こちらへ来てくれと頼んだ」ロバートは言葉を続けた。「どうせ母の用事など、たいしたことじゃない。それにわたしたちが三人そろって顔を合わせるのは、もう一年ぶりだしな。イートン校時代には悪名を馳《は》せた三人組が雁首《がんくび》をそろえれば、怖いものなしだ」

オリヴァーはほほえんだ。「イートン校時代にいろいろ言われたのは、三人とも左利きだからさ。あのころ、ぼくはおとなしいものだったし、きみは公爵で、セバスチャンは……」顔をしかめる。「まあ、それなりに頭がよかった」

ロバートは声をあげて笑った。「そんな言い訳ではごまかせないな。うちの母なんて、きみのことは存在そのものが侮辱的だと感じている。セバスチャンにいたっては不道徳なうえに、昨年母に歯が浮くようなお世辞を言ってからは、女たらし以外の何物でもないと思っているぞ」

オリヴァーはむせた。「なんだって？」

「ある集まりで、ぼくを母から助けてくれとセバスチャンに頼んだんだ」ロバートは首を横に振った。「そうしたら、彼らしいやり方で力を貸してくれたというわけさ」

オリヴァーが顔をしかめる。

「他意はないんだ」ロバートはかばった。「だが、効果はてきめんだった。もし日にちを変え、嫌いな若者がふたりも同席するのを承知で、それでもまだ母がぼくと食事をしようというのなら、それは何かとんでもないことが起きているという証拠だ」

昔、空想してみたことがある。母親が泣きながら、必死に助けを求めに来るところを。それに対して、こちらはときおり冗談を交えながら、大人びた態度で応じる。そして母を助けるのだ。母は涙ながらに、長いあいだほったらかしにしていたことを詫《わ》びる。

まだ子供だった自分は、母は心の底から後悔していると想像し、いつも〝もう泣かないで〟と慰める。

〝大丈夫だよ〟空想の中の自分はそう言う。〝ぼくらには、まだまだ時間があるから〟

今だって、決して先がなくなったわけではない。だが、数えきれないほど希望を打ち砕かれ、もう疲れ果ててしまった。母親からなりふりかまわず愛されるところを空想していたころから、もう一〇年以上が経つ。今さら、もう一度そんな空想の世界に入る気にはなれなかった。母がレスターに用事があるというのも想像しにくいが、きっと本当にそうなのだろう。

さっさと終わらせて帰ってくれることを祈りたい。顔は合わせないほうがお互いに幸せだ。

「もし本当にとんでもない事態だったら、どうするつもりだ?」オリヴァーが尋ねた。

ロバートは頭を振った。「いつものように、しなければならないことをするまでさ」

ロバートとしては、ミス・パースリングのことをどうするかは、ふたたび顔を見るまで判断のしようがなかった。そのときは三日後に訪れた。チャリングフォード家に、オリヴァーとふたりでディナーに招待されたのだ。

もちろん、その三日のあいだ、ミス・パースリングのことをあれこれと考えた。彼女の何かに惹かれているのは間違いない。きっとあの頭の回転の速さや、度胸のよさだろう。ある夜など、彼女が大胆に振る舞う喜ばしい夢を見た。

しかし、現実は一夜の夢のようなわけにはいかない。実際に彼女がみずからの意思で喜ばせてくれることはなさそうだ。それどころか、素人探偵ぶりに悩まされることになるだろう。下手な変装で尾行されたり、要領を得ない質問攻めにされたり、手がかりを求めてごみ箱をあさられたりするかもしれない。ミス・パースリングのことだ、きっとまっしぐらに追いかけてくるだろう。

そう思っていたので、チャリングフォード家で姿を見かけたときも驚きはしなかった。ロバートが着いたとき、ミス・パースリングはすでにくつろいでいた。彼が部屋に入ってきたことはすぐに気づいたようだ。ロバートは目の端で彼女の姿をとらえたまま、自分も椅子に腰をおろし、相手がこちらの会話に耳を傾けるのを待った。

ところが、ミス・パースリングはロバートを完全に無視した。ディナーの用意ができたと告げられ、食堂へ向かうころには、ほかの三人の女性たちと会話をしているミス・パースリングへ、ロバートのほうが耳を傾けていた。きっとわたしのことをあれこれ尋ねているのだろう、と思いながら。

だが、それも違った。

ミス・パースリングはほとんどしゃべらなかった。たまに口を開いても、あまりに小さな声なので聞き耳を立てなくてはいけないほどだ。

うちへ来たときは魅力的な話し方をしたし、強気の態度が小気味よかったのに、とロバートは思い返した。今夜の彼女はまったくの別人だ。

ドレスは茶色で堅苦しく、袖口と襟ぐりにあしらわれた平紐《ひらひも》が唯一の飾りだった。手首にかけている簡素なバッグには眼鏡が入っているのだろう。こちらには目もくれず、女性たちとの会話でも、気の利いたことは何ひとつ言わない。そもそも何もしゃべらないのだ。

賢い女性だとオリヴァーに言いたかったほどなのに、今夜のミス・パースリングはあまりに違う。彼女はそのオリヴァーの向こう側に座った。しかし、彼と会話を交わすことはなかった。料理の皿からろくに顔もあげず、ワインの水割りが入った自分のグラスのあたりへ目をやる程度だ。一度だけ小さな声で何か言ったが、それもオリヴァーが塩入れをまわして終わった。

ビラのことで脅しに来た女性と同一人物とは、とても思えなかった。

オリヴァーが何度か話しかけたが、ミス・パースリングはうつむいたまま、もごもご何かささやいただけだった。しまいにはオリヴァーも会話をするのをあきらめた。

そこにはロバートが知っているミス・パースリングは影も形もなかった。ただ、背筋をぴんと伸ばし、黙りこくっている女性がいるだけだ。たしかに彼女の言ったとおりだ。これで公爵が言い寄れば、誰もが不思議に思うだろう。さすがのロバートもきっかけがつかめなかった。相手がまったく反応を示さなければ口説きようがない。

一同は食堂をあとにすると次の部屋に移った。ロバートは公爵の務めとしてひとりひとりに声をかけ、名前を尋ねたり、あたりさわりのない短い会話を交わしたりした。公爵という地位にいる人間は、人々を笑顔にすることができるからだ。だが、今夜はそれ以上の目的があった。彼は挨拶をしながら室内をぐるりとめぐり、最後にミス・パースリングのそばに寄った。彼女は壁際の椅子に座って、ほかの客たちを眺めていた。視線が移ろっているところを見ると、とくに誰かの会話に興味があるというわけではないのだろう。

「こんばんは。またお会いできて嬉しいよ」

ミス・パースリングは顔をあげたが、まっすぐにロバートを見ることはなく、肩の上あたりに視線をさまよわせた。「わたしもです」

口調は静かだが、少しかすれた声に変わりはなかった。少なくとも、記憶の中にある声は想像の産物ではなかったらしい。

「隣に座ってもかまわないか？」

ミス・パースリングは相変わらず彼に目をやることはなく、絨毯《じゅうたん》に視線を落として、どうぞと言うように手をわずかに動かした。ロバートは腰をおろし、相手が何か言うのを待った。たっぷりと一分を超える沈黙があった。どうやら何も話す気はないらしい。

彼は椅子の背にもたれた。「なるほど、会話はロバートに任せておけばいいと思っているのか？　なんといっても彼は公爵なのだから、話し上手に決まっていると？」

「いいえ」ミス・パースリングの唇の片端がかすかに動いた。「あなたにそんな能力があるとは思っていません」

そのとき初めて、この女性は本当に内気なのかもしれないとロバートは思った。そして自分の記憶を疑った。本当に彼女はうちに来たのか？　わたしを脅しに？　ありえない。

「教えてくれ」ロバートは話題を探した。「なぜウィルヘルミナの愛称がミニーなんだ？　ミニーというとミニチュアという言葉を連想するが、きみは〝小さい〟という印象からはほど遠い」

彼女は自分の手袋をじっと見た。「三番目の音節からです」

相手が何を言っているのかわからず、ロバートは自分がまぬけに思えた。この会話は現実だろうか？　もしかすると頭がどうかなって、妄想を見ているのかもしれない。

「なぜ一番目とか二番目ではだめなんだ？」

ミス・パースリングが顔をあげ、今夜初めてまっすぐにロバートを見た。その目には間違いなく、三日前と同じ知的な光があった。だが、もし目が魂の窓だとするなら、彼女の窓はれんがでふさがれ、その奥をのぞくことはできなかった。

「少し考えればおわかりになることです」ミス・パースリングが愉快そうに言う。「一番目の音節はウィル。愛称がウィリーでは男っぽいでしょう？」

「なるほど」ロバートはつぶやいた。

「二番目の音節は……」ミス・パースリングはまた彼の視線を避け、肩の上あたりに目をやった。その目は無表情だったが、唇の片端がわずかに動いた。「考えてもみてください。どう自己紹介をしろというのですか？〝ウィルヘルミナ・パースリングと申します、どうぞ地獄《ヘル》とお呼びくださいませ〟とでも？」

ロバートは声をあげて笑った。本当におかしかったからだ。目を合わせることすらせず、落ち着きなく指を動かしている姿は、あまり賢そうには見えない。しかし、声は違う。秋の終わりの薪《まき》が燃える匂いや、贅沢なベッドにかけられたシルクの上掛けを思い起こさせる。その頭からピンを取り、豊かな髪を枕に広げて、蜂蜜色の先端が胸にかかるところを見てみたい。

ロバートは唾をのみこんで咳払《せきばら》いをした。「わたしが言い寄ってきたら闘うときみが言ったときには、まさかこんな会話ができるとは想像もしていなかったよ」

「どう思っていらしたか、あててみましょうか」ミス・パースリングは手袋をいじっている。どうやら指先の小さな穴が気になるらしい。「ほほえみかけさえすればいちころだと、高をくくっていらしたんでしょう。それに、きっと見え見えの方法で身辺をかぎまわられて面倒くさいことになるだろうとも」

「まさか……そんなことはない」そう言いつつも、ロバートは顔が熱くなった。まさにそう考えていたからだ。

彼女はいかにも内気そうに唇を噛みながら、それとはまったく裏腹な言葉をささやいた。

「でも、あなたには負けませんわ」

「なんだって？」ロバートは相手の顔を見た。

たった今そんなことを言ったという気配はみじんも感じさせず、ミス・パースリングはぼんやりと宙を見ていた。

「あなたには負けないと申しあげたのです」当然だと言わんばかりの口調だ。「あなたは高い教育を受けた公爵であり、この国でも有数の実力者です。あちらこちらに領地を所有し、使用人は何百人にも及ぶでしょう。必要とあらば多額の資金を動かすこともできます」

ミス・パースリングは唇の片端に笑みを浮かべた。片頰にえくぼができた顔は、もはやぼんやりした内気な女性のものではない。彼女がちらりとこちらを見あげた。ロバートは息をのんだ。

「それでも、わたしはあなたにないものを持っています」

ひと言も聞きもらすまいと、彼は身を乗りだした。

「わたしには……戦術を練る力があります」

一瞬、ミス・パースリングがほほえんだ。だがロバートが息を吐いたときには、その笑みは消えていた。彼女はまたぼんやりした表情でうつむいた。

ロバートにとっては不意打ちだった。普通なら、驚きのあまりひるんでしまうところだろう。しかし、ここで気おくれするわけにはいかない。ミス・パースリングがまた内にこもってしまったとあってはなおさらだ。もう一度、今のような彼女を見てみたい。

「きみはまだ何もしていない」

ミス・パースリングの表情は変わらなかった。

「こちらのほうが有利だ。わたしに勝てるなどと思うな」

「戦争は、大砲と、勇敢な演説と、恐れを知らぬ攻撃があれば勝てるとお考えなのでしょう」彼女はスカートのしわを伸ばした。「でも、それは違います。戦争に勝利をもたらすのは、戦地に応じた靴用の革です。軍事工場で弾丸を作る少年たちや、こっそりと補給品を運ぶ列車です。退屈な細部をいかに詰めていくかということが大切なのです。勝敗を分けるのは騎兵隊の突撃だなどとお考えでしたら、その時点ですでにあなたは負けています」

ロバートは目をしばたたいた。「わたしを追い払いたいのだろうが、その手には乗らないぞ」

「戦略とは美しいものですわ。わたしはどんなときも二重に罠を仕掛けます。あなたは身を引かず、そうやって話しつづけることで、ご自分の性格をさらけだすことになる。おっしゃること、なさること、その魅力的なほほえみから口説き文句のすべてまでが、わたしにとっては情報です。その結果、方法は変わりますが、やはりわたしが勝ちます。あなたは逃げられません」

そうして椅子に座っていると、ミス・パースリングはとても小さく、か弱く見えた。目を閉じて、実際の彼女とはまったく違うその姿を頭から追い払わないと、耳から入る言葉を理解できないほどだ。彼女はこちらを見てさえいなかった。だが、その声には力があった。

「わたしのことを魅力的だと思ってくれているわけだ」ロバートは言った。「このあいだ会ったときは、そんな評価はなかったようだが？」

「もちろん、そう思っておりますわ」彼女はうつむいたまま答えた。「わたしもすっかりまいっています」

その口調には苦々しさと甘さが入り混じっているように感じられた。

じつに不思議な女性だ。たしかにいわゆる美人ではない。だが、ミス・パースリングには抗《あらが》いがたい何かがある。いったいどういう人物なのか、もうわからなくなった。最初は腹の据わった賢い女性だと思った。次は、壁の花なのだろうかと考えた。今は、これまで出会ったどんな相手よりも器が大きすぎて分類ができない。

「きみにはとても興味を引かれる。それでわたしを追い払おうとしても無理だよ」

ミス・パースリングは唇を嚙んだ。

そのとき、部屋の反対側で大きな物音がした。ロバートが振り返ると、この家の娘であり、ミス・パースリングがシャペロンとして連れてきた友人でもあるミス・チャリングフォードが勢いよく立ちあがって、椅子が倒れたところだった。

「落ち着け、リディア」隣に座っている男が言った。「まさか本気で――」

「ええ、本気よ」ミス・チャリングフォードは鋭く言い返すと、そばのテーブルにあったグラスをつかみ、中身のパンチを男の顔にかけた。赤い液体が鼻から顎へと垂れ、首巻き《クラヴァット》を汚した。みなが息をのんだ。

「こんなことは許されんぞ！」男が椅子から立ちあがった。

それはジョージ・スティーヴンスだった。ロバートは二度ばかり話したことがあった。たしか在郷軍の大尉をしているはずだ。そういう意味では街の名士だと言える。

「かまうものですか！」

ミス・チャリングフォードは隣にいた人の手からグラスをつかみ取ると、もう一杯、男の顔にパンチをかけた。「いい気味よ」

そう言い捨てると、つんと顎をあげ、足早に部屋を出ていった。

ロバートはミス・パースリングのほうへ顔を戻した。

「彼女は――」

だが、そこにはもうミス・パースリングの姿はなかった。ロバートに断りもなしに友人を追いかけ、すでに部屋の半分ほどを横切っている。彼女はそのまま部屋をあとにして、ドアが閉まった。

ロバートは先ほどのミス・パースリングの様子を思いだした。会話のあいだ、彼女がまったく表情を変えないことに舌を巻いてはいた。だが今にして思えば、あの表情にはもうひとつ意味があったらしい。彼女は自分とミス・チャリングフォードのあいだにわたしを座らせた。内気なふりをするために視線を合わせないのだと思っていたが、あれはわたしを盾にして、スティーヴンス大尉とミス・チャリングフォードのことを見ていたのだろう。

〝わたしはどんなときも二重に罠を仕掛けます〟とミス・パースリングは言った。あの強気の発言は、単なるはったりではなかったようだ。意識の半分で、周囲の目をごまかすためにぼんやりした女性の芝居をしながら、わたしの話をかわしつつ、ついでに戦略について見識を述べた。その一方、意識のもう半分で、部屋の反対側にいる友人を見守っていたとは。

なんということだ。いったい、いくつのことに神経を使っているのだろう？　それを想像しただけで頭痛がしてくる。

「閣下」

その声でわれに返った。ジョージ・スティーヴンス大尉が険しい顔つきでこちらを見ていた。顔にかかったパンチはほとんど拭き取られているが、クラヴァットにはピンク色の染みができ、額はてかっていた。

「やあ」

「ちょっとお話が……」

ロバートはミス・パースリングが出ていったドアのほうをちらりと見た。

「何かな？」

スティーヴンスは堅苦しくお辞儀をし、先ほどまでミス・パースリングが座っていた椅子に緊張した面持ちで腰をおろした。

「閣下のようなお立場にある方が、このような集まりですべての者に声をおかけになるのは誠にご立派なことと存じます」彼はもみ手をした。「ただ、誰もがそれにふさわしい相手というわけではございません。ミス・パースリングについてはいささか問題が……」

「ほう」今夜は驚かされることが多すぎて頭が麻痺しそうだ。「どんな問題があるというのだ？」

大尉はいくらか緊張がほどけた顔をした。「彼女は身元を偽っているようです」

「根拠は？」

そんなことを訊かれるとは思いもしなかったのだろう。スティーヴンスは目をしばたたいた。「それは……あの……昔、ミス・パースリングの大おばと親しくしていた人間に話を聞いたのですが……。そのご婦人はミス・パースリングの存在を知らなかったのです」

「昔？」穏やかに尋ねる。「それはいつごろのことだ？」

スティーヴンスは教師に嘘を見破られた生徒のようにもじもじした。

「正確には、大おばがレスターに移り住む前のことです。つまり――」

「そんなに？」ロバートは片眉をつりあげた。「この街の人々のことはよく知らないのだが、それだと五〇年ほど前の話ではないのか？」

「そのとおりです」大尉は縮こまった。「ですが、そのご婦人は大おばとは家族ぐるみの付き合いをしておりまして……」ひとつ大きく息をする。「もしミス・パースリングの母親、つまり大おばの姪にあたる人物が結婚したのなら、必ずや耳に入ったはずだと申しています。そういうことは噂になりますから。とりわけ、おめでたいことは伝わるのが速いものです。ところが、姪が結婚したという記録は残っておりませんでした。ですから、ミス・パースリングはじつは婚外子ではないかと……」

そういうこともあるかもしれない、とロバートは思った。それなら彼女が過去を詮索されるのを嫌うのも理解できる。たいしたことではないが、世間に知られるのはいやだろう。だが、もし本当にそうなら、ミス・パースリングを黙らせる手段としては使えるかもしれない。どうせ彼女のほうが先に脅迫してきたのだ。少しくらい、やり返したところで……。いや、それはできない。権力のある人間は、なおさら紳士であるべきだ。有利な立場を利用して女性を苦しめるのは下種のすることだ。

ロバートは無表情になった。にらみつけたわけではない。ただ、じっと相手を眺めただけだ。スティーヴンスはしばらくきょとんとしていたが、やがて視線をそらしてうつむいた。

「スティーヴンス」あえて敬称はつけなかった。「わたしが醜聞好きだとでもいう噂を聞いたのか？」

「そうではありませんが、閣下はミス・パースリングのことをご存じありませんから、ここはひとつご進言せねばと思いまして――」

「わたしが相手のことを知らないからといって、そんな根も葉もない誹謗《ひぼう》中傷を真に受けるとでも思ったのか？」

大尉の表情がこわばった。「いいえ、そうではなく――」

「もういい。これからもまだそんなことを言いふらすようなら、この街の在郷軍は新しい大尉を迎えることになるだろう」

スティーヴンスは蒼白《そうはく》になった。「たとえ閣下といえども、そのようなことは……」

そう言いつつも、公爵ならそれができるということはよくわかっているようだった。直接には何もせずとも、しかるべき相手にしかるべきことをささやけばいい。もちろん、それなりの理由がなければそんなことをするつもりはないし、これから自分がこの街でしようとしていることを考えると、この程度のことに権力を使いたくはない。だが、少し脅すくらいなら口先だけですむ。

スティーヴンスは頭をさげた。「お許しください、閣下。ミス・パースリングのことはわたしの思い違いです。それに公爵ともあろう方が、あのような身分の低い者に興味を持たれるとも考えてはおりません」

「公爵だからこそ、そういう人々に目を配るべきではないのか？」思わず言葉が口をついて出た。とはいえ、撤回するつもりはなかった。

大尉は困惑したように目をしばたたいた。ロバートはやれやれと思い、頭を振った。権力になどなんの興味もない人間が、これほど絶大な力を持っているというのは考えものだ。公爵なら、たったひと言でミス・パースリングをつぶすことができる。いや、何も言わなくても可能だろう。しかし、そんなやり方は間違っている。

「閣下」スティーヴンスはしばらく考えたあと、また口を開いた。「閣下のお考えは誠にご立派でございます」

そんなお世辞は聞きたくもない。

ロバートは相手の目を見た。「そうではない。ただ、人として当然のことをしようとしているだけだ。賞賛には値しない」

大尉はまた縮こまり、パンチでべとべとしている額に手をあてた。そうすれば次にどうすべきかわかるとでもいうように。

「さて」ロバートは椅子から立ちあがった。「ほかの人たちとも話をしたいので、これで失礼する」

席を離れるとき、背中にスティーヴンスの視線が突き刺さるのを感じた。ロバートは頭の中に書き留めた。この男は要注意人物だ、と。

5

「リディア！」ミニーは友人を追いかけて廊下を走った。「待って！　どこへ行くの？」

リディアは廊下の真ん中で立ち止まり、両手を脇におろしたまま、こぶしを握りしめた。

「二階よ」振り返りはしなかった。「ほかにどこへ行くように見える？」

ミニーは友人に追いついた。「今ならまだ間に合うわ。部屋へ戻って謝るのよ。きっとスティーヴンス大尉は許してくれるから」

「わたしが彼を許さないわ」リディアは怒っていた。「だって、ひどい憶測をわたしに話したのよ。よりによって、あなたが……婚外子かもしれないなんて。そんなことを、このわたしに言ったんだから！」

ミニーはリディアの両肩をつかんだ。「落ち着いてちょうだい。とにかく謝って。ごめんなさいと言うの。わたしが悪かった、ちょっとパンチを飲みすぎたみたい、と。そうすれば、彼も機嫌を直してくれるわ」

「わたしのほうが無理よ」リディアは足を踏み鳴らした。「わたしの大切な友人をあんなふうに言う人と一緒になんてなれない。それを鼻で笑って、わたしに同意を求めるような人と結婚などできるわけがないわ。絶対にいや」

「よく考えてみて。お父様がお亡くなりになったらどうするの？　おうちの仕事は兄弟が継ぐのよ。そうしたらあなたは……」

「わたしだって遺産は相続するわ」

そんなもので生活できるわけがないのをミニーは知っていた。それにスティーヴンス大尉とこんなみっともない別れ方をすれば、次の縁談はもう来ないだろう。そのうえ……。

「これがもしあなたに関する話だったらどうしていた？」ミニーはあえてそう口にした。

それが現実にありうるということは、わざわざ言わなくてもリディアはわかっている。彼女の秘密を知っている人間は多いのだ。あのときに診察した医師。当時、何カ月かコーンウォールに滞在していたリディアを知る人々。ミニーと同じく、リディアもまた、噂話によって人生が崩壊しかねないという状況を抱えている。

「誰に知られようが、もうどうでもいいわ」リディアは顔をそむけた。「どのみち、人の口に戸は立てられないもの。彼でさえ、あなたのことをあんなふうに言うくらいだから」

スティーヴンス大尉の憶測の根拠を話しても、答えられないような質問が返ってくるだけだろう。どうしてミニーの出生記録がないのか。以前の名前はなんだったのか。なぜ名前を変える必要があったのか。それを問われても返事のしようがない。

ミニーは首を横に振った。「わたしの両親はちゃんと結婚していたわ。だから安心して」

少なくとも、それだけは事実だ。「とにかく、もっと自分の将来を大切にしてちょうだい。

婚約者が少しくらい気に入らないことを言ったからって、それで結婚をやめるのはいけないわ。完璧な人なんていないのよ」

リディアは自分の体を抱きしめてかぶりを振った。「だって、あなたの悪口なのよ。黙ってはいられないわ」

「でも……」ミニーは言葉に詰まった。「彼のことを信じていたんでしょう?」

スティーヴンス大尉なら幸せにしてくれる、とリディアは何度も言っていた。まるで、繰り返し口にすることで、自分を納得させようとでもしているように。彼女はそういう人なのだ。いつも、きっとすべてうまくいくと思っているし、みんなが幸せになることを願っている。日食を見ても、明るい部分に目をやるのがリディアだ。

リディアが振り返った。「人生には腹をくくるしかないときがあるわ」ゆっくりと言う。「たとえば結婚よ。わたしが結婚すれば父が安心する。相手はちゃんとした人で、わたしを好いてくれている。わたしにはもったいないくらいの人……」彼女は顔をしかめた。「そう思っていたの」

「だったら部屋に戻って、彼に謝りなさい」

リディアは厳しい表情をした。「あんなことを言われたのに? もうあなたとは関わるなと命令されたのよ。結婚するためなら友情を犠牲にしなくてはいけないほど、世の中が残酷だとは思いたくないわ」

ああ、リディア。ミニーは胸が痛んだ。今の彼女の気持ちを思えば慰めてあげたいところだが、現実は厳しい。

「でも、実際はそうなのかもしれない」ミニーはささやいた。世間は残酷になれるものだ。それは身に染みて知っている。「それが現実よ」

「いやよ」リディアはミニーを抱きしめた。「わたしには、あなたとの友情のほうが大切なの」

その言葉を信じられたらどんなにいいだろう。

でも、いつかは……。

いつの日か、リディアがわたしの過去を知るときが来る。そうなれば、ふたりの友情はもたないに違いない。過去の事実が友情を壊すわけではない。わたしが長年のあいだ、それを隠してきたということが問題なのだ。リディアはわたしを信頼し、すべてを打ち明けてくれたというのに、こちらは自分の秘密をずっと胸にしまってきたのだから。

リディアはきっとわたしから離れていく。それはもう時間の問題だ。けれど、わたしはこの親友を失いたくない。いつも優しくて、希望にあふれ、明るく振る舞うリディア。理詰めで考えがちなわたしが、彼女の楽観的な考え方にどれほど影響を受けたことか。

ときどき、このまますべてがうまくいくのではないかと思うことがある。ふたりとも、世間に秘密を知られてしまうのではないかという不安がなくなり、ずっと仲のよい友達でいられるのではないかと。

愚かな望みはいくつも抱いてきたけれど、この願いだけはあきらめられない。わたしにとって彼女は本当に大切な友人だ。別れの日が来ないことを祈りながら、ミニーは黙ってリディアを抱きしめた。

「ねえ」リディアが言った。「クレアモント公爵と、ずいぶん長いあいだおしゃべりをしていたわよね。どんな話をしていたの？」

「別に」ミニーは思わずほほえんだ。「他愛もないことよ」


住居と呼ぶのもためらわれるような住まいだ、とロバートは思った。漆喰がほとんどはがれ落ちた壁にはひびが入り、煤《すす》で筋がついている。部屋はひとつしかなく、傷んでいそうなキャベツと、つんとする酢の匂いがした。今、座っている椅子は妙に低かった。まるで脚が一本折れたので、ほかの三本もそれに合わせて切ったかのようだ。片側に体重をかけると、きしみながら揺れる。だが、このみすぼらしい住まいこそが、父がこの街で犯した間違いの結果なのだ。だから自分はそれを正すために、ここレスターへ来た。

償いまでに時間がかかったのは申し訳なく思う。しかし、父が何をしたか知ったのはつい最近のことなのだ。

目の前にいる男が、上着の前をかき合わせた。この部屋の住人だ。フィニーという名で、体は痩せこけており、しきりに咳をしている。

「〈グレイドン・ブーツ〉か」フィニーは椅子の背にもたれ、天井を見あげた。「もう何年も思いださないようにしていた名前だな。あそこを辞めたのは……一八五八年だったか」

「記録にはそうある」ロバートは言った。

フィニーは自分のパイプをロバートに突きつけた。「あの工場がなくなってもう何年も経つというのに、今さらお偉いさんが年金をくれようっていうのか？　このおれに？」

ロバートはうなずいた。

「旦那、おれは牢屋に四カ月ぶちこまれていた。それですっかり体を壊しちまったが、まだ頭はしっかりしてる。そんなうまい話があるもんか。何か裏があるに違いねえ」

裏など何もない。〈グレイドン・ブーツ〉とは、ロバートの父親が祖父から相続した工場だ。父は産業についてはうとかったため、教区の民生委員に工場経営を託し、しっかりと利益を出すように命じた。ロバートは祖父が残した古い書類を見て、その存在を知った。父親は何をするにも管理がずさんな人間だったので、帳簿には〈グレイドン・ブーツ〉の名前すら載っていなかった。

「ミスター・フィニー」ロバートは言った。「〈グレイドン・ブーツ〉が年金を出すわけじゃない。それはおかしな話だからね。ぼくが代理人を務める慈善団体が、あなたの受けた刑罰は不当だと判断したんだ」

「おれもずっとそう主張してきたんだがな」

「実際のところ、この街は扇動罪の数が多すぎる」ロバートは続けた。「この一〇年間で比較すると、イングランド全体より多いと知っていたかい？」

父親が使っていた民生委員が始めたことだろう、とロバートは思っていた。しかも工場が閉鎖されて以降も、その傾向は続いている。

「レスターの人間は思っていることを口に出すのさ」

ロバートはテーブルに書類を置いた。「発言が違法だと見なされるのは政府を批判したときだけだ。工場の経営者に対するものは適用されない」工場の存在を知ったとき、初めのうちはただ補償をすればいいと思っていた。だが、調べていくうちに多くのことがわかってきた。レスターで行われた裁判の記録にあたったところ、法律が正当に適用されていなかったことを突き止めたのだ。「労働組合を作っただけでは罪にはならないんだよ」

フィニーはロバートの顔をまじまじと見たあと、やれやれとばかりに頭を振った。

「旦那がそう言うんなら、きっとそうなんだろう。だが経営者ってのは、自分のしたいようにするもんさ。おれはもうこれ以上、巻きこまれるのはごめんだ。今は協同組合の仕事で忙しいんだよ」

その言葉を裏づけるようにドアが開き、ふたりの女性が姿を見せた。ひとりは痩せた年配の婦人で、茶色のドレスはかなり着古したものに見えた。手には食料品の入った袋を持っている。彼女はずり落ちそうになった黄ばんだ縁なし帽を押さえ、もうひとりの女性に向かって言った。「うまくいきっこないと思いますよ」

そのもうひとりとはミス・パースリングだった。彼女は茶色の髪をきつく頭の上で結い、カールした髪を少しだけ首筋に垂らしている。

「ミセス・フィニー」ミス・パースリングが言った。「街じゅうの薬屋さんに断られて、ここが最後の頼みの綱なんです」

フィニーの妻はショールを肩から外した。「でもね、生活協同組合は食料品だけで、ほかのものは取り扱わないんですよ」

「でも、宣伝すれば――」

「ミス・パースリング、あなたのことは好きですけど、組合にそんな提案をしろっていうのは無茶というもんです」

ミス・パースリングはうつむいた。「どこにも引き受けてもらえなかったら、わたしが委員会で叱られます」うなだれて両手を組み合わせ、いかにも気弱そうなふりをする。なかなかうまい芝居だ。「お願いです」

「仕方ありませんね」フィニーの妻はドアのそばのテーブルにショールを置いた。「まあ、話だけはしてみますよ」

「ありがとうございます」ミス・パースリングは言った。「感謝しますわ」

フィニーが声をかけた。「お客さんだ。この人の話を聞いたらおったまげるぞ」

ふたりの女性がこちらを見た。ミス・パースリングはロバートに気づき、目を丸くすると、一歩うしろにさがった。

「ロンドンからいらしたんだとよ」フィニーが言った。「ミスター・ブレイズデルだ。旦那、こっちはおれの女房で、そっちはミス・パースリング。おい、こちらの紳士は弁護士らしいぞ」

「ただの代理人です」ロバートは訂正した。

「ミスター・ブレイズデルが言うには、労働組合のためにせっせと働いて、それで貧乏になったやつに年金をくれる基金があるらしい」フィニーは声をあげて笑った。

フィニーの妻が顔をしかめた。「だったら、わたしらには関係ありませんよ。このだだっ広い部屋にたったふたりで暮らしているんだし、お肉だって週に三度は食べられるし。ちっとも困っちゃいませんから」

ロバートは目をしばたたき、フィニーの妻になったつもりで部屋の中を見まわしてみた。これで困っていないというのか？

「このおれに年金だとよ！」フィニーがまた笑い声をあげる。「工場のために何をしたってんだ？　ジミーが毒のせいで死んだあと、みんなをけしかけてストライキをやった人間だぞ」

ロバートは顔をそむけた。教区の民生委員が原価削減のために最初に行ったのは、塗料を安物に変えることだった。その安い塗料は、毎日そこへ手を入れなくてはいけない労働者にとっては危険な代物でもあった。だが、たとえ健康は金には代えられないとわかっていても、労働者たちは一か八《ばち》かやってみるしかなかったのだ。

「先ほども説明したように、この年金は〈グレイドン・ブーツ〉への貢献ではなく、労働組合への尽力を称《たた》えるものなんだ」

フィニーは寂しそうにかぶりを振った。「旦那はまだ若いからわからんだろうが、おれは痛い思いをして、余計なことはしないほうがいいということを覚えたんだ。もう二度とストライキはやらんし、その手のことには関わらない。とくに今はごめんだ。なんたって、クレアモント公爵がこの街に来ているという噂を聞いたからな」

「ええ、いらしています」ミス・パースリングが口を挟んだ。

フィニーは唾を吐いた。「すべてはあの公爵が〈グレイドン・ブーツ〉を相続したときから始まったんだ」年老いて染みのできた手が震えた。「労働時間は増え、賃金は減る一方だった。そのうえストライキをすると牢屋にぶちこまれた。あいつは鬼畜だ。おれは絶対にあんなやつ――」

「あんた」フィニーの妻が割りこんだ。「そんなことを言ったら、また連れていかれるよ。前もそうだったんだから。いいかげん、しゃべる前にちっとは考えたらどうだい」

「いや」ロバートは言った。「ぼくの前でそんな気を遣う必要はないよ。あなたの意見には、ぼくもまったく同感だ」

ミス・パースリングが何歩か進みでた。「本当に?」

わたしがただの思いつきでここへ来たと、彼女は思っているのだろう。

ロバートはミス・パースリングのほうへ顔を向けた。「クレアモント公爵がしたことの記録を調べたんだ」穏やかに言う。「間違いを正したいと思うのは、そんなにいけないことだろうか?」

彼女は顔をそむけた。「問題はそのやり方です」かすかに眉をひそめる。「それに、あなたがそうしたいと思われる理由もわかりません」

「理由は簡単だ。貴族は特権に守られすぎている」ロバートは応えた。「彼らは貴族院で裁判を受ける権利がある。そこでだ、ミスター・フィニー、考えてみてくれ。公爵が民衆を批判したからといって、扇動罪に問われたなどという話は聞いたことがないだろう？ それは貴族が自分たちを守る法律を作っているからだ」

「そのとおり、そのとおり」フィニーが同調する。

「たとえば……」ロバートはまたミス・パースリングを見た。「ミスター・フィニーが労働組合の活動をしていたころに書いたような文章で、クレアモント公爵がビラを作ったとしよう。真実を語っているという点ではミスター・フィニーと同じだが、決定的に違うのは、投獄される恐れがないことだ。なぜなら、それで公爵を有罪とする法的根拠がないからだ」

彼女は首をかしげた。「そうなの？」

フィニーがうなずいた。「まったくそのとおりだよ、旦那」

「しかし貴族は、真実を語るためではなく、真実を抑えこむためにその特権を使っている。ミスター・フィニー、もしあなたが貴族院の議員だったら何をしたい？」

「おれが貴族院の議員だと？」フィニーは大笑いした。「そんなとこを見てみたいね」

「ぼくもだ」ロバートは言った。「もしぼくにそんな機会があったら、わが身の利益や特権を守ることに無駄な時間は使わない。クレアモント公爵のような人間が労働者に有毒な染料を使わせたり、労働者が苦情を訴えるたびに罰したりできないような法律を作る。そして貴族制度など廃止させる」

自分が熱く語っていることに、ロバートはわれながら驚いた。

「そんなこと、おっしゃってはいけませんよ」フィニーの妻が止めた。「ご自分では大丈夫と思ってらっしゃるのかもしれませんけど、それこそ扇動罪に問われますよ。あなたはまだお若い。わたしらも昔はそうでした。でも今では息をひそめ、そういう話はしないようにしてます。誰の得にもなりませんからね」警戒するような顔でミス・パースリングを見る。

「まさかクレアモント公爵にお会いになったとか？　あなたはそちらのほうの方々ともお付き合いをされてますもんね」

フィニーはばつが悪そうな顔をした。

ミス・パースリングはロバートから顔をそむけた。「ええ、お目にかかりました」

「あのくそダヌキは元気にしてたか？」フィニーが尋ねた。「世の中のためには、あんなやつはさっさとくたばっちまったほうが――」

「あんた、やめときな」

「わたしがお会いしたのは……」ミス・パースリングが言った。「ご子息のほうです」

フィニーは無視して言葉を続けた。「公爵なんてのは、どいつもこいつも同じようなもんさ。そうだろ、旦那？」

それには答えず、ロバートは黙ってミス・パースリングを見た。彼女の顔からはなんの感情も読み取れない。眉の一本すら動かしていなかった。

ミス・パースリングは首を横に振った。「ご子息のほうは背が高く、ハンサムで裕福です。でも、ご本人はそれをあまり嬉しく思っていらっしゃらない様子でした」

ロバートは顔をしかめた。

それでも彼女は話をやめなかった。

「労働者として生きるというのがどういうことかは、たぶんおわかりになっていないと思います。何もしなくても、欲しいものは与えられてきたのでしょうから」

手厳しい評価だ。しかも真実を突いている。ロバートは顔が熱くなるのがわかった。

「楽な暮らししか知らない人間にとって、厳しい生活をしている人々の気持ちを理解するのは難しいものです」ミス・パースリングは言った。

ロバートは怒りさえ覚えなかった。なんという洞察力だろう。これまでわたしが自問自答してきたことを鋭く言いあてている。

「でも……」彼女は言葉を切り、首を横に振った。ロバートはひと言も聞きもらすまいと身を乗りだした。

「ご子息のほうは……」ミス・パースリングは彼のほうを見ずに言った。「お父様とはまったく違います。何をお考えなのかはよくわかりませんけれど」

ロバートは体がこわばり、身動きができなくなった。彼女はこちらを見たわけでも、声に力をこめたわけでもない。だが、その静かな声が、頭上でささやかれた祝福の言葉のように聞こえた。

〝お父様とはまったく違います〟

ロバートは震える息を吐きだした。「ここでの会話を治安判事に話すかい？」

「いいえ。こちらのご夫妻を巻きこみたくはありませんもの」ミス・パースリングは唇を噛んだ。「ミスター・ブレイズデル、あなたが代理人を務められている慈善団体ですけど、〈グレイドン・ブーツ〉で働いていた全員に年金を支給されるのですか？」

そのつもりはない。まず、こんな話を持ちかけても簡単に信じてはもらえないだろうし、すでに死亡した者や街を離れた者もいる。

「不当な扱いを受けた労働者が対象だ」ロバートは硬い口調で言い、視線をそらした。

「ミセス・フィニー」ミス・パースリングは言った。「生活協同組合へのご提案の件、お引き受けくださって本当にありがとうございます」

「どういたしまして」フィニーの妻が応える。

「では、ミスター・フィニー、ミスター・ブレイズデル、わたしはこれで」ミス・パースリングは軽くお辞儀をして部屋を出ていった。

うつむきがちに静かな声で話す彼女はあまり魅力的ではないと思っていた。だが、今は違う。世の中には生き生きと輝くことで美しく見える女性もいる。ミス・パースリングは、長い夜のあとドアの隙間から忍びこむ、真珠色をした淡い朝の光のようだ。檻《おり》の中をゆっくりと歩くトラのような気品がある。使われることのない鋭いかぎ爪、跳びかかることはないが常に緊張している筋肉。閉じこめられた獣が放つ気高さが感じられる。

ミス・パースリングの顔から、その憂鬱そうな表情が消えた姿を見てみたい。すべてわかっているという目でこちらを見て、もう一度同じ言葉を言ってほしい。

そう、彼女に求めるものはただひとつ。しかし、それを手に入れるのはとても難しい。

〝お父様とはまったく違います〟

もう一度、本心からそう言ってほしい。

6

その夜、ロバートはまたミニーを求める夢を見た。ここのところ、ずっとそうだ。

夢の中で、彼は初めてミニーと出会った場所にいた。〈ギルド・ホール〉の図書室で、カーテンのうしろに隠れている。そこなら誰にも見られることはない。あの男たちの会話ではなく、静かな波の音が聞こえている。近くに海などないのに、それがおかしいとはどちらも思わなかった。ロバートは服を着ておらず、ミニーは上半身だけが生まれたままの姿だった。夢の中の彼女はほほえみを浮かべ、なまめかしい表情でこちらを見あげていた。茶色の髪は肩におろされ、乳房の両脇に垂れている。ミニーはひざまずき、ロバートの高ぶったものを口に含んだ。

もどかしいほどにぼんやりとした夢だった。熱く湿った舌の感触がわかるわけではない。心から彼女を求めているというのに、快感は鈍くぼやけている。それでも、少なくとも夢の中なら罪の意識に悩むことはなく、妊娠の心配をする必要もない。ただ純粋な体の欲求があるだけだ。

ミニーはとても上手だった。はっきりと感じることはできなかったが、そうに違いないという確信があった。彼女の頭を押さえ、自分から身じろぎをしてみても、明確な感触は得られなかった。ひたすらに体が熱くなるだけだ。狂おしいほどに欲望ばかりが募った。

「ああ、ミニー」ロバートは懇願した。「じらさないでくれ」

しかし彼女は愛撫を急ぐことも、相手を受け入れるために姿勢を変えることもせず、ロバートを見つめた。「それほどおっしゃるなら」官能的な笑みを浮かべてささやく。「あなたのお人柄はわかっています」

あまりの衝撃に目が覚め、ロバートはまばたきをした。まだ真夜中らしく、寝室は暗く静まり返っている。上掛けはほとんど押しやっていたが、それでも熱があるように体が熱かった。下腹部が痛いほどに硬く、解放を求めて体が震えている。なんという生々しい夢だろう。上半身は裸で、肩に髪を垂らし、明るくほほえむミニー……。

まったく。

もし友人に彼女のどこに惹かれているのかと尋ねられても、説明するのは難しい。いわゆる美人ではないし、印象が強いわけでもない。たたずまいには独特の雰囲気があるが、もっと美しい女性はいくらでもいる。

だが、ミニーはわたしのことを公爵としてではなく、過激なビラを書く男として見ている。おそらくそれが理由だろう。

上掛けをすべて押しやり、冷気に体をさらした。それでもまだほてりは引かなかった。

今しがた見た夢を思い返した。ひざまずくミニー。口で愛撫するミニー。〝あなたのお人柄はわかっています〟そう言ったときの、あの心を開いた笑み。ミニーのことが忘れられない。夜中に悩ましい夢で目が覚めたのは、これが初めてではないのだ。夢の中では彼女を壁に押しつけたこともあるし、ベッドに誘ったこともある。

〝あなたのお人柄はわかっています〟

ロバートは暗闇をにらんだ。夢だからかまわないはずだとは思っている。現実に何かをするわけではない。もし夢の中のことまで責められるとしたら、今ごろは友人を失っているだろう。問題は、夢を見ると感情が揺さぶられ、熱に浮かされたように目が覚めてしまうことだった。

〝あなたのお人柄はわかっています〟

その言葉を頭から追い払えたら、とロバートは思った。しかし意に反して、それは耳の中で響きつづけた。

〝お父様とはまったく違います〟とミニーは言った。ならばなおさら、自分という人間をもっとよく知ってほしい。そして彼女のこともよく知りたい。

あれこれと努力したにもかかわらず、ロバートがようやくまたミス・パースリングに会えたのは一週間後だった。しかも、それは一計をめぐらしてのことだった。

彼女が所属する労働者衛生委員会に一〇〇ポンドの寄付をしたのだ。つまりパトロンになったわけだ。それならば、自分が出した金がどう使われるのか知りたいという名目で会合に参加することができる。

その会合が行われたのは有名な〈スリー・クラウンズ・ホテル〉や〈ベル・ホテル〉ではなく、街外れにある〈ナッグズ・ヘッド〉と呼ばれるうらぶれた安宿の食堂だった。一〇分遅れで〈ナッグズ・ヘッド〉に着き、女給のあとについて食堂の中を進んだ。ロバートのほうを振り返る者は誰もいなかった。女給はせわしなくテーブルのあいだを動きまわり、女性にはただの水を、男性には薄いビールを勢いよく注いで、飛び散った水滴をエプロンの紐につるした汚いタオルで乱暴に拭き取った。

すでに話し合いは始まっており、誰もロバートには注意を払わなかった。

労働者衛生委員会の会合は、実施された場所だけでなく出席者も一風変わっていた。慈善団体の会合には何度も顔を出したことがあるから、どういう人間が集まるかはよく知っている。たいていは金と人間関係を提供する金持ちと、知識を提供する専門家が集うものだ。ここには、たしか医師だと記憶している男と、もちろんスティーヴンス大尉とミス・パースリング、それに裕福そうな年配の婦人がひとりいた。そこまでは一般の慈善団体と変わらない。だがテーブルの反対側に座っている、ミス・パースリングと同年代と思われる女性は実用的なシャツブラウス姿だった。その隣にいる顔色の悪い中年男性は、何箇所も継ぎのあたったツイードの服を着ている。さらに隣にいるふっくらした女性は、どこかの店の制服らしい丸襟の黒いドレスという格好だ。つまり出席者の半数は労働者階級ということだ。

こんな慈善団体の会合は見たことがない。興味を覚え、ロバートは身を乗りだした。

スティーヴンスがかぶりを振った。「それはあとで考えるとしましょう。ミス・パースリング、消毒液に関する報告をお願いします」

ミス・パースリングはうなずいた。ロバートからは背中しか見えなかった。襟元にカールした髪が垂れている。おもしろいことに、メイドが丹念にこてで巻いたような太いカールではなかった。もっと細いし、自然な感じがする。こてではどうにもならないほどのくせ毛なのかもしれない。

「昨夜、生活協同組合の会議がありました」彼女の発音は明瞭だが声が小さいため、ロバートはさらに前のめりになった。「生協で買えることをチラシに書くという条件で、消毒液の販売を受け入れてくれました。宣伝効果は大きいと納得してくださったようです」

〝納得してくださったようです〟というのは謙虚な物言いだ。わたしが説得しました、と自分の手柄を主張することもできたはずだ。ロバートは両手の指先を合わせた。

ミス・パースリングのドレスはウエスト部分に愛らしいフレアがあり、スカートをふくらませているせいで、体の線はよくわからなかった。話すときは周囲を見まわすが、それでも真うしろにいるロバートに顔を向けることはなく、目の表情は見えない。ただ、頬の輪郭と傷痕がわかるくらいだ。彼女は眼鏡をかけ、あらかじめ書いておいたらしい原稿を読んでいた。

まただ、とロバートは思った。この一週間というもの彼女のことばかり考えてきたせいで、もう伏し目がちにぼそぼそとしゃべる話し方にはだまされなくなった。不思議なことに、ここに集まっている誰もが彼女は無能だと思っている。どうやら本当の能力を知っているのは、このわたしだけらしい。

「その消毒液って、いくらなんですか？」労働者側のいちばん若い女性が尋ねた。普通の声だったが、ミス・パースリングのあとでは大きく聞こえた。

「瓶一本が一シリングです。節約しながら使ってもらえば、ひと家族で半年はもつはずです。ミス・ピーターズ、これは労働者世帯に出せる金額でしょうか？　それともさらに助成金を出して、もっと価格をさげたほうがいいですか？」ミス・パースリングはその女性のほうへ首を傾けた。

女性はノートをぺらぺらとめくった。「そうね……たぶん、大丈夫だと思います」

「ばかばかしい」スティーヴンスが口を挟んだ。「消毒の指導も、消毒液の販売も、チラシの配布も、すべてが無駄だ」ミス・パースリングに鋭い視線を向ける。先日少しばかり脅しをかけてやったのに、どうやら真剣に受け止めなかったようだ。まだ彼女への敵意をむきだしにしている。

「そんなことはありません」ミス・ピーターズが応えた。「つまるところ――」

ロバートは耳をそばだてた。

スティーヴンスがテーブルを叩いた。「いまいましい労働者どもが、法で定められたとおり、ちゃんとわが子に予防接種を受けさせればすむことじゃないか」

継ぎのあたつた服の男がとっさに立ちあがった。「うちの子には種痘なんか絶対に受けさせんぞ。あんな病原菌から作ったものを体に入れさせたりできるもんか」

「わたしの母は注射をした一週間後に死んだわ！」ミス・ピーターズが言った。

ふっくらした女性が身を乗りだした。「息子は種痘を受けたけど、それでも天然痘にかかって、目が見えなくなりました。種痘医に会いに行ったときは、もう逃げたあとでした。どうせ酒かなんかを注射して、高いお代を取ったんです！」

労働者側は三人とも立ちあがり、スティーヴンスをにらんでいた。誰かがひと言でも余計なことを言えば、暴力沙汰になりかねない気配だ。

緊迫した雰囲気の中、ミス・パースリングは椅子に腰をおろし、背筋をぴんと伸ばした。そして、まるでお守りのように頬の傷痕に触れた。

「スティーヴンス、そりゃあ、ぼくだって予防接種には賛成だよ」

テーブルの端にいる黒い髪の男が言った。ベルヴォアー通りで開業しているグランサムという若い医師だ。その声がいくらか場の緊張を緩めた。ミス・パースリングは小さなため息をつき、椅子の背にもたれた。

グランサムは万年筆をいじった。「でも開業医をしているとわかるんだが、世の中、恵まれた患者ばかりではないんだよ」

スティーヴンスは若い医師をにらみつけた。「どういう意味だ？」

グランサムは肩をすくめた。「毎食、肉や野菜をとれるわけじゃない。手を洗うきれいな水もない。窓のない部屋に住んでいる者もいる。せめて身をかがめずにすむ仕事に就いてくれたらと思うが、それもかなわない」万年筆で手の甲をとんとんと叩く。「かがむのは腰や内臓によくないんだ」彼はまた肩をすくめた。「給料だって安いものだしね。どうしようもない」

「そのとおり」ふっくらした女性がつぶやいた。

「種痘を受けるかどうか自分で決めさせたりしたら、やつらはつけあがるだけだ」スティーヴンスは怒りをあらわにした。「そのうちにほかのことも自分たちで決めさせろと言いだすだろう。そうなったら、また以前のように選挙権を求める運動を起こすだけだ。いや、すでにそんな話は出ている。この街は火薬庫さながらなのに、きみたちはそこで松明《たいまつ》を振りまわそうというのか？」彼はグランサムだけでなく、ミス・パースリングも含めて指さした。

「こんな話し合いは労働者どもに余計な知恵をつけるだけだ」

グランサムは笑みを浮かべ、前かがみになった。「医療の勉強をしていたころ、ひとつ学んだことがあってね。人間は誰しも脳みそを使う。貧困者だろうが、労働者だろうが、それは同じだ。金持ちに吹きこまれなくても、自分で考えつくことができるんだよ」

「おふたりとも」ミス・パースリングが手の甲でテーブルをこつこつと叩いた。珍しく大きな音だ。「予防接種の話はまた今度にしましょう。今日の議題は消毒液についてです。それにコレラやインフルエンザには予防接種がありませんけれど、消毒液をきちんと使えば感染を防ぐことができるのをお忘れですか？」

「すごいな」グランサムが穏やかに言った。「明確な事実を挙げることによって口論をおさめるとは。たいしたものだ」

ミス・パースリングはまばたきひとつしなかった。だが、本当はしまったと思っているようにロバートは感じた。

「おふたりとも、もういいですね」彼女は言った。「では、ミス・ピーターズとわたしでチラシを貼ってまわることにします」

「女性ふたりで街中をうろつくのか？」スティーヴンスが口を挟んだ。「それはやめたほうがいい」

「じゃあ、ぼくが同行しよう」グランサムが申しでた。「ミス・パースリング、お友達のミス・チャリングフォードにも手伝ってもらったらどうだい？」

ミス・チャリングフォードはつい先日、スティーヴンスの顔に飲み物を浴びせている。それを思いだしたのか、大尉はパンチにも負けず劣らず顔を真っ赤にした。

「その三人が集まってチラシを貼るだって？」スティーヴンスは鼻で笑った。「在郷軍の一員としては、そんなことを許すわけにはいかない。それくらいなら、ぼくが同行しよう。ミス・チャリングフォードはおとなしく家にいればいい」

「若いお嬢さんひとりがそんなに怖いのか？」グランサムがからかうように言う。

「なんだと！」スティーヴンスは怒鳴った。「そもそもこんな活動は――」

「ぼくが行こう」ロバートは口を開いた。

その声に全員が振り返った。ミス・パースリングは目を見開き、グランサムは戸惑ったような表情を見せ、スティーヴンスは真っ青になった。

「スティーヴンス大尉」ロバートは言った。「まさか、わたしが大衆を扇動したりするとは思っていないだろう?」

「もちろんです!」大尉はさっと立ちあがった。「ですが、閣下にそんなご迷惑をおかけするわけには……。だいたい、なぜこんなところにおられるのですか?」

ロバートは手のひと振りで、その質問をはねのけた。「少しも迷惑ではない。街の中を歩いて見物できるいい機会だ」

ミス・パースリングが〝やめて〟という顔をした。

「生協に消毒液の販売を認めさせたのはミス・パースリングの尽力があってこそだ。少しでも力になれるのなら、わたしも嬉しい」

あからさまに褒められたことに、彼女はいらだったような表情を見せた。

「賛成です」グランサムが言った。

「わかりました」スティーヴンスがうめく。

あとは細かい打ち合わせをするだけとなった。ミス・パースリングは不愉快そうな顔でちらりとロバートを見たあと、すぐに遠くへ目をやり、両手の指を組んだ。それ以降の話し合いのあいだは、彼に視線を向けることもなかった。解散となり、全員が立ちあがったときも礼を述べるでもなく、黙って自分の持ち物を片づけはじめた。

彼女がさっさと店を出てしまう前に、ロバートはそばへ寄った。

「ぼくのほうで待ち合わせの時間を決めて、うちの者に手紙を持たせようか？」

ミス・パースリングは顔もあげずに書類と鉛筆を薄い鞄《かばん》に入れた。

「おっしゃるとおりにいたします」

「今、決めてもいい」

「どちらでも結構ですわ」

ミス・パースリングはかたくなに横を向いている。そのせいで頬の傷痕がはっきりと見て取れた。普通なら、こういう傷痕は美しさを損なうものであり、男なら誰しもそれを見まいとして顔をそむけるだろう。だが、ロバートは一向に気にならなかった。彼女は舞踏会で使う仮面のように、それを顔につけている。まるで、あなたを追い払いたいのよ、とでも言うように。

「明日からしばらく街を出る」ロバートは言った。「従兄弟のお供をする約束をしたのでね。いや、それはどうでもいいんだが……。では、木曜日はどうだ？」

「どうぞお好きなように」

「ならば夜中の二時にでもするか。クマが出るかもしれないが」

ミス・パースリングはようやくこちらを向き、ちらりと怒りを見せたあと、すぐにそれを抑えこんだ。ロバートはため息をついた。彼女はいつも小さな声で話し、手柄をひけらかすようなことはせず、なんとしても他人の注意を自分に向けさせまいとする。頬の傷痕と何か関係があるのだろうか？　本来、内気な性格ではないはずだ。その寡黙さには別の意味があるような気がする。

「おいおい、どうした？」ロバートは言った。「わたしを脅したのは単なるはったりだったのか？」

「なんのことだかわかりませんわ」ミス・パースリングは少し顔をそむけて顎をあげた。おや、それでつんとしているつもりか？

きっとそうだ。

ロバートは笑いだしそうになった。

「わたしと約束したんだろう？」ドアのそばで上着に腕を通しているグランサムに聞こえないよう、小声で言う。「わたしはきみに言い寄る。きみは疑いの目をわたしに向けさせる。だが、まだわたしの耳には何も聞こえてこない。もしかして腕をこまねいているのか？約束を破るような人間だとは思わなかったが」

ミス・パースリングは横目でロバートを見た。「それはごめんあそばせ」少しも謝っているようには聞こえなかった。「わたしがいちいち進捗状況をご報告にあがるとでも？」彼女は薄い鞄の留め具を閉めた。

「たまにはわかったことを小出しにして、わたしの反応を見るかと思っていたが？」

彼女は冷ややかな目をした。「お考えが幼稚すぎますわ。何を勘違いされたのか知りませんけれど、わたしはそんなことはいたしません」

ロバートは思わず吹きだし、周囲を見まわした。幸い、そばに人はいなかった。

ミス・パースリングは会合のあいだにいろいろとメモを書き留めたチラシの見本を折りたたみ、スカートのポケットに入れた。「敵に手の内は見せませんの。愚かなことですから」

「つまり調べが進んでいないということかな？」

彼女は淡々とした表情でロバートを見たあと、首を横に振った。

「見栄を張るために、知っていることをぺらぺらしゃべったりはしないということです。たとえ自分のほうが勝っているとばかりに、自慢げにちょっかいを出されても」

「耳が痛いな」彼は傷ついた顔をしてみせた。「さっきは考えが幼稚すぎると言われ、今度は自慢げにちょっかいときたか。そもそも男は自慢したがるものなのだから、少しはその気持ちを尊重してくれ」

ミス・パースリングはかすかに笑みを浮かべ、ロバートの手を軽く叩いた。

「ごめんなさい」甘い声だった。「そんなにしょんぼりされるとは思わなかったものですから」思わせぶりな物言いに、ロバートは顔が熱くなった。ミス・パースリングは鞄の紐を肩にかけ、ドアのほうへ向かった。しかしすぐに立ち止まり、振り返ると、なまめかしい笑みを浮かべた。彼は心臓が破裂しそうになった。

こんなに気持ちをかき乱されたまま、帰らせるわけにはいかない。

大股で追いつき、彼女の腕に手をかけた。「待ってくれ」

ミス・パースリングは足を止めなかった。ロバートは黙ったままあとについていき、明るい通りへ出て、もう誰にも話を聞かれる心配がなくなるとふたたび口を開いた。

「調べが進んでいないのかと言ったのは、尋ねたわけではなく、わかっているからだ。きみはチラシの見積もりを取るふりをして、街じゅうの印刷屋をまわった。わたしが仕事を頼んでいないか探るためにね。だが、何もつかめなかった」

ミス・パースリングが立ち止まり、首を傾けて振り返った。「わたしを監視していらしたのね」

「違う。きみをつけまわすような下劣なまねはしない。ただ知り合いの業者に、どんなことを尋ねられたのか、ちょっと訊いてみただけだ」ロバートは笑みを浮かべた。「きみが進捗状況を報告してくれるとは思えなかったからな」

彼女は肩をすくめた。「嫉妬心から愛人をつけまわしたというのなら下劣ですけど、わたしは敵ですもの。監視するのは当然です。拍手を送りますわ」

また歩きだした。ロバートは困惑し、ただその背中を見つめた。

いつも誠実でありたいと思ってきた。そういう人間は少ないからだ。従兄弟のセバスチャンはどんなにお堅い女性が相手でも、その魅力でベッドに誘いこむことができるし、実際に何度かそうしてきた。異母弟のオリヴァーは皮肉な考え方をする人間だが、そんなことはおくびにも出さず、女性をちやほやすることができる。

だが、自分はきわどい会話をうまくこなせない。あとになって気の利いた台詞を思いつくことがあるだけだ。だからときどき、とんでもないことを口走る。〝きれいな胸だな〟というようなことだ。そして最悪の気分になる。

やれやれとばかりに頭を振り、ミス・パースリングと並んで歩いた。

「わたしたちは敵である必要はないと思う。どちらかというと同志だ」

彼女はちらりと疑わしげな目を向けた。「なぜ？　恐ろしく視力の低い、もうすぐ行き遅れになる女でも味方につけておきたいんですの？」

ロバートは顔をしかめた。

ミス・パースリングが唇をゆがめる。「気になさらないで。ミスター・フィニーに年金の話をしているのを聞いてしまいましたもの。よそでしゃべられたら困りますでしょう？」

彼はこれを無視した。「わたしがビラを作ったことを証明するため、きみは街じゅうの印刷屋を書きだし、効率よくまわった。たいした戦術だ。感服するよ」

彼女は手袋をはめた手で自分の唇をとんとんと叩いた
「わたしが何もつかめなかったとおっしゃいますけど……」しばらく考えこむ。「それは間違っています。あのビラがこの街で刷られたのではないということを突き止めました。つまり、あれを作ったのはレスターの人間ではないということです。そうなると思いあたる人物はひとりだけ。これも立派な証拠ですわ」

ロバートは唖然《あぜん》として、目をそむけることさえできなかった。相手の淡々としたグレーの瞳の中でおぼれているような気分になる。こちらは公爵だ。彼女は……自分のことをなんと言った？　恐ろしく視力の低い、もうすぐ行き遅れになる女？　だったら、はなから勝負は決まっていてもおかしくないはずではないか。

「わたしが印刷屋さんをまわったひとつの理由をご存じだから、それですべてわかったような気になっていらっしゃいますでしょう？」ミス・パースリングは言った。「でも、これはディスカバード・アタックなのです」

こうしてそばにいると、彼女の感情がわかるようになってきた。うつむきがちで、三歩離れたら何を言っているのかも聞き取れないほど声が小さい。だが手の動きを見ると、いくらか感情が高ぶっているようだ。唇には笑みにも似た表情が浮かんでいる。

「それはどういう意味だ？」

「戦術用語です」ミス・パースリングは両手の指先を合わせた。「動くということにはふたつの意味があります。ひとつは前に出るということ。つまり、新たに占領した場所に価値があります。でも、それは今までいた位置に何もなくなるということでもある。だからそこを使って、もっと長い射程距離で攻撃を仕掛けられるのです。次の一手を打つときは、背後に空いた場所も利用するのです」

「それと印刷屋がどう関係するのかわからないな」ロバートは目をしばたたいた。「きみの話はまるで軍事戦術のようだ。視力の低い、もうすぐ行き遅れになるかもしれない女性が、どこでそんなことを知ったんだ？」

彼女は落ち着き払っていた。なぜ普通の女性がそんな特殊な知識を持っているのだろう？

「わたしは証拠となる紙の見本を手に入れました。あなたは何をされました？　わたしに言い寄るお芝居をしているだけ？」

ロバートは言葉もなかった。ミス・パースリングはこちらを見てさえいない。いつもそうだ。ただ足元を見つめている。顔色の悪い、抑圧された女性のように。公爵には目を向けることさえできないとでもいうように。

「芝居だと？」激しい感情がこみあげた。「きみはわたしの目を見ようともしない。これほど高尚な話をしているというのに声は小さい。本当は聡明な女性なのに、そう見られないよう、きみのほうこそいつも芝居をしている。そうやって自分を偽っているんだ」

ミス・パースリングの目がわずかに見開かれた。「それは……世間はそういう女性を求めているからです」

「本当にそれだけか？　ミニー、顔をあげろ。こちらを見るんだ。きみは公爵に恐れ入っているわけではない。公爵と闘っている。ここを歩いている人たちに、それをはっきりと示せ。わたしの目を見ろ」

彼女はうつむいたままだった。その両肩をつかんで揺さぶりたかった。顎をあげさせ、無理やりにでも自分のほうを向かせたい。そして、できるものなら……。

ミス・パースリングに望むことはもっとたくさんある。だが、それは無理やり奪えるものではない。

「わたしは芝居をしているわけではない。本当にきみにまいっている。好きなんだ」

彼女が小さな声をもらし、ゆっくりと顔をあげた。

ほんの一瞬だけ、ありのままの姿を見たような気がした。絶望的な表情を浮かべて、悲しげに吐息をもらしたのだ。唇を少し開いたままこちらを見つめる顔は、胸が締めつけられるほど美しかった。

ミス・パースリングはすぐにまた目を伏せた。息が乱れ、こぶしを握りしめている。彼女は首を横に振った。「お幸せな方ですね」つらそうな声だ。「あなたはご自分を偽って必死に画策をする必要がない。気持ちを抑えこむことなく、堂々と口にできる。そして翼が焦げる不安なく、空を見あげられる。何ひとつ恐れることなく将来を考えられるのです」

彼女のこぶしが震えはじめた。

「わたしにも高みを目指していた時期がありました」ささやくような声だが、そこには強い感情が宿っていた。「でもあなたには想像もつかないほど、どん底まで落とされました。だからお説教などされたくありません。わたしは自分を偽ってでも、人生に残されたもので我慢し、これで充分だと思いたいのです」

やはり檻に閉じこめられた獣だ。その頬に触れ、こちらを向かせたい。きっとすべてうまくいくと言って慰めてやりたい。

「ミニー」だが、名前を呼ぶのが精いっぱいだった。

ミス・パースリングは厳しい顔をした。「お願いですから、その呼び方はやめてください。少しでもわたしのためを思ってくださるのなら、どうか本気で言い寄ってきたりしないで。わたしにはお芝居のほうがいいのです」

「ミニー」それでも繰り返した。「本当はもっといろいろなことができる女性なのに、そんなふうにうつむいて自分を抑えこんだまま生きていくのはつらくないか?」

彼女はかぶりを振った。「それでいいのです。顔をあげ、何かを求めてしまったら、わたしの人生は破滅します」声が震えている。泣いているようにも聞こえた。だが、じっと足元を見つめる目に涙はなかった。

彼女を抱きしめ、恐れているものから守ってやりたい。もし一瞬でも顔をあげてくれたら、その唇をふさぎたい。誰に見られようとかまうものか。

ロバートがそう思ったとき、ミス・パースリングはまたいつもの毅然とした態度に戻った。「ミス・ピーターズと待ち合わせているんです」声も落ち着いている。「もう失礼しますわ」

その口調には断固とした意志が感じられた。

彼女が背を向けて歩きだした。ロバートは、ただその背中を見つめることしかできなかった。また檻の中へ戻してしまったと思いながら。

7

ミニーが家に着くと、大おばふたりがそわそわしながら玄関のドアの前で待っていた。その理由はすぐにわかった。ウォルター・ガードリーが来ているらしい。

よりによって、こんなときに縁談の相手が来るなんて……。

怒りがこみあげ、ミニーは胸に手をあてた。クレアモント公爵の言葉がよみがえった。

〝本当は聡明な女性なのに〟

〝きみにまいっている〟

〝好きなんだ〟

これほど動揺しているときに、ガードリーになど会いたくはない。でも、どうすることができるだろう？　たとえ追い返しても、また訪ねてくるだけだ。それに、もしそれで怒らせてしまったら……。

ミニーはスカートのしわを伸ばし、家の中に入った。

部屋に入るとガードリーが立ちあがった。「おやおや」まるで何かをどこかに置き忘れ、長椅子の下にあるほこりの中にそれを見つけたとでもいうような口調だ。

夫にするにはそれほど悪い相手ではない。ミニーはそう自分に言い聞かせようとした。顔立ちは普通だし、ひどく年上というわけでもない。それに将来、髪が薄くなる心配もないだろう。

〝そうやって自分を偽っているんだ〟背後からクレアモント公爵の声が聞こえてきそうだ。

「ミスター・ガードリー」努めて優しい口調で言った。「何かご用事でも?」

ガードリーはいかにも関心のなさそうな顔でこちらを見た。「じつは、いいかげんにきみとの話を進めろと母親にせっつかれたんだ。だから今度の日曜日に婚姻の公示を出そうと思う。結婚式は一二月だ」

返事を聞く必要などないと言わんばかりの態度だ。ミニーが座るのも待たずに、彼は椅子に腰をおろした。

「一二月の半ばにしようと思っている。それならお互いに都合がいいだろう」

〝そんなふうにうつむいて自分を抑えこんだまま生きていくのはつらくないか?〟

こんなどうでもいい人と、高望みでしかないクレアモント公爵を比べるのはばかげている。だが、それでも比較せずにはいられなかった。どこを取ってもガードリーのほうが劣っている。ベルトの上に腹部の肉が少しはみだしているし、女性を先に座らせることもせず、だらしない格好で椅子の背にもたれている。それにあの言葉。彼は妻にする相手を小ネズミと呼んだ。置かれた場所でいつまでも辛抱強く待っているし、夫が愛人を作っても文句を言わないと。

この人には心がときめかない。胸が苦しくなることもない。優しい言葉のひとつもかけてくれないような人なのだ。

〝きみの話はまるで軍事戦術のようだ〟

それも当然だ。将来をかけて闘っているのだから。感情的になってはだめ。自分のような立場の女は、夫に問題があっても我慢するしかない。少しくらいお腹が出ていようが、愛人が何人もいようが、それしきのことで悩むのはばかげている。たとえ、哀れなほど感謝していると思われていても。実際そのとおりだ。ガードリーには感謝している。哀れなほど。違うの？

「いやです」気がつくと、そう言っていた。

ガードリーは肩をすくめた。「じゃあ、クリスマスのあとにしよう。クリスマスくらいは大おばさんたちと過ごしたいだろうからな。それくらいは認めてやるよ」

違う。あなたに感謝などしていないわ。ミニーはそう声に出して言いたかった。でも、それを口にすれば問題が生じる。彼はわたしが哀れな女だからこそ妻にするんだもの。けれどこの人と結婚すれば、本当に哀れな女になってしまう。

「結婚式の日取りをわたしに決めさせてくださるの？　お心が広いのね」

ガードリーが顔をあげた。「心が広いだって？　勘違いするな。扱いやすい男だなどと思うなよ。結婚式を先延ばしにするのを認めたのは、いい夫になりたいからじゃない。一緒になってからも、ぼくをあしらおうとしたら、すぐにでも別れてやる。そんなことになれば、もう行き場がないだろう？」

ミニーは呼吸が止まりそうになった。

息ができない……。

たしかにこれくらいのことは言いそうな人だ。そんな男性の妻になるのかと思うとぞっとする。それでも結婚してしまえば、少なくとも社会的地位は保証されると思っていた。離婚など考えたこともなかったからだ。それなのに彼は、すぐにでも別れてやると脅しをかけてくる。

ガードリーと一緒になったら、今よりもっと不安な日々を過ごすことになるだろう。秘密を知られたらおしまいだ。彼はなんのためらいもなく、わたしを捨てるに違いない。

ミニーはスカートを撫でつけた。「いやですと言ったのは、お式の日取りのことではありません。結婚そのものです。どうぞなかったことにしてください」

彼は額をこすった。「何が気に入らないんだ？」

さっきのひと言だろうか？「あなたはわたしのことをおとなしくて、内気で従順な女だと思っていらっしゃいます」こんなときだというのに、低くささやくような声しか出なかった。でも、この絶望にくずおれそうな気持ちを彼に知られたくはない。

ガードリーがわざとらしく鼻で笑った。「それは長所だ。いかにも女らしい」彼は前かがみになった。「きみは弱いわけではなく柔軟なんだ」

「わたしの話を聞いていらっしゃいませんね」

「嵐にさらされると、女は雑草みたいにしなる」ガードリーは話しつづけた。「大木のように折れる男とは違う」腕を伸ばし、ミニーの手を取る。「きみを選んだのは、ぼくの要求を理解できるし、それに応える力もあるからだ」

〝顔をあげろ〟そんなことをできるわけがない。わたしはうつむいて生きるしかないのだ。結婚すれば不安のない人生が手に入ると自分に言い聞かせてきた。その甘い見通しの結果がこれだ。ガードリーは妻に対して誠実になるつもりなどまったくない。不安は一生ついてまわる。

「ばかみたい」ミニーは言った。「女も大木のように折れます。どうして柔軟だと思われるんです？　こうしてはっきりと結婚をお断りしているのに」

「断るだと？」ガードリーは顔をしかめた。「きみにそんなことができるものか。だからこそ……」咳払いをする。

「だからこそ、わたしを相手に選んだと？　お母様は気に入ってくださったし、哀れな女だから、なんの努力をしなくても簡単に手に入ると？」

ガードリーは黙りこんだ。こちらの目を見て、事実を認める度胸もない人だ。しばらくすると、不機嫌そうな顔で肩をすくめた。「どうしてほしいんだ？　たまには散歩のひとつにでも連れだせばいいのか？」

スティーヴンス大尉は今でもわたしを疑っている。秘密を暴露されるかもしれない危険は、人生の中で今がもっとも大きいということだ。でも、この男性の妻になっても不安は解消されない。こんな気持ちが一生続くのかと思うと恐ろしくてたまらない。結婚はお守りのようなものだと、ずっと思ってきた。けれども違った。もう、どうすればいいのかさえもわからない。

ミニーは手を伸ばし、ガードリーの顔を自分のほうへ向けさせた。彼はまっすぐにこちらの目を見ることができなかった。傷痕も見たくないらしく、右頬のあたりに視線をさまよわせている。

「さようなら」彼女は静かに言った。

ガードリーは面食らったような顔をした。「そんなことを言って……これからどうするつもりだ？」

「これからどうするつもりなの？」エリザベスが尋ねた。ガードリーに別れを告げてから、まだ半時間ほどしか経っていない。

三人は居間にいた。ふたりの大おばはソファに座り、ミニーはそれと向き合う椅子に腰かけている。エリザベスは編み針をカタカタと鳴らしながら、靴下の穴を繕っていた。キャロラインは腕組みをしたまま、じっとこちらを見ている。

局面を読んで敵に墓穴を掘らせろと、ミニーは父親からよく言われた。あんなひどいことをした親の教えを、どうして今でも後生大事に守ろうとするのかは自分でもよくわからない。おそらく、それを放棄してしまえば自分の子供時代が嘘のかたまりだったというだけでなく、なんの価値もなかったと認めることになるからだろう。

「わたしたちはあなたに幸せになってほしいの」キャロラインが言った。「大きな幸せを望めと言っているわけじゃないのよ。それなりで充分。女王になりたいなんて夢を抱いたら、いつまで経っても満足できないもの」

「そんなことは思っていないわ」ミニーは自分の体を抱きしめた。

「責めているわけじゃないの」キャロラインが寂しそうにほほえんだ。「今よりはもう少し自由になってほしいだけなのよ。羽を伸ばしすぎると、あなた自身が傷つくことになるから」

ミニーは立ちあがった。「大きな幸せが欲しくて結婚を断ったわけではないわ。上を望んだのではなく、これ以上、堕《お》ちたくなかっただけ」

キャロラインが小さなため息をこぼした。

「考えてもみて」ミニーは言った。「おとなしくて従順な妻を求めているような男性は、その妻のよからぬ過去を知ったら、なんのためらいもなく捨てるに決まってる。もっと早くそれに気づくべきだったのよ」

エリザベスの編み針の動きが止まった。

話が危ない方向へ流れているのは三人ともわかっている。

〝顔をあげろ〟そんなことはできない、とミニーは思った。隣にいた人を思いだしてしまう。日の光に金色の髪が輝き、わたしのことを聡明だと言ってくれた男性を。

「もっと言いたいことがあるんじゃない？」エリザベスが尋ねた。「気持ちを抑えこむのはよくないわ」

たしかにあまりしゃべっていないし、声も小さい。自分のことが話題になるのは落ち着かないからだ。ほかの人の会話を隅で聞いているのがいい。けれど、そんなわたしでも……。

視界の端にクレアモント公爵の姿が見えるような気がした。今も隣にいるみたいだ。澄んだブルーの瞳、唇に浮かぶ笑み、図書室でわたしの手首をつかんだ手の感触……。

〝好きなんだ〟

だめよ。高望みをすれば自分が傷つく。身の保証があれば、それで充分なはずだ。

「殿方はいろんな女性を妻にしたがるわ」エリザベスがまた口を開いた。「かわいくて明るい人とか、甘やかされているけれどお金持ちの人とか、気位の高い人とか」彼女は唇を噛んだ。「傷つけるつもりはないけれど、あなたのことを思うと、ちゃんと現実をわかってほしいの。無口で、頭がよくて、父親が服役中に亡くなったような娘を妻にしたいと思う男性なんていないのよ」

ミニーは頭痛を止めようと鼻の付け根を押さえた。だが、痛みは消えなかった。思うようにいかない人生という牢獄に閉じこめられている。顔をあげろですって？　足元はごつごつした石だらけなのに、そんなことをしたら転んでしまう。

「自分の特徴を挙げてみるといいわ」エリザベスは続けた。「殿方がそれを好むかしら」

〝好きなんだ〟またクレアモント公爵の言葉を思いだした。でも、彼はわたしのことを何も知らない。

「でもあなたの人生だから、わたしたちがどうこうしようというつもりはないのよ」

そうね。大おばたちはわたしの人生を勝手に決めたりはしない。親心からではあるけれど、わたしは生き方を選べないということを容赦なく教えつづけるだけ。でも、ふたりは大きな間違いを犯した。選択肢はひとつしかないと、わたしに思いこませたことだ。ひとつではなく、何もないのに。

先などまったく見えない。将来にひと筋の希望も感じられない。暗闇の中で、息をするのさえ苦しいような気分だ。

けれど、できることがひとつある。まだ望みはあると信じて、せめてあと一週間、スティーヴンス大尉の追及をかわし、ビラを作ったのはクレアモント公爵だという証拠を見つけることだ。生きるためには次の一手に打ってでるしかない。

それはとてもつらいことだけど……。「明日、ロンドンへ行くわ」ミニーは言った。

大おばたちは目をしばたたいた。エリザベスが背筋を伸ばす。「でも……」

「どうしてまた……」

「職でも探しに行くつもり？」ふたりの老婦人はソファの上で手を重ねあった。

「気をつけるのよ」キャロラインが言った。「新聞に書いてあったわ。求人広告を見て、まっとうで賃金のいい仕事だと思って応募したら、じつは――」

「そうではないの」ミニーはさえぎった。「大おば様たちの言うとおりよ。夢を抱いたりはしない。ただ、できることをするだけ」

キャロラインは眉をひそめた。「それが……ロンドンへ行くことなの？」

「人生を賭けた勝負に勝たなくてはいけないの」ミニーは答えた。「三日で帰ってくるわ」

大おばたちは心配そうに目を見合わせた。ミニーは胸が痛んだ。だが詳しく説明するわけにはいかないし、あとに引くこともできない。若い女性がひとりで汽車に乗るのは常識外れではあるけれど、社交界にデビューしたばかりのうぶな娘ではないのだから、ふたりに許可を求めようとは思っていない。

「あなたがそう言うのなら、止めはしないけれど……」キャロラインが言った。「お金はあるの？」

「ええ」

ミニーには収入がある。成人になったとき、大おばたちからニワトリの管理を任され、卵の売上を受け取るようになった。それはふたりからの貴重な贈り物だった。本当は収入源を分け与えるような経済的余裕はないのに、そうすることによって自立の道を切り開いてくれたのだ。

旅支度をするため、ミニーは自室へ戻った。荷造りをするつもりだったが、気がつくと蓋付きの大きな木箱のほうへ近づいていた。そこには古いチェス盤と駒が入っている。最後に目にしてから、もう一二年も経つというのに、それを見るのはいまだにためらわれた。膝をつき、木箱を覆っている布を取り払う。留め金を外そうとしたが、固くて動かなかった。てのひらで留め具を叩き、力をこめて引っぱった。

チェス盤と駒は木箱のいちばん底に入っている。古い衣類と変色した新聞の切り抜きをどけた。黒檀《こくたん》と象牙の駒のことを思うと今でも懐かしさを感じ、同時に奇妙な違和感も覚える。人生最初の記憶は、駒を手にしたとき、それが大きくて重たく感じられたことだ。今なら、いちばん小さなポーンぐらいは手の中に隠すこともできる。

チェス盤を取りだして書き物机の上に置き、ベルベットの袋から駒を出して並べた。これほど歳月が経っているというのに、駒を置く位置はしっかりと覚えていた。クイーン、キング、ポーン……。自分をチェスの駒にたとえるなら、どれだろう？　きっとポーンにもなれない。

駒を並べていると気力が戻ってきた。ゲームを始めるときは、どんな戦略を立てることもできる。可能性は無限大だ。だが今日は駒を見ても、どれから動かせばいいのかわからなかった。そして気がついた。自分は人生というゲームの序盤ではなく、すでに終盤にいるからだ。チェス盤にはこれだけマスがあるというのに、駒のほとんどを奪われ、動きを封じこめられ、どこにも次の一手を置くことができない。

人生の駒は、もうないに等しかった。眼鏡をかけてチェス盤を見つめた。

〝勝つゲームには決めの一手があるものだ〟昔、父にそう言われた。〝こちらが駒を動かせば、相手はそれに応じる。敵に墓穴を掘らせるんだ〟

もう父親の顔も思いだせないというのに、それを言われたときの局面はまだ覚えていた。

駒をすべてチェス盤から落とし、その局面どおりに並べ直した。勝負は圧倒的にこちらが有利だった。ビショップとナイトがルークを追いつめている。父親の守りはポーンがふたつだけ。でも、その真ん前にクイーンを進めてある。

〝まだ決めの一手がわからないのか？〟父は言った。〝局面を読んで、敵に墓穴を掘らせろ〟目をすがめて、一生懸命にチェス盤をにらんだのを覚えている。そのとき初めて、決めの一手というものがわかった。まずナイトとクイーンで父親のポーンをふたつ取り、ルークを進め、ビショップでチェックメイト。

〝わかった！〟ミニーは驚きに包まれていた。

〝そうか。だったら次の一手を打つとき、その駒にキスをするんだ。こんなふうにな〟彼女は小さな手で大きなビショップを取りあげた。まだ六歳かそこらだったはずだ。

〝どうして？〟

〝わがレイン家の伝統さ〟父は笑みを浮かべた。〝相手を追いつめたときは駒にキスをし、もう敵意は消えたことを示すんだ〟

それからはどちらかがチェックメイトに近づくたび、父は愉快そうに〝もうすぐキスだな〟と言ったものだ。あのころの父は優しかったし、いつも笑っていた。そして自分が知っていることを、すべて伝えようとしてくれた。〝おまえはわたしの人生そのものだ〟と言いながら。そんな父だけを覚えていられたらよかったのに。けれど、父が最後にしたことは記憶から消せない。

〝顔をあげろ〟父も同じことを言ったが、それに加えて飛び方まで教えてくれた。そしてわたしが世界の頂点まで達したとき、地獄へ突き落としたのだ。

8

ロバートは従兄弟のセバスチャンをロンドンから連れだすのに手間取った。最近、夫のカンベリー伯爵を亡くしたばかりのヴァイオレットが、一緒についていくと言い張ったからだ。「ケンブリッジシャーの領地にいても、何もすることがなくて退屈だわ」ヴァイオレットは友人であるロバートをじろりと見た。「それにセバスチャンをお行儀よくさせる人間が必要よ」セバスチャンのほうを見てうなずく。言われた本人は、いかにもお行儀がよさそうな顔をした。

たしかにセバスチャンは何をするかわからないし、ヴァイオレットならお目付け役にもってこいだ。ヴァイオレットはセバスチャンとロバートの二歳年上で、子供のころはセバスチャンの領地の隣に住んでいた。男の子と遊ぶような年齢ではなくなるまで、夏の休暇で学校から戻ってきたふたりをよく連れまわしたものだ。

だがセバスチャンをおとなしくさせるというよりは、からかったり、木にのぼらせてタカの卵を取ってこさせたりしていた。

「わたしはあなたのお母様に気に入っていただいているわ。お母様にかまわれるのがいやなら、二段階作戦がいいわよ。ほら、お母様はセバスチャンがお嫌いでしょう？　だからセバスチャンにお母様を追い払ってもらって、あとはわたしがお相手を務めるの」

しかし、最後のひと押しをしたのはそのセバスチャンだった。ロンドンに着いた最初の夜、ヴァイオレットが席を外したときに、こう言ったのだ。「彼女は大嫌いだった旦那のために喪に服しているんだ。少し気晴らしをさせてやったらどうだ？」

仕方なくロバートは折れた。その結果、ヴァイオレットの使用人を何人も連れていくことになり、まさか独身男性の屋敷に彼女を泊まらせるわけにはいかないので、ホテルを予約するはめになった。セバスチャン、ヴァイオレット、使用人が九人、猫二匹とフクロウ一羽を連れてようやく駅にたどりついたのは、ロンドンに来て三日目のことだった。

使用人が大量の荷物を汽車に積みこんでいるあいだ、ロバートはセバスチャンと一緒にプラットフォームをぶらついた。乾いたそよ風がさわやかで心地いい。本当はヴァイオレットと一緒に駅舎の中にいるべきなのだが、ほかの客が吸っている煙草の煙を口実に逃げだしてきたのだ。だがその煙草の香りさえ、秋の落ち葉の匂いとあいまって、なかなかの風情をかもしていた。

こうしていると、浮世の悩みなど小さなものに感じられる。

「ケンブリッジ大学がきみを特別研究員として招こうとしているらしいな」ロバートはセバスチャンに話しかけた。「学生のころは信仰の問題で教授陣からよく思われていなかったくせに、よく受け入れられたものだ。びっくりしすぎて死にそうか？」

セバスチャンはロバートをじっと見た。「もう学生ではないからな」

「大人になったふりをするなよ」セバスチャンはにやりとした。「断るつもりだ。教授たちこそ、びっくりしすぎて死ぬかもしれない」

ロバートは目をしばたたき、従兄弟をまじまじと見た。セバスチャンはいたずら好きで有名だが、科学者としての今の仕事には真剣に取り組んでいる。「本気か?」

「そうするしかないよ」セバスチャンは両手をポケットに突っこんだ。「ニュートンほどの科学者でさえ、三位一体説を信じていなかったばかりに、ケンブリッジ大学に残るにはチャールズ二世から特別許可をもらわなくてはいけなかった。オックスフォード大学はだいぶ進歩的になったが、ケンブリッジ大学ときたら……」肩をすくめる。「まだ暗黒時代だ。いまだに英国国教会の教義に従うべきだと考えているんだから。あそこの自然科学者の半分は、ぼくがいい仕事をするだろうと思っている。もう半分は、特別研究員にすればさすがのぼくも黙るだろうと考えてる。だから意見が一致して、ぼくを引っぱることにしたのさ」

「きみが黙ったりするものか。なんの話題だろうとね」ロバートはセバスチャンを見た。

「無神論者なのか? 著作物はすべて読ませてもらったよ。わたしにはさっぱり理解できないものまで。だが、大学での研究を希望しているようなことは書かれていなかった。それは信仰の問題があるからなのか?」

「ぼくは科学者だ。〝神なき科学〟のね。ダーウィンの信奉者なのさ」

「ダーウィンは無神論者ではないぞ」

セバスチャンはたしかにそうだというように肩をすくめた。「進化論は正しいと考えている。それだけじゃない。親から子へと形質が伝わるのは神の恩寵《おんちょう》のおかげなどではなく、科学的な理由によるものだということを証明もできる」ロバートのほうを見た。「そんなことを言っているから、世間はぼくを無神論者だと考える。いったい誰に対して反論すればいいんだ？」

「ほう？　しょっちゅう世間と喧嘩しているくせに」

セバスチャンは愉快そうに笑い、頭を振った。

「よほど一匹狼でいたいらしいな」ロバートは言った。

「そうかもしれない」セバスチャンがまた肩をすくめる。

「おい、さっきの質問にまだ答えていないぞ。きみは無神論者なのか？」

「誰にでも同じことを答えているさ。ダーウィンが科学と絡めて自分の宗教観を説明しているのは、とても残念だ。どんな神を信じているか、もしくは信じていないかは自分の胸のうちにしまっておけばいいことだろう。誰も桶屋《おけや》に、おまえは無神論者かなどと尋ねたりはしない。なぜ自然科学者だけがそれを問われるんだ？　放っておいてほしいね」

セバスチャンが科学者として世間に名を知られるようになるのは速かった。自分の従兄弟で、かつては遊び仲間だった、頭はいいが口は悪い男があっというまに有名な科学者になったことに、ロバートは衝撃を受けた。たしかに昔から頭の回転は速かった。だが、セバスチャンが真剣に物事を考える真面目な大人になったとは信じられなかった。自分にとっては、今でもいたずら好きの子供のような従兄弟だ。

「宗教観のことで世間をからかうのは楽しいぞ」セバスチャンは言った。「口うるさいじいさんやばあさんが押し黙ってしまい、招待客の名簿からさっさとぼくを外してくれる」

この男を買いかぶっていたようだ、とロバートは思った。やはり真面目な大人などにはなっていなかったらしい。

車掌が笛を吹き、乗客たちがいっせいに汽車に乗りこんだ。ロバートとセバスチャンはプラットフォームの端で混雑がおさまるのを待って、自分たちが乗る客車のほうへ向かった。貨物車を過ぎ、二等車の脇を歩いているときだった。

ロバートは思わず目をしばたたいた。まさか今のは……。慌ててあと戻りした。

「おい！」セバスチャンが呼んだ。「そっちじゃないぞ」

ロバートはわかっているというように手を振った。幻覚を見たのだろうかと思った。なぜなら、視界の端にミス・パースリングの姿が見えたような気がしたからだ。

だが、目の錯覚ではなかった。ミス・パースリングが本から顔をあげ、向こう側の窓をぼんやりと見ていた。土ぼこりのついた窓から陽光が差しこみ、彼女の鼻梁《びりょう》や唇を照らしている。

ミス・パースリングはこのまま誰とも話すことなく、レスターまで帰るのだろう。それくらいなら自分が……。

駅舎から出てきたヴァイオレットがポーターに何か話していた。

ロバートはその肩を叩いた。

「メイドを貸してくれないか？」

ヴァイオレットがいぶかしげに目を細めた。「うちのメイドを？　いいえ、だめよ。マティルダは貸さないわ。なんのためなの？」

「それは……」ロバートはミス・パースリングのほうを見まいとした。「つまり……」

「女性だな」セバスチャンが口を挟む。「そわそわしているぞ。そういうときは女性絡みに決まってる」

「あら」ヴァイオレットがちらちらとあたりを見た。「誰なの？　いいえ、言わないで。あててみせるから」

ヴァイオレットはさりげなく周囲を見まわしたが、セバスチャンは思いきり首を伸ばし、右や左に顔を向けた。

ロバートは顔をしかめた。「そんなにあからさまに探さなくてもいいだろう」

「やっぱりそうだ！」セバスチャンが勝ち誇ったように言う。

つい先ほどまでは、自分のことを理解してくれている友人たちと一緒にいるのはなんと楽しいのだろうと思っていた。だが、ここにきて考えを改めた。「それを認めたら、目立つことをするのはやめて、普通に振る舞ってくれるか？」

ヴァイオレットが鼻を鳴らした。

「どうしてメイドを貸してくれと言ったのか、まだわからないんだけど」

「彼女がひとりで二等車に乗っている」ロバートは観念して打ち明けた。「隣に座りたいんだ」

ヴァイオレットとセバスチャンは言葉を失い、顔を見合わせると、今にも眉をひそめそうな表情をした。

「二等車に乗るような女性に興味を持ったのか？」

「そのうえ彼女が世間から悪く言われないように、シャペロンまで連れていこうと思ったわけね」

セバスチャンは両手をこすり合わせた。「なるほど」喜々としている。「きみの母君が聞いたら大喜びしそうだ」

「ふたりとも、いいかげんにしろ」ロバートは文句を言った。セバスチャンが話すと、ヴァイオレットはその言葉尻を奪うようにしゃべる癖がある。普段はそれをおもしろいと思うのだが、今日は面倒なことになりそうな予感がした。さっさと追い払わないと、余計なことを言われそうだ。

ヴァイオレットがロバートを見た。「悪いけど、やっぱりメイドは貸せないわ」

「だが――」

「その代わり……」彼女は両手を軽く合わせた。「わたしがその役を引き受けるから」

ロバートは唾をのみこんだ。ヴァイオレットが興味津々で見つめる前で、ミス・パースリングと会話をするところを想像しようとしてみた。

「二等車か」セバスチャンが言う。「乗ったことがないな。これは楽しくなりそうだ」

ロバートは思わず咳《せ》きこんだ。「ふたりともだなんて絶対にだめだ」

「もちろん、ふたりともに決まっているだろう。コンパートメントの座席は四つなんだ。ヴァイオレットだけが行ったら、赤の他人が空いている席に座るかもしれないぞ？　そうしたら彼女と楽しくおしゃべりができなくなるじゃないか」

「だからといって――」

「安心しろ」セバスチャンは続けた。「寡黙なふりをするのは得意なんだ」

「嘘をつけ。逆のくせに」

セバスチャンはにやりとした。「きみをからかうのは、まわりに誰もいないときだけだ。もしこれできみがあきらめたら、ぼくがその謎の女性とおしゃべりを楽しむとしよう。どこに座っているのかはわかったからな」

もう逃げようがなかった。ここはあきらめたほうが簡単なのかもしれない。だが……。

客車に目を向けた。ミス・パースリングはこちら側を向いていたが、眼鏡に指をかけ、乗客でもなく、駅舎でもなく、遠くを見ていた。まるで、本当に欲しいものははるか向こうにあるとでもいうように。

「頼むから恥をかかせないでくれ」

「そんなことはわかっているさ」セバスチャンは請け合った。「干渉すれば望ましくない結果を生むからな。人間行動学には詳しくないが、動物行動学において繁殖行動を観察する際には不干渉が鉄則だ」

ロバートは絶句した。この男に打ち明けたのは間違いだったらしい。

「真剣に言っているんだ。ついてくるなら、ひと言もしゃべるな。レスターまでずっとだ」

「わたしなら大丈夫よ」ヴァイオレットが言う。「必要とあらば黙っていられるもの」

「きみのことは心配していない」セバスチャンに比べれば、という意味だが。「問題はこいつだ」

「沈黙の誓いを立てるから安心しろ。だがしゃべってもよくなったら、そう言ってくれよ。ずっと黙っていたら、ぼくの不滅の魂が死んでしまう」

それからしばらく、くだらないやりとりがあった。セバスチャンが、魂の存在を信じているかどうか答えるのを拒否したからだ。ロバートはうなだれ、心の底から祈った。どうかそれほどひどいことにはなりませんように。

もうすぐ汽車が出発することを告げる車掌の声を、ミニーは二等車に身をひそめるように座ったまま聞いていた。乗客はまばらだった。彼女はマントの襟を立て、なるべく顔を隠した。もしほかの客が入ってきたら、誰とも同室にはなりたくないという態度を見せて追い払うためだ。

ドアの取っ手がカタカタと鳴るのを聞き、ミニーは迷惑そうな表情を作った。蝶番をきしませながらドアが開いて、ひとりの女性がコンパートメントに入ってきた。

明らかに貴族だ。半喪服を着ている。ドレスの色は濃いグレーだし、リボンはごく淡いラベンダー色。袖口に小粒の真珠があしらわれているのを見るまでもなく、裕福で身分の高い女性だとわかった。タックやフリルの縫い方が丁寧で、優雅に揺れる布地は体にぴったり合っている。仕立屋が頻繁に足を運んだのだろう。

そんな人が、いったい何をしに二等車などへ来たのかしら？

女性は眉をひそめ、座っても大丈夫か確かめるように向かい側の座席を軽く叩いた。そしてそっけなく肩をすくめた。

今度は男性が顔をのぞかせた。やはり貴族のようだ。しっかり折り目のついたズボンに赤いベスト、丈の長いコートという格好だ。「従僕がひとり、まだ着いていないらしいぞ。それにポーターが指示を無視して、きみのふたつ目の木箱の上に別の荷物を積んだとメイドが言っていた」

「本当にもう！」女性はむっとした。

男性は平然とした顔でドアの脇へどき、女性が出ていくのを見送った。奇妙なことに、黒い髪と目をした男性はミニーのほうを見た。追い払うのは難しそうだと思いながらも、彼女はいやそうな顔をしてみせた。

男性がウィンクをしてきた。

「一等車はあちらです」ミニーはその方向を指さした。

男性は肩をすくめ、コートを脱いで向かい側の座席に置くと、女性のあとを追った。うっとうしいことに、このコンパートメントを使うと決めたらしい。おかしなふたり組と同室になってしまったものだ。

またドアの開く音がした。ふたりが戻ってきたのだろうと思い、ミニーは顔をあげた。だが、そうではなかった。心臓が破裂しそうになり、手が熱くなった。

「やあ、ミス・パースリング」クレアモント公爵だ。「きみに会えるとは嬉しいな」

最後に会ったとき、〝顔をあげろ〟と彼は言った。わたしもそうしたかった。そのすぐあとに、人生の選択肢が思っていた以上にかぎられていることを痛感させられた。でもこの人に会うと、つらいことはすべて忘れてしまいたくなる。こんな気持ちは封じこめようと思っていたのに、この前の記憶がよみがえり、肌がむずむずして呼吸が速くなる。

〝好きなんだ〟

なんと心をかき乱されるひと言だろう。クレアモント公爵とのあいだに何があったわけでもないと頭ではわかっているのに、体が熱くなる。こんなふうにそばにいられると、その存在が気になって仕方ない。

ミニーはうつむいた。

「旅行かい？　楽しかったか？」公爵は書類鞄を頭上の棚に入れ、向かいの席に座った。

「ええ」冷ややかに答えた。「ロンドンで紙を作る工場をまわっていたんです。ビラの紙がどこで作られたのかを突き止めました」

そんなことを教えたのは、ふたりの立場をはっきりさせて、相手に自分のことをあきらめさせるためだ。

クレアモント公爵は小鼻をぴくりとさせた。「進捗状況の報告か?」明るい声だ。「きみがそんなことをしてくれるとは嬉しいな」優しくほほえんだ。

わたしの人生に、この人と関わるという選択肢はないのよ。ミニーがそう自分に言い聞かせたとき、ありがたいことにドアが開き、先ほどの女性が入ってきた。

「ロバート」女性は言った。「汽車が出るのを止めてちょうだい。うちの従僕がまだひとり来ていないのに、車掌さんが出発すると言って聞かないの。汽車なんて遅れてもいいじゃない。だから、ちょっといたずらをしてきたんだけど、それくらいでは無理かもしれないわ。ねえ、一緒に来て」

「いたずらだって?」クレアモント公爵は背筋を伸ばし、不安そうに尋ねた。「何をしたんだ?」

女性は銀メッキの笛を見せた。「車掌さんのよ」

公爵はまじまじと女性の顔を見ると、うめき声をもらして額をこすった。

「嘘だろう」帽子を押さえ、ミニーのほうを見た。「すぐに戻るから、待っていてくれ」

ふたりが出ていき、ミニーはまたひとりになった。一瞬、座席を移動しようかと思った。だがそんなことをしても、彼はまた探しに来るだろう。それに先ほど車掌に切符を確認され、印をつけられてしまった。どうせ顔など覚えていないだろうから、別のコンパートメントへ移ったら、そこで切符を確認されるときに不正乗車だと言われるかもしれない。

クレアモント公爵の書類鞄が目に入り、別の誘惑が頭をもたげた。留め金をひとつ開けさえすれば、中身を見ることができる。

もしかしたら、ビラを刷った印刷屋の領収書でも出てくるかもしれない。

でも……他人の鞄を勝手に開けるのはいけないことだ。

それに証拠が見つかったとしても、それをどうするの？　公爵が本気になれば、わたしをつぶすことなど簡単だ。そんなことを考えながら悩んでいるうちに時間が過ぎてしまった。

ドアが開いた。クレアモント公爵はコンパートメントに入ると、棚の上の書類鞄にちらりと目をやって頭を振った。「驚いたな。鞄を開けなかったのか？」

「ええ」ミニーは歯を食いしばった。「見ていません」

「わたしは敵なんだろう？　闘うんじゃなかったのか？」

「あなたがなんなのか、わたしはどうしたいのか、もうわかりません」彼女は鼻の頭にしわを寄せた。「誰がビラを書いたのか証明するには時間がかかるでしょう。その鞄を開ければ手っ取り早いかもしれませんが、たとえ同じようなビラが入っているのを見つけたとしても、わたしにはどうすることもできません。治安判事のもとへ持ちこんだところで、あなたのものだとは証明できないのですから」

クレアモント公爵は棚から書類鞄をおろし、ミニーを見た。「きみには驚かされっぱなしだ。よく肝に銘じておくべきだな。きみは何をするにも、とことん考え抜く。わたしには太刀打ちできない」鞄を開け、何枚かの紙を取りだす。「ほら、入っていたのはこれだ。きみへの手紙だよ」

彼は手紙を差しだした。

ミニーは手を伸ばさなかった。

「きみは何かに怯えている。だが、わたしはきみと闘いたくはない。だから、これがわたしにできる精いっぱいの贈り物だ」公爵はほほえんだ。その優しいほほえみに、ミニーは全身を貫かれたような気分になった。

そっと手を伸ばし、手紙を受け取った。たしかに冒頭には〝ミス・パースリングへ〟と書いてある。

「レスターに着くまでのあいだくらい停戦しないか？」

「でも……」

「ほんの二、三時間だ。頼むよ」ほほえんだまま、彼は軽く首を傾けた。「それにわたしの連れも来るし——」

ドアが開いた。公爵は顔をしかめて腕を組んだ。先ほどのふたりが入ってくる。

女性はミニーを見ると、一瞬眉をひそめた。クレアモント公爵から何か聞いているのだろう。そのあとミニーのドレスと、頬の傷痕にちらりと目をやり、小さく首をかしげた。女性の背後には、さっきウィンクをしてきた男性もいる。髪の黒さとクラヴァットの白さが対照的だ。

クレアモント公爵は残念そうな笑みを浮かべた。「おや、もう来たのか」唇を嚙む。「紹介するよ。こちらはミス・パースリングだ。ミス、パースリング、彼女はカンタベリー伯爵夫人のヴァイオレット・ウォーターフィールド」

「お会いできて嬉しいわ」伯爵夫人が言った。

「彼はセバスチャン・マルヒュアだ」

驚きのあまり、ミニーはいつもより大きな声で尋ねてしまった。

「まさか、あのダーウィン擁護論を書かれた方？」

セバスチャン・マルヒュアについては悪い噂しか聞こえてこない。英国国教会の教義に反対しているのは有名だが、じつは無神論者だと言われている。それに、よく女性に手を出すとも。ミスター・マルヒュアはただ肩をすくめ、何もしゃべるつもりはないと主張するように唇に指を押しあてた。

短い沈黙のあと、クレアモント公爵が答えた。「そう、あの悪名高きセバスチャン・マルヒュア本人だ。噂はすべて事実だよ。じつはわたしの従兄弟でね」ため息をつく。「ふたりとも、座ったらどうだ？」彼は言葉を切った。「どうせ状況はもう悪くなりようがない」

誰にどういう意味で言ったのか、ミニーにはわからなかった。ふたりは座席のほうへ進むと、ミニーには目もくれずに黙って腰をおろした。

9

プラットフォームで車掌が笛を鳴らした。

汽車のドアがいっせいに閉まり、車体が揺れた。これからどうなるのかと思うと、ロバートは憂鬱になった。

とりあえず今のところは平和だった。ヴァイオレットはバッグから糸の玉を取りだし、レースを編みはじめた。セバスチャンはまっすぐ前を見ている。

ミス・パースリングは板張りの床に視線を落としていた。先ほどの手紙はスカートのポケットに入れたまま、まるで忘れてしまったかのようだ。車体を左右に揺らしながら汽車が出発しても、まだ押し黙っていた。

今さらめげるな、とロバートは自分に言い聞かせた。いつものことだろう。ヴァイオレットが顔をあげ、こちらをちらちらと眺めて、困惑気味に眉根を寄せた。心配そうにセバスチャンと視線を交わしている。

「ミス・パースリング」ロバートは言った。「ロンドンに滞在していたのかい？」

彼女はちらりとロバートを見たが、すぐに視線をそらした。「はい」小さな声だ。

「なぜまたロンドンに？」

目を見て話したいというのに、相手はうつむいている。「個人的な用事があったからです」

これが停戦か？　ロバートはため息をついた。

ビラの話題を持ちだすわけにはいかなかった。セバスチャンもヴァイオレットも知らないからだ。ふたりには公爵のような特権がないのだから、共犯者にするわけにはいかない。重い沈黙が流れた。ヴァイオレットとセバスチャンにひと言もしゃべるなと言ったのは間違いだったとロバートは気づいた。ミス・パースリングとふたりなら、黙って一緒にいるのもいいものだ。だが四人がお互いのことを気にしながら黙りこくっているのは、なんとも居心地が悪い。最悪の旅になりそうだ。

「そういえば……」別の話題を振ってみた。「なぜ労働者衛生委員会に入ろうと思ったんだ？」

ミス・パースリングが首をかしげて顔をあげた。唇がひくついている。ほほえむまいとでもしているのだろうか？「衛生問題は重要だからです。そう思われませんこと？」

「それは同感だ。ただ、時間の使い方は十人十色だからな。ヴァイオレットはケンブリッジ大学の植物園でボランティアをしている。草花が好きだからだろう。セバスチャンは……」

どう説明するか興味津々という顔で、セバスチャンがこちらを見た。

「ぜひ、おうかがいしたいですわ。普段はどんなことをしていらっしゃいますの？」

「それは……」セバスチャンの研究内容は、たとえ専門用語を使ったとしても、女性の前で口にするのははばかられる。

「人間の遺伝改良を実験すべきだと言って、ケンブリッジ大学の教授たちを脅したと聞いていますわ。生殖による形質の遺伝について、ご自身の学説を証明するために」

そのとおり。だからセバスチャンの仕事は説明しにくいのだ。〝生殖による〟などという言葉を、赤面することなく、さらりと言えなくてはいけない。そしてミス・パースリングはそれを見事にやってのけた。

セバスチャンが真剣な目でミス・パースリングを見つめていた。遅まきながらロバートは気がついた。そういえば、この従兄弟は女性にもてるのだ。そんな男を彼女に近づけるとは、ばかなことをしたものだ。レスターに着くころには、彼女はセバスチャンに夢中になっているだろう。

いや、すでにそうなっているのか？

セバスチャンは大仰に肩をすくめ、わざとらしく口を覆って、ロバートにお辞儀をした。〝ロバート、申し訳ないな。ひと言も話さないと約束したから、それでもきみに恥をかかせるにはこうするしかないんだよ〟とでもいうように。

「勘弁してくれ」ロバートはつぶやき、額に手をあてた。汽車が甲高い音を立てながらカーブを曲がった。

セバスチャンはロバートに向かってざまあみろというように指を振り、意味なく片手を前後に動かした。

「ご病気か何かで声が出ないのですか?」ミス・パースリングが尋ねた。

セバスチャンは顔を輝かせ、あなたのせいですよというように彼女を指さした。

「蜂蜜を入れた紅茶は試されました? 喉にいいですよ」

セバスチャンがまたわけのわからない仕草をした。両手を高くあげ、すぐにおろしたのだ。

「ちょっと、セバスチャン、わたしに手があたらないように気をつけてよ」ヴァイオレットが口を開いた。「それにロバートが言ったのは、そういう意味ではないでしょう。恥をかかせるなということよ。それなのにあなたときたら、しゃべらなくてもそれができてしまうのね」

ミス・パースリングがふたりの顔を交互に見た。頭のいい彼女のことだ、三人のあいだでどういう決め事があったのか、もう察しがついただろう。

ロバートは顔が熱くなった。「口を利いてもいいぞ」ぶっきらぼうに告げる。

「もちろんわかっていたよ」セバスチャンが言った。「くだらない命令には、それを文字どおりに受け取り、大げさに従ってみせるのがいちばんなのさ」

「今からでも、まだ外に放りだせるんだぞ」ロバートは言った。汽車はまだロンドンを出てさえおらず、速度はあがっていない。

「こういうやつなんだ」セバスチャンはミス・パースリングに言った。「本性がわかっただろう? 心が狭くて、無慈悲で、暴力的な男だ」

ロバートは思わずうめき声をもらした。

「ちなみに言っておくが……」セバスチャンは話を続けた。「ぼくは自分の学説を証明しようとしているわけじゃない。実験を行うことによって修正をかけようとしているんだ。それに教授たちを脅してもいない。ただ、こう言っただけだ。世の奥方の中には、できのよい子供を産むため、すでに――」

「おい」ロバートは慌てて止めた。「そのへんでやめておいたほうが無難ではないのか」

「申し訳ない。従兄弟は堅物でね」セバスチャンはミス・パースリングに謝った。「せっかくの楽しい会話を邪魔して悪かった。どうぞふたりで話を続けてくれ」彼は座席の背にもたれかかった。

「そうよ、わたしたちのことは気になさらないで」ヴァイオレットがつけ加えた。「いないものと思ってくださってかまわないわ。内緒話をされても大丈夫よ。わたしは口が堅いことで有名なの」

「そうなんだ」セバスチャンが言う。「彼女は暗くて深い穴みたいなものさ。秘密がいくらでも入り、外に出てくることはない」

「あら」ヴァイオレットは編み針に糸を引っかけ、落ち着いた声で言った。「わたしのこと、ただの穴だと思っているわけ？　失礼しちゃうわ」

ミス・パースリングがむせ返り、ロバートは座席からずり落ちそうになった。帽子を棚の上に置いてしまったことを後悔した。真っ赤になった顔を隠すものが欲しい。このふたりを彼女に近づけるべきではなかった。こんな調子でさらに続けたりしたら、一生恨んでやる。

ヴァイオレットは平然と編み針を動かしていた。

セバスチャンが手をひらひらさせた。「これは申し訳なかった。いや、きみはまさに今が女ざかりの美しい花だ」

黙れ、黙れ、黙れ！

ありがたいことに、そこでセバスチャンの謝罪は終わった。

ヴァイオレットがミス・パースリングに向かって言った。「わたしたちのことは無視してちょうだいね」自分はこれに集中したいから、というように編み針を掲げてみせる。

「もっと違う話題を選べばよかったな」ロバートは言った。話がおかしな方向に流れはじめたときに、さっさと終わらせておくべきだったのだ。

「そうでしょうか」ミス・パースリングは窓の外を見た。

「みんなで一緒に楽しくおしゃべりができたらいいと思っただけなんだ」

「そんな言葉を信じてはだめよ」ヴァイオレットがまた口を挟んだ。それでも手はせっせと動かすふりをしていた。「みんなで一緒に楽しくなんて言うけれど、この人は卑怯《ひきょう》にも、自分ひとりだけお姫様をやらなかったんだから」

ロバートはうんざりした。こんなふうになることを恐れていたのだ。どうしたら、この流れを中断させられるのだ？

ミス・パースリングが困惑した顔でヴァイオレットを見た。「お姫様？」

「わたしたち三人は幼なじみなの」ヴァイオレットは答えた。「ロバートのお父様は夏になると息子を親戚に預け、ご自分は旅行へ出られたのよ。その親戚というのがセバスチャンの家でね。三人でよく〝騎士とドラゴンごっこ〟というのをしたわ。わたしはそれを〝退屈ごっこ〟と呼んでいたけど。だって男の子ふたりは騎士だからいいけれど、わたしは助けを待つお姫様だから、じっとしているだけなんだもの」

「想像できますわ」

「だからある日、ふたりがドラゴンを退治しているあいだに、〝劇団に入りたいので家出をします〟と書いて逃げだしたの」

ミス・パースリングはかすかに笑みを浮かべ、身を乗りだした。「お姫様が逃げたと知って、勇敢な騎士たちはどうしたのですか？」

「わたしをつかまえることにしたわ。罰としてドラゴンに食わせるために」ヴァイオレットは自分が編んでいるレースを見て不満げに顔をしかめ、仕上げにかかった。「でも、つかまえられなかった。あのときは楽しかったわね」

「文字どおり泥仕合になった」セバスチャンがつけ足す。

「それでやっとこの人たちもわかってくれたのよ、わたしだけがお姫様になるのは不公平だって。だから、それからは硬貨を投げて決めることにしたの。でも、ロバートは絶対にお姫様役をやろうとしなかったわ」

「硬貨には表と裏しかないからな」ロバートは言った。「わたしの分はなかった」

「あら、でも方法はあったわよ」

ロバートは手で制した。「別にここで硬貨を立たせる技を披露しなくてもいいだろう。それにどのみち、わたしは彼女ほどすてきなお姫様にはなれなかった」

「そうでしょうね」ミス・パースリングが納得するように言う。

「そんなことはない」セバスチャンが反論した。「きみはヴァイオレットの本性を知らないんだ。彼女は子供のころから、こういう人でね。外面《そとづら》はいいが、大人がいないところでは女王様になる。優雅に見えるのは表面だけさ。お姫様ごっこで泥仕合になったときだって、家に帰ったとき、ぼくとロバートは頭から爪先まで泥だらけだったのに、ヴァイオレットはきれいなものだった」

「世の中には水という便利なものがあるのよ。どうして男の子たちはそれを知らないのかしら」ヴァイオレットはミス・パースリングのほうを見た。「男の子って衛生的ではないのよね」

ミス・パースリングはほほえみ、そしてうつむいた。

「ちなみに、ぼくの名誉のために言っておくが……」セバスチャンが言った。「ぼくもお姫様はやらなかったぞ。王子様だった」

「自分でそう言っていただけだろう」ロバートは言った。「わたしとヴァイオレットはお姫様と呼んでいた。ドラゴンはお姫様を食うんだ。王子様では話にならない」

「勉強が足りないな。考えてもみろ、人間は雌牛より雄牛のほうを多く食うだろう？　元来、雄の肉のほうが良質なんだ」

「それはたぶん……」ミス・パースリングが言う。

「雌の牛はお乳が出るから、食肉にしないだけではないでしょうか」

雄と雌の議論はまずい、とロバートは思った。これはよくない流れだ。彼は座席に沈みこみ、セバスチャンがミス・パースリングを赤面させる瞬間を覚悟して待った。

セバスチャンが彼女にウィンクをした。「ドラゴンはチーズが好きなのさ」

「でも、ドラゴンは搾乳できませんわ。だって、親指がそういうふうについていませんもの」

「たしかにそうだ。だが、子分がいる」セバスチャンは天井を見あげた。「それに人間の雌は肉が少ないのはたしかだ。胸に余分な脂肪がついているからな。それに比べて雄は尻の肉が柔らかく、脂肪も少ない」わざわざ立ちあがり、尻に手を置いてみせた。

ヴァイオレットがあきれた顔をした。「男の人のお尻の話なんて聞きたくもないわ。だいたい、あなたは雌の胸の余分な脂肪が大好きなんでしょう？　機会を見つけては……」

ロバートは咳払いをした。

「ぼくの好みはどうでもいい」セバスチャンは威厳を保った。「ぼくはドラゴンではないからな」

「そのとおり」ロバートは口を挟んだ。「きみはクジャクだ。人間の雌に向かって、派手な尾羽を見せびらかしている」

セバスチャンは笑みを浮かべ、うしろを振り返って想像上の尾羽を眺めた。

「ああ、それはぼくの大いなる長所だ」

ヴァイオレットがわざとらしくため息をつく。「まだお尻の話？　セバスチャンにはお尻しかないの？」

そのときロバートは気がついた。ミス・パースリングがうつむいていない。ずっと顔をあげたまま小さな笑みまで浮かべ、目を輝かせて頰を染め、ふたりをしげしげと眺めている。ロバートはセバスチャンに向かって指を突きつけた。「こうなるのではないかと思っていたんだ。最初からわたしをだます気だったんだろう。きみの言うことは、もう二度と信じないからな」

「それはどうも」セバスチャンは深々とお辞儀をし、座席に腰をおろした。「相手にされないのは寂しかったけどね。礼はあとでゆっくり聞こう」

「きみたちふたりとも最低だ」

セバスチャンとヴァイオレットはいつもこういうやりとりをする。投げられたボールをバットで打ち返すような、あるいは気のふれた猫が走りまわっているような会話だ。いつもはそれを楽しく聞いているが、今日はミス・パースリングがいる。こんな連中と一緒にいたら、こちらまで同類ではないかと疑われそうだ。ましてや自分はセバスチャンと血がつながっている。まるで親戚一同、頭がどうかしていると公言したようなものだ。

「ヴァイオレット」セバスチャンが言った。「ぼくたちは言ってはいけないことを言ったのかな？」

「そんなことはないわ」彼女が答える。「だって、ロバートは絶対にお姫様役をやらなかったと言ったのよ。それって男らしいということじゃない。ミス・パースリング、そう思うでしょう?」

「お答えするのはやめておきます」ミス・パースリングはうつむいた。だが、目には生き生きとした表情があった。

「それはおかしいんじゃないか?」セバスチャンが抗議した。「男としての自信があればこそ、お姫様をやれるんだ。それができないのは自信がないということだろう?」

「そうかもしれないけれど」ヴァイオレットは声を落とすこともなく言った。「わたしたちが言わなければ、彼女は気づかないわ」

ミス・パースリングはほほえんだ。「わたしのことは、どうぞお気遣いなく」ふたたびうつむく。「何も気づきませんから」

「だったら、なんの問題もないじゃない」終わりよければすべてよしという口調で、ヴァイオレットは言った。「ロバート、不機嫌な顔はいいかげんにやめてちょうだい」

ロバートは観念して目を閉じた。

汽車がレスターに着いた。セバスチャンが荷物をまとめておりるのを待ち、ヴァイオレットがフクロウの様子を見にあとへ続くのを待ってから、ロバートはようやくミス・パースリングのほうを見た。

彼女はドアのそばで、首にスカーフを巻いていた。

ロバートは手にした帽子をまわした。「あのふたりのことだが……」すまなかったと言おうとしたが、何を謝ればいいのかわからなかった。

〝いつもはあんなふうではないんだ〟

そう言えば嘘になる。

〝わかってくれ。つらいとき、セバスチャンの冗談に何度も救われた。だから、あんな従兄弟でも大好きなんだ〟

それは事実だが、この場で言うには重すぎる。懸命に謝罪の言葉を探したが、本当に謝らなくてはいけないと思っているのかどうかもわからなくなった。ミス・パースリングがうつむいたまま手袋をはめ、顔をあげた。

「あの……」

「なんだ？」

澄んだグレーの目は、必ずしも謝罪にはなっていないロバートの手紙の内容をすでに見通しているようにさえ見えた。

「ご友人を見れば、その人のことがわかると思っています」

「まいったな」ロバートは顔をしかめた。「セバスチャンはいつも度がすぎる。慣れるには少し時間がかかるかもしれないが、本当はいいやつなんだ」まあ、そう言えなくもない。

ミス・パースリングは眉をひそめた。「なんのことでしょう？ あなたのご友人方、わたしは好きですわ」

「それは……」ロバートは息をのんだ。「わたしのことを好きだと言ってくれているように聞こえるが？」

「論理とは美しいものですね」彼女はうなずいた。「ええ、そう申しあげたのです。これが現実でなければいいのにと思うだけ」彼女はドアを開けて外に出た。

「待ってくれ」ロバートは手を伸ばした。

だが、ドアは閉まった。ミス・パースリングが立っていた場所をぼんやり眺めていると、車掌の笛が鳴った。ロバートは鞄をつかみ、急いで外へ出た。

わたしの友人が好きだって？　あんな恥ずかしい会話が飛び交ったというのに、なぜそんなふうに思ったのだろう？　彼はにやにやしながら、ヴァイオレットやセバスチャンたちの一行に追いついた。ふたりはノートをのぞきこんでいた。

「何を見て笑っているんだ？」ロバートは尋ねた。

ヴァイオレットがノートをぱたんと閉じた。「回数をつけておいたの。あなたより彼女のほうがたくさんしゃべったわよ」

ロバートはまだにやにやしたままだったが、その笑みが顔から消えることはなかった。

「そうなんだ。それがすごいと思わないか？」

10

ミニーは乗合馬車をおりると、小型の旅行鞄を小脇に抱え、大おばの農場まで八〇〇メートルほどの道を歩きはじめた。

道沿いに家がなくなったところでスカートのポケットから手紙を取りだし、片手で不器用に封蝋《ふうろう》をはがした。

二日前の日付になっていた。

親愛なるミス・パースリングへ
わたしがなぜあのビラを作ったのか、それをきみにわかってもらいたくて、この手紙を書いている。
先日きみは言った。自分にも高みを目指していた時期があった、そしてどん底まで落とされたと。この国にはそういう思いをしている人々がたくさんいる。富裕層にはさらに富を与え、貧困層からはさらに搾取を行うのが、この社会なのだ。わたしが自由に生きられるのは、ただ運がよかったからにすぎない。

きみのような人々が、ちゃんと顔をあげて生きられるようになってほしい。それをしても、どん底に叩き落とされない社会になることを望んでいる。それがわたしのいちばんの願いだ。だからわたしはビラを作り、あの言葉を書いた。貴族院は公爵を起訴したりはしないから、わたしなら社会から制裁を受けずにすむ。そのわたしが何もせずにいるのは、せっかく持って生まれた贈り物を無駄にすることになる。秘密にしているのは、誰かを巻きこめば、その人まで捜査の対象となるからだ。

戦術に関して、きみはわたしよりもはるかに長《た》けている。これはわたしがビラを書いたことを認める直筆の手紙だ。立派な証拠になる。あとはきみの気持ちしだいだ。これを使い、おとなしい妻を求める普通の男と平凡な結婚をしてもいい。あるいは、いざというときのための切り札として持っていてもいい。きみの不安をすべて取り除いてやるのは難しいが、これくらいのことならわたしにもできる。

だが、できることなら顔をあげて生きてほしい。その卓越した能力を使い、自分のために新しい境地を切り開いてくれ。きみなら、もっと上を目指せる。はるか高みへのぼれるはずだ。

そうしないのは、せっかく持って生まれた贈り物を無駄にすることになると思う。

ロバート・アラン・グレイドン・ブレイズデル

爵位は書かれていなかった。彼はビラの中でも、自分のことを〝つまらない者《デ・ミニミス》〟と署名している。だが、そんなことはない。彼の希望にあと押しされ、ミニーは一歩一歩、足取りが軽くなるような気がした。

〝きみなら、もっと上を目指せる〟

もっと人生を味わっていたころもあった。そのときを知っているだけに、今の人生がとても味気なく感じられる。塩のひとつまみさえ入っていない薄い粥《かゆ》を食べながら、焼きたてのソーセージやパンの匂いをかいでいるようなものだ。そんな薄い粥を飲み下しつづけてきた人生に、もっと好きなものを食べればいいと言ってくれる人が現れた。

もう論理的に考えることも、分析することもできない。ただひたすら、飢餓感に襲われている。

わたしはもっと上を目指せるのかもしれない……。

この先どうなるのかはわからないが、彼に切り札をもらったことで、ここしばらくの悩みが消え、人生の荷物がいくらか軽くなったような気がした。

その気分は農場に着くまで続いた。足取りも息遣いも軽やかになった。大おばたちに帰宅を告げ、手を洗った。だが夕食の席につくころには、人生の荷物がこれまでよりもはるかに重く感じられるようになっていた。

夕食はスープの味さえわからなかった。

大おばたちは食事を楽しみながら、いかにも気心の知れた友人らしく、なごやかにおしゃべりをしていた。話題はカブの収穫や、来春の作付けなどについてだ。

そのいつもと変わらない会話を聞き、ミニーはいらだった。結局、状況は何も変わっていないのだと思い知らされたからだ。あの絶望の淵《ふち》に追いつめられた日、大おばふたりはロンドンから助けに来てくれて、人生の選択肢を示してくれた。

キャロラインはこう言った。〝わたしたちと一緒に来るということは、ミナーヴァ・レインだった自分を忘れるということよ。あなたはまったくの別人になるの〟

そして薄い粥の味しかしない人生が始まった。今はそれすら失うかもしれないという不安に怯えている。

「ビリーが求婚したらしいわよ」キャロラインが言った。

「嘘でしょう？　まだ子供じゃないの」エリザベスが驚いた。

「もう一八ですって。わたしたちが年を取るはずよね。あの子が生まれたのは、ついこのあいだのような気がするのに」

ミニーは会話に加わることができなかった。大おばたちに引き取られたとき、ミナーヴァ・レインという名前を捨て、ミニー・パースリングになった。立ち居振る舞いや性格も直す必要があった。そもそも女の子らしく歩くことさえできなかったのだ。最初の一年はしょっちゅう注意されていた。反論してはだめ。はきはきとしゃべってはだめ。前面に出てはだめ。少しでも人目を引きそうなことはすべて禁止された。その結果、どんどん萎縮していった。クルミの殻の中でカタカタと鳴る、乾燥しきった実のように。

そうやってミニーは影の薄い人間になった。意見を抑えこまれるのはつらく、神経がすり減った。女性にも許される程度の慈善活動に参加しているが、それだけで欲求は満たされない。しかも、この苦痛は一生続く。ひっそりと生きるためにできるだけ魂を小さくして、人生を味の薄いものにするしかない。

〝本当は芯が強く、物事の本質を見抜く鋭い洞察力がある。そんなきみにみんなの目を向けさせよう〟

あの目、あのほほえみ、あの手紙……。

〝そうしないのは、せっかく持って生まれた贈り物を無駄にすることになると思う〟

ひどい人だ。その言葉は本気ではないのかもしれない。ただわたしを迷わせ、意気をくじかせるためのものかもしれない。たとえそうだとしても、わたしは信じてしまった。今からでもまだ、違う生き方ができるのではないかと。もしかすると……。

もう一度自由に生きたいという強い思いがこみあげ、みぞおちを殴られたような鋭い痛みと感覚の麻痺に襲われた。ただの願望ではない。激しい渇望だ。今ならありのままの自分をさらけだしても、群衆に追いかけられることも、石を投げつけられることも、悪魔の子と呼ばれることもないかもしれない。あのときはすべてを奪われたけれど、今度は誰かがそんなわたしを愛してくれるかもしれない。

こんな境遇の人間が抱けるような夢ではないことはわかっている。

でも、彼は顔をあげろと言った。わたしに希望を植えつけ、それを信じさせた。本当にひどい人……。

涙がこぼれそうになり、フォークで料理をつついた。

「ミニー」エリザベスが眉をひそめた。「大丈夫？」

「ええ……」なんでもないと答えるべきだ。余計なことは口に出さず、心配しないでと言うのがレディというものだろう。

だが、それができなかった。今にも感情が爆発しそうだ。適当に言い訳をして食堂を出るべきだとわかっていたが、気がつくとフォークを壁に投げつけていた。鋭い金属音が響いた。

「いいえ……大丈夫じゃないわ」

「ミニー」

「もういや」

エリザベスが立ちあがり、一歩前に出た。「どうしたの？」

「大おば様たちが、わたしにこんな生き方を強いたのよ」長年こらえていた涙がこみあげ、声が震えた。「大おば様たちのせいで、今のわたしには……」

今度はスプーンを壁に投げつけた。

「今のわたしには何もない！」ミニーは叫んだ。「こんな人生にがんじがらめにされて、どうすれば抜けだせるのかもわからないわ」

ふたりの大おばが悲しげな顔で目を見合わせた。

「わたしだって考えもする。したいこともある。上昇志向だって持っている」

最後の言葉にキャロラインが顔をしかめた。

「でも、そのどれひとつも許されていない。すべてをないことにされている。わたしなんて存在しないも同然なのよ」

「ミニー」エリザベスが優しく言った。まるで馬の背中でも撫でているような口調だ。「許してちょうだい。お母様と約束したとおり、ちゃんとあなたを守ることができていたら、そんなことを思わずにすんだのに。何も知らなければ……」

言葉の内容ではなく、その冷静に慰める口調のせいで、怒りがしぼみかけた。またあきらめの境地に戻れそうな気がした。壁にフォークの先端がつけた穴だけを残して。

けれど、またクレアモント公爵の声が聞こえた。じっとこちらを見つめる青い目が見えた。あの手紙は彼にとっては戯れにすぎないのかもしれない。それでも、そこに書かれたわずかな真実にすがりつかずにはいられない。

こんな人生でさえなければ、彼への思いを押し殺す必要はなかったのに。ありのままに生きてさえいれば、彼のそばにいられたかもしれないのに。でも、わたしにはそれが許されない。

エリザベスがそばに来て、肩に手を置いた。「何も知らなければ、そんな葛藤もなかったでしょうにね」

子供のころの無邪気な自信と興奮に満ちた日々がはるか昔のことに思え、ミニーは力なくうなずいた。

わたしなんて存在しないも同然。何も感じてはいけない。

エリザベスに肩を押され、椅子に座りこんだ。

「大丈夫よ。あなたは今のままでいいの」

「そうね……。それがわたしだから」

もう涙を止めることができなかった。失った過去と願ってはいけない未来を思い、心が乾いて何も感じなくなるまで、ただ泣きじゃくった。

涙が涸《か》れると、エリザベスが言った。「しばらく何もかも忘れたほうがいいわ。結婚のことはもう考えずに、半月ほどのんびりしたらどう？」

そんな暇はない。証拠となるクレアモント公爵の手紙が手に入ったのだ。これさえあれば、明日にでもスティーヴンス大尉の誤解を解くことができる。でも、本当にそうしたいのかどうかはもうわからない。

ミニーは首を横に振った。「ありがとう。でも、いいわ。そんなことでは何も変わらないもの」

そのテーブルは最大八人まで食事をとれる大きさがあった。だが今日は片側にロバートが座り、幅二メートルほどの磨き抜かれたマホガニー材の天板を挟んで、その反対側に母親が腰かけていた。テーブルの上には、ホテルにあるすべてを出したのかと思うほど、たくさんの銀製のフォークやスプーンが並んでいる。時計台を作れそうなほどの量だ。

テーブルの向こう側で、母親が静かにフォークを置いた。

話があるという意思表示だ。母は一緒に食事をする日にちを変更した。セバスチャンとオリヴァーがこの街に来ていることを知り、ふたりを避けたのだ。つまりこれはただの食事ではなく、面倒な話し合いになるということだ。良好な関係とは言えない二国が関税について協議するようなものだ。

母親の髪は完璧に結ってあり、ほつれ毛の一本も落ちていなかった。おそらくドレスは最新の流行だろう。ダークブルーのスカートの裾に、白色と金色の糸で分厚い刺繡《ししゅう》が施されている。ウエスト部分は細いが、それほど締めつけているようには見えなかった。肩には黒いレースのショールをかけている。

いつものごとく、母親は威圧感に満ちていた。まるで遠くの地平線にそびえ立つ城のようだ。子供のころから、たまに会う母はいつも冷ややかだった。

今は、こうして大きなテーブルを挟むくらいの距離の取り方がちょうどいい。ロバートが成人してからは、それなりに会話ができるようになった。ふたりともロンドンにいるときは、一度くらいは食事をともにし、どうでもいい話をする。母は自分が関わっている慈善事業について。息子は国会での仕事について。どれも人づてに聞いたところで、たいして変わりない内容ばかりだ。もう母には何も期待していないし、裏切られたと感じることもない。

しかし……今日はいつもと様子が違う。

「ロバート」給仕がスープ皿をさげ、母はスプーンを置いた。その表情は非の打ちどころがないほど上品で、愛想がよかった。「お食事に誘った理由はわかっているわよね？」

「いいえ、まったく」彼は答えた。

母が片眉をつりあげた。「忘れたの？　この前に会ったとき、あなた、そろそろ結婚を考えると言っていたじゃない」

最後に母親と話をしたのは二カ月前だ。たしかにあのときは、そろそろ三〇歳なのだから身を固めなさいと言われ、適当に相づちを打った。世間話ほどの意味もない会話だと思ったのだ。

「跡継ぎとしての務めを果たすと約束したはずよ」母は落ち着き払って言った。

「いずれ結婚はすると言いましたが、務めを果たすなどと約束した覚えはありません」ロバートは慎重に応えた。

母は結婚など務め以外の何物でもないだろうという顔で鼻をひくつかせ、唇を引き結んだ。次の皿が運ばれてきた。ロバートが料理を口に入れ、すぐには声を出せないと見ると、母はまた話を続けた。

「まともな結婚をするには時間がかかるのよ。相手は誰でもいいというわけにはいかないもの。家柄や噂話など、いろいろと調べなくてはいけないわ」母はフォークを手に取った。「わたしたち、候補者を挙げなくてはね。じつはもう考えはじめているのよ」

ロバートは無理やり魚料理をのみこんだ。目の前に座っている女性が赤の他人に見えた。子供のころは母親に会う機会がほとんどなかった。かまってほしくて仕方のない時期もあった。だから、会いに来てくれないのは事情があるのだろうと考えた。だが、母は愛情のあるふりさえしようとしなかった。息子のことなど、どうでもよかったのだ。

「ちょっと待ってください」ロバートは言った。食堂はしんとしている。「わたしたちって、誰のことです？」

「あなたはなんの心配もしなくていいの」母は優雅に手をひらひらと振った。「書きだしたものがあるから見てみる？　三項目に分けたの。貴族の令嬢、遺産を相続する見込みのある女性、その他」鼻を鳴らす。「面倒を避けるためにも、できれば〝その他〟は考えたくないわね」

二八年もほったらかしだったくせに、今になってこれか？

「つまり……」ロバートはゆっくりと尋ねた。「わたしの結婚相手をあなたが決めるということですか？」

「それは……」まさか切り返されるとは思っていなかったようだ。「そんな言い方をしなくてもいいでしょう。ちゃんとあなたの希望も聞くわ」

「わたしの希望も聞く？　それはそれは、寛大なご配慮に感謝しますよ」ロバートは言った。「しかし、おもしろい台詞ですね。下手な役者の芝居のようだ。自分の結婚相手でもないのにわざわざ候補者を探して、ご親切にもわたしの希望まで聞いてくださるとは」

母は唇をなめて黙りこんだ。フォークを手にしたまま、料理に視線を落としている。

「お気持ちだけいただきますよ」ロバートは続けた。「ですが、母上の手助けは不要です」

「クレアモント」気分を害したような声だった。「たしかに結婚するのはあなたかもしれないけれど、わたしにも影響はあるのよ」母は顔をあげ、目を見開いた。「あなたが陰で噂されるような相手を選んだりしたら、こちらまでいやな思いをすることになるわ。わたしは社交界を知り尽くしている。それを利用しない手はないでしょう?」

背筋が伸び、頬にうっすらと赤みがさしていた。息子に妻ができれば、母は公爵夫人の立場を退き、公爵未亡人と呼ばれるようになる。自分の思いどおりにならないような小娘に、社交界での権力の座を奪われるのがいやなのだろう。

「悪気があって言うわけではありませんが……」ロバートは穏やかに言った。「結婚について母上に忠告を求めようとは思いません。ろくに家にいなかった人ですからね」

母はむっとした顔をした。「それは侮辱なの?」鼻を鳴らす。「だんだんお父様に似てきたわね。とにかくわたしの言ったことをよく考えて、頭が冷えたら、また話しにいらっしゃい。顔が気に入ったというだけではだめなのよ。結婚は人生でもっとも重要な決断なのだから。なんといっても、一生をともに過ごす相手を決めるわけだもの」

「ともに過ごす必要はありません」ロバートは否定した。「妻は好きに家を空ければいい」テーブル越しに母親を見る。「行き先に迷ったら、母上に相談するよう勧めておきますよ。そういうことに関しては、いろいろとご存じでしょうから」

母の鼻が真っ赤になった。今にも怒った牛のように足を踏み鳴らし、床を引っかきそうなほどだ。だが母は黙って顔をそむけ、料理を口に運んだ。

これまでうわべだけの会話しかしてこなかったのには理由がある。それ以外のことを話そうとすれば、お互いにいやな思いをするからだ。母とは分かち合える思い出もなければ、共通の知人さえいない。子供のころ、母は息子と一緒に過ごすより、セバスチャンの母親の屋敷に滞在している期間のほうが長かった。

もちろん母が自分の意思で決めたことだ。それでも、そんな母親を許せるかもしれないと思ったときもあった。父が外に子供を作っていたことを知り、母だけを責めることはできないと感じたからだ。しかし、母は自分の夫に背を向けたとき、息子のことも振り返ろうとはしなかった。まだ幼い息子がどれほど懇願しようとも。

母がいくらかこわばった声で言った。「候補者の名前を書いた紙くらい見てみたら?」

「いいえ」ロバートは冷ややかな口調になった。「われわれには、そんなものは必要ありませんから」

母は目をしばたたき、料理を眺めながら考えこんだ。「われわれって誰のこと?」

「言っていませんでしたか? セバスチャンとわたしですよ」ロバートは笑みを浮かべた。

「なんのために彼をこの街へ呼んだと思っているんです?」

母は目を見開いた。「先日ホテルにわたしを訪ねてきたけれど、まったく失礼な若者だわ」不愉快そうな顔をする。「親戚だから、それなりのお付き合いをするのはいいことだと思うけれど、あまり親しくしないほうが――」

「大丈夫です」ロバートはさえぎった。「オリヴァーも来ていますから」

「あなたの友人はそんな人たちばかりなの? 無神論者と婚外子じゃないの」

ロバートは怒りで立ちあがりそうになった。だが、怒鳴ったところで仕方がない。ゆっくりと息を吐き、気持ちを落ち着かせた。

「それは侮辱ですか？」

母は鼻を鳴らした。

「わたしはやはりあなたに似ているんですよ。おいやでしょうけれど」

だが母は機嫌を悪くするどころか、唇にかすかな笑みを浮かべた。今夜、初めて見る表情だ。

「そんなことはとうの昔に知っていたわ。だから、ここにいるんじゃないの」

11

「この二日間どこにいたの？」リディアが尋ねた。「おとといの夜に手紙を持たせたら、大おば様たちからあなたは病気だとお返事があったわ」

ミニーは友人を見た。心配しているわけではなさそうだ。にこやかな顔でこちらの腕を取り、自宅の奥へ案内しようとしている。

「具合が悪かったわけではないの」

「ばかね、そんなことわかっているわよ」リディアはミニーの手をぽんぽんと叩いた。「重い病気なら知らせてくれるだろうし、たいしたことがなければ自分で返事を書いたはずだもの。さあ、何をしていたの？」

ミニーは廊下を見まわした。使用人の姿はない。誰かに話を聞かれる心配はなさそうだ。

「詳しくは話せないんだけど、今、あることを画策しているところなの」

「画策って、まさか……」リディアが青ざめた。

「違うわ」慌ててつけ加える。「あなたのことではないわよ」

「ああ、びっくりした。見て、手が震えているわ」リディアは両手を見せた。

「あなたを巻きこむのなら、先にちゃんと話しているわよ。今回は……」ミニーは顔をしかめた。「別の人の秘密なの」

リディアは小さく肩をすくめ、居間のドアを開けた。驚いたことにそこには使用人がおり、暖炉の火が暑いくらいに燃えていた。

オレンジ色の炎が煙突の入り口に届くほど燃え盛る暖炉の脇で、三人の使用人が膝をつき、火の様子を見ながら紙を丸めては放りこんでいる。紙の燃える匂いが室内に立ちこめていた。

「何かあったの？」ミニーは尋ねた。

「聞いていない？」リディアが答える。「今朝、また大量にビラがまかれたのよ。お父様の靴下工場の前にも大量に置いてあったらしいわ。午前中はそれを回収するので大変だったとお父様が言っていたもの」

ミニーは友人を見た。「ひどいことが書かれていたの？」

リディアはちらりと笑みを浮かべ、居間に入ると使用人の手からビラを一枚取った。

「これよ」

そのビラを受け取って、文字を目で追った。

途中まで読み、驚いて口に手をあてた。

〝みなで労働を拒否するのは一種のディスカバード・アタックだ。まず、集団で交渉することができる。それに職場を放棄すれば、雇用主に経済的打撃を与えられる。次の一手を打つときは、背後に空いた場所も利用するのだ〟

「これ、ストライキをしろということよね?」リディアが尋ねた。

〝ディスカバード・アタックだ〟

ミニーは凍りついた。「ええ、たぶん」めまいもしてきた。「でも集団交渉という名目があっても、そう簡単に労働者が団結できるわけじゃない。それに団結したからといって、必ずしもストライキをすることにはならないわ」

〝次の一手を打つときは、背後に空いた場所も利用するのだ〟

わたしがよく使う言葉だ、とミニーは思った。とくに後半部分は、チェスの名手だったタピットが書いた『チェスの攻撃法』という難解な書物からの引用だ。先日クレアモント公爵と話したときに、この表現を使った。チェスはやらないと彼は言っていたのだから、この文言はわたしから聞いて知ったに違いない。

もっと以前にも、この言葉を使ったことがある。二カ月ほど前、スティーヴンス大尉と話したときにも、たしか似たような言い方をしたはずだ。わたしにはこういう言葉遣いをする癖があるのだろう。幼いころからチェスの戦術用語が体に染みついているので、どうしようもない。昔、父親がよく言っていた。

〝これがディスカバード・アタックだ。ひとつの動きでふたつの攻撃をかける。おまえもやってみろ〟

「でもストライキの心配があるからこそ、お父様はあんなに怒っていらしたんだと思うの。工場が操業停止になったりしたら大変なことになるもの」

くべた。

「そうね」ミニーは応えた。

リディアは使用人のほうを向いた。「あとはわたしたちがやっておくから、もうさがって
いいわ」使用人たちは部屋を出ていった。リディアは暖炉の前に座り、ビラを一枚ずつ火にくべた。

全部燃えてしまえばいい、とミニーは思った。そうすれば、このビラが世間の目に留まることはないかもしれない。わたしの言葉をそのまま使うなんて……。

「リディア、あれからスティーヴンス大尉には会ったの？」

「今朝、来たわ。このビラのことで、お父様と長いこと話していたの。もしストライキが起きたら、それをなんとかするのは彼のお役目だから。何か言い争いになったみたいよ。あとでお父様から聞いたのだけど、彼はあることを調べにマンチェスターへ行くんですって。うちで働いている人たちとマンチェスターが、どう関係しているのかはわからないけれど。あちらの労働者たちとやりとりでもあるのかしら」

いいえ、違う。スティーヴンス大尉はビラを読み、以前にわたしがディスカバード・アタックという言葉を口にしたことがあるのを思いだしたのだ。だからわたしが犯人に違いないと考え、マンチェスターに行き、もう一度過去を探ろうとしている。絶望的だ。

「ねえ、お父様は雇用人にちゃんとした賃金を払っていると思う？　ストライキを避けるために労働者の言うことを聞いたりしたら、もっと理不尽な要求をしてくるに決まっていると彼は言っているらしいわ。でも、わたしは何か方法があると思うのよ。あなたなら、何かい

い案を思いつけるんじゃないかしら。労働者衛生委員会での経験があるもの」

不安を追い払おうと、ミニーは首を横に振った。この件でわたしにできることは何もない。

「さあ、どうかしら。ただ、スティーヴンス大尉が――」

リディアは天を仰いだ。「彼の名前なんて聞きたくもないわ」声を落としてそう言ったあと、また自分のほうから話を蒸し返した。「ねえ、彼はあのことに気づいていると思う？あなたには悪い噂があるなんて言いだしたのは、誰かからわたしのことを聞いたからじゃないかと思うの。ほら、あなたも一緒にコーンウォールへ来てくれたでしょう。もしかしたら、彼はコーンウォールで何かを知って――」

「違うわ」ミニーは否定した。

「でも、だったらなぜ――」

「わたしが婚外子かもしれないと彼が言ったのは、証拠をつかんだと思っているからよ。くだらないことなの。高齢で記憶があいまいになっているご婦人から、わたしの母は結婚しなかったはずだという話を聞いたらしいわ」

リディアがほっとため息をついた。

だが、ミニーは少しも安心できなかった。スティーヴンス大尉がわたしのことを調べにマンチェスターへ行く。真綿で首を絞められているようだ。遠くから群衆のくぐもった罵声が聞こえる。太陽のまぶしい光に照らされ、目が見えなくなる。思わずまばたきをした。

「ミニー、大丈夫？」

リディアの心配そうな声で現実に引き戻された。罵声など聞こえない。怒った群衆もいない。

いずれ、それらに直面することになるかもしれないけれど。でも……。

「大丈夫よ。ちょっと考え事をしていただけ」

たとえスティーヴンス大尉が何か探りだしたとしても、それが何を意味するのかわかるのに、少なくとも一週間はかかるだろう。それにクレアモント公爵の手紙があるから、わたしがビラに関与していないことは証明できる。

リディアが顔をのぞきこんできた。「そういえば、わたしにお願いがあるってなんなの？」

ため息をつき、ミニーは友人の顔を見た。「このあいだ労働者衛生委員会の会合で、ドクター・グランサムから、あなたに手伝ってもらったらどうかと言われたの」

リディアがつんと顎をあげた。「そうなの？」

「ドクターはあなたに会いたいのよ」スティーヴンス大尉をからかうために言っただけかもしれないけれど。「若くて、ハンサムで、すてきな人じゃない。わたしは好きよ」

「わたしは嫌い」リディアはきっぱりと言った。「ほら、ドクター・グランサムはドクター・パーウィンの助手をしていたから、あのことを知っているのよ。だからいつも訳知り顔でわたしを見るんだわ」

「誰にでもそういう顔をするのよ」ミニーはかばった。「あの人の癖なの」

「それに皮肉屋だし」

「あなたに対してだけではないわ」

リディアは顔をそむけた。「あんなことは忘れたいのに、彼はいつもわたしにそれを思いださせる。わたしが笑っていると、不謹慎だという目をするわ。あの人のそばにいるのは耐えられない」

「そんな目はしていないと思うけど」ミニーは友人の隣に腰をおろした。

「一生懸命、明るく振る舞っているだけなのに……」リディアの手は震えていた。「それを非難なんてされたくない」

ミニーにはリディアの気持ちが痛いほどよくわかった。

「あなたから見れば、たしかにわたしは不謹慎なときもあるし、夢ばかり見ているし、もっと理性的になるべきだということはわかっているわ」

「そんなこと思っていないわよ」

「つらさに耐えている人が偉くて、憂いを帯びている人のほうが賢そうで、苦しんでいる人のほうが強いと、みんな信じているのよ」

「リディア……」

「世間があのことを知ったら、きっとわたしが悪いと言うに決まってる。あんな年上の人にだまされたから」

ミニーはあたりを見まわした。部屋には誰もいないし、リディアは低い声で話しているから大丈夫だろう。

「彼が結婚していることも知らず、関係を持ったらどうなるか本当にはわかっていなかった。あなたに助けを求めたことも非難されるでしょうね」

「わたしは責めたりしないわ」ミニーは言った。

妊娠したとわかったとき、リディアはミニーのところへ来た。だから、妙な噂が立つことなく安心して赤ん坊を産めるように、ミニーはもっともらしい旅行の口実を考えた。それほど難しいことではなかったし、何か自分にできることがあるのは嬉しかった。

リディアは残りのビラをまとめて暖炉に放りこみ、炎が大きくなるのを見つめた。

「そんな人の子供を流産したからといって泣くなんて、ばかな娘だと言われるわ。そんなわたしを抱きしめて、優しく慰めてくれたあなたもね。世の中なんてそんなものよ。わたしがまた笑えるようになったら愚かだと思うし、あなたがシルクやリボンを身にまとわず、小さな声でしゃべるから、どうでもいい人間だと考える。何もわかっていないのよ」

〝そうやって自分を偽っているんだ〟クレアモント公爵はそう言った。だからわたしが誰からも理解されないと思っているのだろう。

でも、わたしのことをちゃんとわかってくれる人がここにいる。

「一度でいいから……」リディアは言った。「みんなの目をあなたに向けさせたい。あなたが本当はどんな人かわからせたいわ」

ミニーはかぶりを振り、自分の体を抱きしめた。「だめよ。わたしは放っておかれるほうが好きなの。世間の目には耐えられないわ」

「みんなではなくて、ひとりでもいいかもしれないわね」リディアは意味ありげに笑った。「たとえば……」

ミニーはため息をついた。「その名前は言わないで」

「あの公爵とか？」リディアはためらわなかった。「にらまないでちょうだい。名前は言わなかったわ。爵位を口にしただけよ。さっき、あることを画策していると言ったわね。それって、彼が関係しているんじゃない？」

「違うわ」ミニーは否定した。

だが、リディアは目を輝かせた。「あなたにも誰かと出会ってほしいの。みんな、あなたのことをちっともわかっていない。おとなしくて従順な女性だと思っているわ。でも本当は違う。とても愛らしくて、そのうえ賢い人よ」

ミニーは鼻を鳴らし、顔をそむけた。「そんな相手を好きになるのは、おとぎばなしに出てくる男の人だけ。実際は、持参金をたっぷり持ってくる亜麻色の髪の乙女がいいのよ」

「わたしがどうしてあなたをすばらしい人だと思うのか、その理由を誰にも話せないのがつらいわ。でも、いつかはみんなもわかるときが来る。きっと、わたしと同じような目であなたを見るようになるはずよ」

「それで世間がわたしに好感を持つと思う？」

リディアはしっかりとうなずいた。「もちろん」

リディアは楽天的だが、ただ天真爛漫《らんまん》なわけではない。いろいろありながらも明るく生きる知恵を身につけたのだ。だから、そんな彼女の考え方を理詰めで否定することはできない。不思議なものだ。リディアには自分の未来が見え、わたしにはそれができない。

ミニーは友人のほうを向いた。「そうそう、あなたにお願いしたいことというのはね、ほら、さっきドクター・グランサムの話をしたでしょう？　あれは、わたしがミス・ピーターズと一緒にチラシを貼ることになって、あなたにも手伝ってもらったらどうかとドクター・グランサムに言われたということなんだけど……」

リディアは暖炉の中で燃えているビラに目をやった。

「違うわ、そういうものではないの」ミニーはほほえんでみせた。「天然痘と消毒液のことを書いた、退屈な内容のチラシよ」

「ドクター・グランサムもいらっしゃるの？」

「いいえ」もう一度、笑みを浮かべてみせた。「ここからがあなたの喜びそうな話よ。ドクター・グランサムの代わりに、別の人が一緒に来てくれることになったの。びっくりするような相手よ」

「わかった！」リディアは手を握りしめた。「おとぎばなしみたいな出来事があったのね。男の人たちがばかげたことで議論しているので、あなたがおろおろしていると――いえ、あなたはそんなことしないわね。鼻の付け根を押さえながら、さてどうしたものかと考えていると……」にっこりする。「なんと皇太子殿下が部屋に入ってきた！」

ミニーは大笑いした。

「それはさすがにないわね」リディアは言った。「だいたい皇太子殿下が浮気するなんて、いやだもの。じゃあ、クレアモント公爵よ。彼が部屋に入ってきて、あなたの胸を見るなり、きみはぼくのものだと言った！」

「いえ、その……」

リディアは指を突きつけた。「きっとそうなると思ったわ。だって、彼がどんな目であなたを見ているか知ってる？」

ミニーはそれを想像するまいとした。だが、否応《いやおう》なく頭に浮かんだ。頬が熱くなる。

「そういうことじゃないわ」

クレアモント公爵がどんな目でわたしを見ようが、それに深い意味はないのだろう。彼は自分の行動がどういう結果を招くかなど、まったく考えない人だ。

「きっと彼は……」ミニーは言葉を濁した。あの場を丸くおさめようとしたのか、あるいは何も考えていなかったのか……。

わたしの文言をそのままビラに使ったことを考えると、きっと後者なのだろう。でも労働者衛生委員会の会合のあとに彼が見せた真剣な表情や、列車をおりたあとの優しいほほえみを思いだすと、わたしのことを温かい目で見てくれているのかもしれないという気がする。

「昨日、あちらの使用人が手紙を持ってきたの。明日の午後に落ち合おうと書かれていたわ。あなたも来てくれる？　あとはわたしと、ミス・ピーターズと――」

「クレアモント公爵ね」リディアはほほえんだ。「いいことがありそうな気がするわ」

〝顔をあげろ〟

ミニーはリディアを抱きしめた。「言わないで。期待したくないの」

友人は首を横に振った。「だからこそ、わたしが期待しなくちゃ」

12

翌日、ミニーはたいして苦労することもなく、クレアモント公爵とふたりきりで話す機会を見つけた。チラシはふたり組で貼るほうが効率がいい。それがわかると、リディアはミス・ピーターズをつかまえてチラシと糊《のり》を持ち、ミニーと公爵を残して、さっさと道路の反対側へ渡った。

本当にふたりきりになったわけではない。リディアとミス・ピーターズは叫べば聞こえるほどの距離にいる。繁華街なので、この時刻でもそれなりに人の姿はあった。通りの角には栗売りがいるし、歩道では少年たちが焚火《たきび》を囲み、ときおり薪代わりにごみをくべている。

何から話せばいいのかしら、とミニーは思った。クレアモント公爵がどういうつもりなのかわからない。彼は手紙をくれた。わたしを好きだとも言った。そのときの彼の目を思いだすと、今でも体が震える。それなのに、わたしの言葉をそのままビラに使った。わたしが疑われることになるというのに。

考えるのはやめて、ミニーは糊が入った壺《つぼ》を公爵に手渡した。「肉体労働についてはどれほどご存じですか？」

「そうだな……」クレアモント公爵は目を輝かせた。「本で読んだことがある。相続した工場はよく見に行くし、なるべく従業員たちと話をするようにもしている」

「でも、ご経験はない？」

「まあ……そういうことだ」

ミニーは木の棒を手渡した。「おめでとうございます。これで新たな境地までご自分をおとしめることができますわね」

「わくわくするな」公爵は、これはなんだという顔で壺を眺めると、ミニーのあとについて歩きだした。彼女は通りの角で足を止め、チラシを一枚、相手の前で持ちあげた。

「どうすればいいんだ？」

「チラシの裏に糊をつけてください。そうしたら、わたしが壁に貼りますから」

「こうか？」彼は壺の蓋を開け、木の棒を突っこんで、不器用に糊を塗った。

「下手ですね」ミニーはチラシをれんがの壁に貼りつけ、先へ進んだ。

たぶん、わたしを困らせるつもりはなかったのだ。公爵は何事もなかったような顔をしている。実際、彼にとってはそうなのだろう。ただ、汽車の中で楽しくおしゃべりをしたにすぎない。でも、わたしは好意を持っていることを伝えた。

さっき公爵に背を向けるとき、〝下手ですね〟という言葉に反応して笑った顔がちらりと見えた。彼の笑顔は真夜中の稲光のようだ。一瞬ですべてを照らし、そして消える。稲光はとても美しいけれど、落雷すれば破壊力も大きい。

「ほら、ことわざにあるだろう？」楽しそうな声だった。「〝無駄がなければ糊不足もない〟とね」

ミニーは目をしばたたいた。「もしかして〝無駄がなければ不足もない〟とかけたおつもり？」振り返りもせずに言う。「くだらない語呂合わせですこと」

「公爵が言えば高尚になる」

ミニーはまた一枚チラシを持ちあげ、糊が塗られると、それを壁に押しつけた。

「あら、公爵でいらしたんですね。てっきり公僕かと思っていました」

クレアモント公爵は聞こえなかったふりをして糊の壺を掲げ、にっこりした。

「さあ、次へ進もう。あっちのふたりのほうが作業が速いぞ。糊ではなくて乗りがいいんだな」

ミニーは吹きだしそうになり、必死に唇を引き結ぶと、さらに先へ進んだ。絶対に笑ったりするものですか。

公爵はあとをついてきた。「ご機嫌斜めなのか？　わたしの手紙は読んでくれたかい？」

「ええ」ミニーは答えた。「隅から隅まで読みました。そして怒っています」

「やれやれ」彼はくすくすと笑った。「糊みたいに粘着質なんだな」だが振り向いたミニーの表情を見て、真面目な顔になった。「本当に怒っているのか？　わたしが何かしたか？」

そのとぼけた言い方に、彼女は一発お見舞いしたくなった。「またビラをまいたでしょう？よくもあんなことが書けましたわね」

クレアモント公爵は鼻の頭にしわを寄せた。「なんの話だ？　労働者をあおってストライキなどさせたら、きみの友達が困るからか？　過酷な労働条件など知ったことではないとでも？　それともビラを作るなんて余計なことはせずに、ひとりうじうじ考えていろというのか？」

「違います！」怒りが噴出した。「そんなふうに思えないからこそ、あなたの手紙を治安判事のところへ持っていくことができないんです。わたしも叫びたいときはあります。誰の目も気にせず、大声で叫んでみたい。だから、あなたの気持ちはわかります。そうではなくて、わたしが怒っているのは、あなたがわたしの言葉を勝手に使ったからです。いったいどうしてそんなことを？」

公爵は目をしばたたき、唇を噛んだ。「たしかにちょっと拝借した。いい言葉だと思ったんだ」

「そんなの言い訳にならないわ。スティーヴンス大尉に疑われている話はしたはずです。それなのに、なぜわたしの言葉をビラに書いたりしたんです？　わたしが困った立場に追いこまれるとは思わなかったんですか？」

まだ工場が動いている時刻なので、通行人はそれほど多くはない。疲れたような顔で八百屋のほうへ向かう女性が二、三人。それに大きな袋を肩にかつぎ、きびきびと歩く洗濯業の女性がひとり。遠くから聞こえる工場の機械音が街の雑音を消し、かえって静かに感じられた。

「怖いんです」ミニーは言った。「こんな気持ち、あなたにはわからないでしょうね」一〇メートルほど行った道路の向かい側で、リディアとミス・ピーターズがてきぱきとチラシを貼っていた。

「もういいわ」ミニーはビラを振ってみせた。「わたしたちもさっさと終わらせましょう」

「ミス・パースリング」硬い口調だった。「すまない」

今日のクレアモント公爵は灰色でウール地のスーツを着ていた。いつもの服装に比べると生地は庶民的だが、あいかわらず仕立ては完璧だ。首には、えび茶色の柔らかそうなスカーフを巻いている。そんな服装をしていると、紳士的な公爵というよりは、いささか危ない男性に見える。夜の闇に女性を連れだし、その魂を平気でむさぼる人間のようだ。ミニーは頭がくらくらしてきた。

謝罪は誠実な言葉に聞こえた。それを信じたかった。「何を謝っていらっしゃるの？　わたしをのっぴきならない状況に追いこんだこと？」

クレアモント公爵は茶目っ気たっぷりの笑みを浮かべると、木の棒を壺に突っこみ、糊がたっぷりついた先端を持ちあげた。

「違う」口調こそ申し訳なさそうだが、目は生き生きとしていた。「これだ」

そう言うと木の棒を振った。チラシでよける間もなかった。糊がドレスに飛び散った。

ミニーは啞然とした。「一二歳の男の子が国会議員になれるとは知りませんでしたわ」

彼はウィンクをすると、道路の反対側にいるリディアとミス・ピーターズに向かって大声で言った。「ちょっと水のあるところに行ってくる。糊がついてしまったんだ」

「糊がついたですって？」ミニーは怒った。「糊をつけたの間違いでしょう？」

公爵はミニーの腕を取り、建物と建物のあいだの細い隙間に入ると、手押しポンプのある雑草だらけの庭に出た。上着を脱ぎ、手押しポンプの柄を押しはじめる。その力強い腕の動きに、ミニーは思わず目が行った。

「出生記録によれば、わたしは二八歳だ」クレアモント公爵はポンプの柄を押しながら言った。「二二歳ではない」

「それはよかったこと」

「ありがとう。おかげで、きみをここに引っぱりこめた」

彼は顔をあげ、にっこりした。そんな表情を見るのがつらくて、ミニーは顔をそむけた。手押しポンプが、もうすぐ水があがってくることを示す音を立てた。

「きみを口説くのは大変だ」

手押しポンプから水が噴きだした。公爵はポンプに鎖で取りつけられているバケツをつかみ、水をくんだ。

「叫びたいんだろう？」彼は片眉をつりあげた。「ここなら誰の目も気にせずに叫べるぞ」

「どうしてわたしの言葉をそのまま使ったりしたんです？　わたしに疑いの目がかかれば、自分は逃げられると思ったから？」

クレアモント公爵は黙って首を横に振った。「きみは感情を押し殺す人だということを、もっと考えるべきだった」肩をすくめ、首からスカーフを外して、それを水につけた。

「そんなつもりではなかったんだ。思慮は足りなかったが、悪気はなかった」驚いたことに、彼は顔をあげた。「きみの言葉を使ってしまったのは……」目は伏せたままだ。「きみのことばかり考えているからだ」彼はその場に膝をつき、スカートについた糊を拭き取りはじめた。

ひどいわ、とミニーは思った。たったひと言でわたしの怒りを吹き飛ばし、心をつかむなんて……。公爵はじっとこちらを見ている。

ひどい。あなたはひざまずいているのに、わたしのほうが屈してしまうなんて。

ミニーは顔をそむけた。「そんなことを言われても、何も変わらない。わたしが苦しい立場から解放されるわけではないわ。もう、どうすればいいかわからないんです。謝ってもらっても、すぐに笑うことはできません」

彼は視線をさげた。うなだれたというよりは、何事にも動じないという意思表示のように見える。また糊を拭き取りはじめた。

手の感触がわかるわけではない。それでもつい想像してしまった。もしスカートの上から軽く押されたら、ペチコートと下着と靴下を通して、脚にどんな感触が伝わってくるだろうと。ミニーは目を閉じた。

手の動きが、だんだん上のほうへのぼってきた。下腹についた最後の糊を拭き取ったときは、はっきりとその感触がわかった。布地とコルセットの上からではあるけれど、彼の手がわたしのお腹に触れている……。ミニーは息をのんだ。

「糊を飛ばすなんてばかみたいだわ」

「そのとおり。ばかなことさ」クレアモント公爵は糊を拭いたスカーフを見て、肩をすくめた。そしてスカーフを肩にかけた。「わかっていても、ついやってしまう」彼は立ちあがった。ミニーは公爵のベストのボタンを見つめた。

「つい？　ご自分のことをばかだとおっしゃっているの？」

「ときどきそうなる」彼はうつむき、ミニーの耳元でささやいた。「ある女性の前ではね」

彼女は顔をあげるまいとした。

「普通なら美しい女性だと言うところだろうが、その人は典型的な美女ではない。だが彼女がそばにいると、そちらにばかり目が行ってしまう」

クレアモント公爵の指が頬に触れた。ミニーは息が止まりそうになった。絶対に見あげてはだめ。目を見られたら、気持ちが伝わってしまう。そんなことになったら……。

「うまく言葉にできないんだが、どういうわけか惹かれるんだ。髪のせいかもしれない。一度それを伝えたら、適当にあしらわれたよ。ばかなことを言ったものだ。唇かもしれない。あるいは目かもしれない。なかなか顔をあげてはくれないがね」

彼の指が顎へおりた。ミニーの体がこわばった。

「聡明な女性なんだ。話をするたび、その頭のよさに驚かされる。わたしはいつも苦境に立たされてばかりいる」

ただの言葉よ。女性を振り向かせようとするとき、男性はお世辞を口にする。本気でそう思っているわけではないわ。

でもわたしにとっては、ただの言葉ではない。今までそんなことを言ってくれた人はいなかった。言われてみたいとも思わなかった。それなのに彼の口から出ると、その言葉がナイフのように胸に突き刺さる。本当に認められているのだと思いたくて、息をするのさえ苦しくなる。

「何をおっしゃりたいの?」ミニーはベストのボタンを見つめたまま尋ねた。声は震えなかった。「あなたの負けだと? そんなことを今さら?」

「そう、わたしの負けだ」クレアモント公爵はそっと彼女の頰をなぞった。「男には根本的な欠陥があるからね。気の利いた台詞を言いたいときにかぎって、血が頭から別のところへさがる」

「まあ」

「生理現象だからな。そのせいで頭が働かなくなり、ばかなことを言ってしまう。〝きれいな胸だな〟とか〝乗りがいい〟とか。それでも、たとえ負けるとわかっていても、きみのそばにいたい」彼はささやいた。「きみが勝つのを見たいんだ」

ミニーは唾をのみこんだ。その言葉が素直に胸に響き、人生にも勝てるような気がした。目もくらむような明るい未来を勝ち取れるかもしれない……。

「ばかなことを言ってしまうがね」クレアモント公爵は言った。「それにどうやらわたしは、きみのドレスに糊をつけてしまったようだしな」言葉を切る。「すまなかった。子供じみたことをしたよ。生理現象にはうってつけの解決方法もあるんだが」

公爵の指がまた顎に滑りおりた。ミニーはただうつむいていることしかできなかった。想像しただけで顔が熱くなる。

「今はだめだ」楽しそうな口調だった。「こんなところではね」

親指がかすかに唇に触れた。

「それに……」ささやくような声だ。「きみにそんなまねはできない」

彼女は胸が苦しくなった。体が熱い。それがせつなかった。

お互いにわかっている。わたしはいっときの相手にするには社会層が高いし、かといって結婚するには身分が低すぎる。つまり、たとえふたりのあいだにある感情が本物だとしても、どこにも行き場がないということだ。

クレアモント公爵はかすれた声で言った。「だから、わたしを打ち砕いてくれ。わたしに勝つんだ。それに、ミニー、ほかに誰もいないときは……」

指が顎に来た。

「ふたりだけのときは顔をあげろ」低い声だった。

力ずくで顎をあげさせることもできるのに、公爵はそうしなかった。彼の指は温かかった。そして辛抱強く待っていた。ミニーは顔をあげた。

優しい表情に迎えられた。

「こんにちは、ミニー」彼は笑ってはいなかった。顔を近づけてこようともしない。だが、その声には愛情がこめられていた。「わたしはロバートだ」

「ロバート」

「わたしだって……」彼が真面目くさった顔でささやく。「脳みそが溶けて糊みたいになっていないときは、こういう気の利いた台詞も言える」

「そういう台詞が出てこないときは、どうやって女性を口説くんです？」

「それは……」ロバートは言葉に詰まり、困ったように頭を振った。

〝わがレイン家の伝統さ。相手を追いつめたときは駒にキスをし、もう敵意は消えたことを示すんだ〟

「わかったわ」ミニーは静かに言った。

「本当に？」

いいえ、嘘よ。スティーヴンス大尉のことをどうすればいいのかわからないし、将来の見通しもまったく立たない。これではチェスの駒にキスをすることなどできない。

それでもロバートの目を見ていると、これは終わりではなく始まりなのかもしれないという気がしてくる。妻になんの興味もない相手と結婚し、黙々と家の中のことをこなす以外にも生き方はあるかもしれない。

たとえ、この気持ちが報われないものであったとしても。

「ええ。あなたは女性を口説いたりしない」

彼は苦笑いをした。「おいおい、わたしは別に――」

「女の人たちのほうから寄ってくるから」何も考えていなかった。だから自分を抑えることもできなかった。ミニーは背伸びをして、ふたりのあいだにあったわずかな距離を縮めた。はっと息をのむ音が聞こえた。温かい唇だった。強く抱きしめられた。

「今のきみのようにか？」ロバートは唇を重ねたあと、彼女の唇をなぞり、さらにキスを求めた。

これは終わりではない、とミニーは思った。始まりだ。明るく輝く未来への……。ロバートは舌を絡め、彼女の頬を両手で包みこんで、痛いほど強く引き寄せた。

ミニーは彼の胸に両手をあてた。ベストのボタンがてのひらに食いこむ。スカーフの下に指を滑りこませて、たくましい肩を自分のほうへ抱き寄せた。

唇が離れる。彼女は目を開けた。庭と手押しポンプが視界に入った。

彼はほほえんでいた。「きみがこんなにちゃんとわたしに向き合ってくれたのは初めてだな」

「ロバート」ミニーは唾をのみこんだ。

「ビラの文言のことは軽率だった。謝ってすむ問題ではないと思う。以前に言ったことの繰り返しになるが、わたしのせいできみが不幸になってもかまわないなどとは思っていない。きみが何かを恐れているのはわかっている。わたしにできることは、まだいくらもあるんだ。誰にもきみを傷つけさせたりはしない。約束するよ」

喜んではいけない。彼は何もわかっていない。わたしの心はもう千々に乱れ、こんな殺風景な人生でいいのか深く悩んでいる。彼のせいで希望を持ってしまったから。まるで雲の中を漂っているような気分だ。つまり、またいつ地面に突き落とされるかもしれないということだ。

「その言葉にすがるわけにはいかないわ」ミニーは両手で頬をこすった。「あなたにもらった手紙を、さっさと治安判事のところへ持っていったほうがいいのよ」

「本当にそう思っているなら、二日前に実行していたはずだ」

彼女ははにかみ、小さな笑みを浮かべた。「そうね」

糊の壺をロバートに手渡すときに指が触れ、胸が締めつけられた。そして初めて気づいた。彼はとても頭がいい。自分の醜聞になるような手紙を渡しておきながら……わたしにそれを使えなくさせたのだ。

13

　ミニーはろうそくの火を吹き消し、ベッドに入った。昼間の激しい感情はもう静まっていた。大地をなめ尽くした火事が消え、見渡すかぎり黒々とした焼け野原にぽつんと立っているみたいな気分だ。煙の匂いがするような気さえした。心の中では、まだ燃えさしがくすぶっている。

「彼を愛してはだめ」声に出して自分をいさめた。室内は暗く、まだベッドは温まっていない。

　彼はハンサムで、裕福で、しかも公爵だ。いっそのこと鍛冶屋か本屋だったら……。その頭のよさと鋭いまなざし、明るいほほえみが、わたしだけに向けられるものだったらよかったのに。

　けれども彼は王族に次ぐ高貴な身分の持ち主。女性は選び放題だろう。今だって誰かと一緒にいるかもしれない。公爵とはそういうことをするものでしょう？　その夜の気分しだいで、金髪でも、黒髪でも、茶色い髪でも、好きに夜伽《よとぎ》を命じられるだけの経済力がある。あの娘がいい、と指さすだけだ。

〝好きなんだ〟

ばかみたい。今ごろはわたしのことなど忘れているかもしれないのに。そう思いながらも、空想を頭から追い払うことができなかった。

今夜、彼はわたしに似た人を選んだかもしれない。胸を愛撫し、首筋や唇にキスして、なんのためらいもなく、思いのままに彼女をわがものにする。

彼女の上に覆いかぶさり、脚を押し広げて、それを自分の腰に巻きつけさせ……。

体が熱くてたまらず、毛布を押しやった。冷気に触れて、胸の先端が硬くなる。だが、それでもまだ頭はぼんやりしていた。

ベッドから起きあがり、水差しから洗面器に水を注いだ。冷たい水でタオルを濡らし、体を拭いた。

もし……。

「そんなことを考えてはだめ」自分を叱った。「現実を見るのよ」

現実に彼と結ばれることはない。空想の中で愛を交わすのが精いっぱいだ。彼のことを思いだしたとき、運がよければ想像の中でこちらを振り向いてくれる。ミニーは泣きたくなった。

でも、わたしの気持ちなんてどうでもいいことよ。

感情を抑えこむのは慣れている。わたしがどう感じようと、それで現実が変わるわけではない。とりわけ、こんな気持ちは……。そう思いながらも、せつなさがこみあげた。

窓のカーテンを開けた。以前のわたしなら、窓の下を見ただろう。大おばの農場にあるキャベツ畑や、玄関前の砂利道を見おろしたかもしれない。けれど、今夜のわたしは顔をあげられる。雲の切れ目からのぞいている下弦の月や、女王にも小作人にも等しくきらめく星々を見あげることができる。雲が月を覆い隠し、星明かりも見えなくなるまで、ミニーは空を見あげていた。

ロバートはオリヴァーと並んでレスターの通りを歩いていた。霧が立ちこめ、そこに煙突から出る黒煙が混じり、上着が汚れそうだった。右手のほうから午後九時を告げる教会の鐘の音が聞こえた。それに続いて、街のいたるところで鐘が鳴った。静まり返った霧の中に響く鐘の音は、いささか不気味だった。

「いったいどうした?」オリヴァーが尋ねた。午後八時半の鐘の音を聞いてから、ふたりはひと言もしゃべっていない。

ロバートはポケットに手を突っこんだ。

「誠実でありたいんだ」

街はひっそりとしていた。昼間は工場の笛の音が響き、機械音から逃れることができないというのに、ある瞬間を境に、まるで巨大な怪物が倒れるように静まり返る。

「何かあったのか?」オリヴァーがちらりと隣を見た。

「好きな女性がいるんだ」ようやく、その言葉を口にした。

弟は声をあげて笑った。「いつ話してくれるかと待っていたんだ。セバスチャンから聞いたよ。ぼくが何も知らないと言うと、ひどく驚いていた。それで、お相手は誰なんだ?」

ロバートはこれまでのことを語った。もちろん、すべてを打ち明けられるわけではない。ビラの件は自分ひとりで背負うと決めている。だが、ミニーのことならいくらでも話せる。彼女がなかなか心を開いてくれないこと。こちらの気持ちがかき乱されていること。

「今日、キスをしたんだ。それが忘れられない」ロバートは言った。「だが、二度目はない。無理強いはできないからな」

「無理強いなのか?」オリヴァーが穏やかに尋ねた。

重い沈黙が流れた。父親の話をすることはめったにないが、ふたりとも異母兄弟になった経緯を忘れているわけではない。当時、オリヴァーの母親は家庭教師をしていた。公爵に言い寄られたら、一介の家庭教師に何ができよう。拒絶したところで、公爵の思いどおりになることに変わりはない。

「わたしは公爵だ。それに引きかえ、彼女は大おばの援助を受けて中流階級の端に引っかかっているだけの身分だ。わたしが何か卑怯なことをしても、それをいさめてくれるような人間はこの街にはいない。きみだけが頼りなんだ。何かあったら、わたしを一発殴ってくれ」

オリヴァーは首を横に振った。「ぼくはそういう男ではないよ」

遠くで、また鐘が鳴った。昼間のキスを思いだし、またミニーが恋しくなった。

「いや、きみは父を知っている。父がどういう人間だったかをね」ロバートは声を落とした。

「彼女が欲しいんだ」

とうとう口に出してしまった。しかし、ただミニーの体が欲しいというだけではない。わたしは自分がどういう人間で、何を求めているかを隠している。彼女にも多くは語っていない。それでもミニーはわたしを受け入れてくれた。媚《こ》びることなく、軽蔑することなく、自分のほうが勝っているとまで言った。

まだある。わたしは国会でも自分の感情を押し殺している。遠まわりながらも目的を達成するため、法案を通さなくてはならないからだ。歯ぎしりをしたくなるときもある。貴族院の議員たちは、いかにして自分たちの財産を増やすか、特権を拡大するかということしか考えていない。わたしは財産になど興味はないし、貴族の特権などなくなればいいとさえ思っている。だがそんなことを言えば、ほかの議員たちを団結させてしまうだけだ。だから心を隠し、くだらない議論にも加わる。本当はみなに向かって怒鳴りたい気持ちをこらえ、この社会を少しでもましなものにするために一票を投じる。

ミニーも心を隠して生きているひとりだ。だから彼女が欲しくてたまらない。

「自分が信用できないんだ」ロバートは言った。

オリヴァーは肩をすくめた。「ぼくは信用できるのか？　同じ父親の血が流れているんだぞ」

「それは関係ない」ロバートは弟の顔を見た。

「血に変わりはないさ」オリヴァーは眼鏡を外した。「ぼくらは目も鼻も似ている」

「だが……」言葉に詰まった。「わたしは見た目が父親にそっくりだ。それはみながわかっていることだ。なぜ父親とは違うと言ってくれるのか、不思議でしょうがないよ」

「簡単なことさ」オリヴァーはまた肩をすくめ、足元に目をやった。「きみが父親似でなければ、ぼくはもっと父親とは違うと思えるからな」

ロバートは足を止めた。

「性格はぼくのほうが似ているんだよ。家族の中では誰よりも気が短い。子供のころは癇《かん》癪《しゃく》持ちで、そんな自分にぞっとしたし、母親を困らせもした」オリヴァーは頭を振った。

「ぼくはきみの良心にはなれない。何が誠実なのかを示せる男ではないんだ。母親の苦しみも、ぼくの体に流れるこの血をきれいにすることはできなかった」

「きみに頼むわけは、そういうことではなくて……」霧に声がのみこまれそうだ。

イートン校で同級生だったころ、オリヴァーは姉妹たちのために何時間もかけ、しゃれた紙の箱や、羊飼いと羊の木彫りの置物を作ったりしていた。母親には家並みを丁寧に描いた絵を送った。育ての父親には、さらに心をこめた贈り物をした。ある年など、父親の誕生日の何カ月も前から準備をしていた。木彫りの置物を作り、それを友人に売っては小銭を貯め、カフスボタンを買ったのだ。

家族のためにそこまでする弟を見て、ロバートは戸惑いさえ覚えたものだ。

「なぜぼくに頼むんだ？」オリヴァーが先を促した。

「ほかに頼める相手がいないからだ」ロバートは答えた。

自分もそんなふうに両親と関わりたかった。父がもう少し思いやりのある人で、母がもっと息子を愛してくれたら、どんな家族になるだろうと空想したものだ。だが、いくら考えてもどうしようもないとわかると、空想は違う方向へ進んだ。それはじわじわと始まったので、いつの時点でそういうことを思うようになったのかはわからない。

夏休みにオリヴァーの家庭を訪ねたら、どんなに楽しいだろうと考えるようになったのだ。毎日一緒に遊んだり、話したり、魚を釣ったり、格闘技をしたり、兄弟がするようなことをして過ごしてみたい。

しかし、その夢さえもかなわなかった。父親から、次いで寮長からも、公爵の息子が商人などの家でひと夏を過ごすものではないと止められたのだ。そのせいでさらに空想は広がり、弟だけではなく、その家族のことも考えるようになった。

オリヴァーには生まれながらにして温かい家庭がある。

空想の中では、ロバートもオリヴァーの両親に愛された。ミスター・マーシャルはいろいろと忠告をしてくれて、ときどき肩をぽんぽんと叩く。ミセス・マーシャルはジンジャーブレッドを勧めたり、いかにも母親らしく世話を焼いてくれる。細かいところを想像することはできなかったが、それでも楽しかった。オリヴァーを心から愛している両親に、子供のよき友人として受け入れられ、じつの息子のように思われたかった。

一六歳になるころには、オリヴァーの家族と関わるために、さらに複雑な状況を思い描くようになった。オリヴァーの妹と恋をし、身分の違いを超えて結婚するという方法だ。

実際はオリヴァーの妹どころか、両親にさえ会ったことはなかった。だが、それでも想像はふくらんだ。オリヴァーが家族から手紙を受け取ったり、お返しに妹に贈り物を送ったりするのを見るたびに、うらやましさが募った。両親や姉妹がどんな性格だろうが、どんな見た目だろうが、かまわない。自分も愛され、温かい家庭というものを味わってみたい。

「おいおい」オリヴァーがロバートの肩をぽんと叩いた。「きみは父親には似ていない。信じろよ」

ロバートは肩をすくめた。「きみがそう言うのなら」

だが昔、自分がいかに父親にそっくりかということを思い知らされた出来事があった。しかも、よりによって相手はオリヴァーの家族だった。

ある日、オリヴァーの両親が寮を訪ねてくることになった。ロバートは一生懸命に身なりを整えた。髪をとかし、二度も歯を磨き、真面目な好青年に見えるように三度もクラヴァットを巻き直した。そしてオリヴァーに奇異な目で見られながら、そわそわと部屋の中を行ったり来たりした。

空想が現実になるわけはないことぐらいわかっていた。あまりにばかげた考えなので、弟には話したこともなかった。しかし、たとえオリヴァーの両親から息子のように愛されることはなくても、好意くらいは抱いてもらえるかもしれないと期待していた。

ドアが開く音が聞こえ、振り返った。

どんなに美しいご両親だろうと想像していたが、いたって普通の人たちだった。ふたりは腕を広げ、息子を抱擁した。オリヴァーは顔をしかめて迷惑そうな声を出した。〝髪をくしゃくしゃにしないでくれよ〟とか、〝友達の前でキスなんかするなよ〟とでも言いたそうな声だった。ロバートは部屋の隅でそれを眺めながら、親というのはわずか数カ月息子に会わなかっただけで、これほど再会を喜ぶものなのかと思い、涙が出そうになった。

それから、その出来事は起きた。愛情にあふれた親子の会話を交わしたあと、オリヴァーが振り返った。「紹介するよ、彼は友達の――」

ミセス・マーシャルがこちらを見た。そして凍りついた。部屋の中の時間までもが止まったように感じられた。彼女は目を見開き、蒼白な顔でこちらをじっと見た。

そして挨拶をするふりさえせず、無言で背を向けると部屋を出ていった。

肺がガラスのごとく砕け散ったような気がして、息をするのが苦しくなった。追いかけようとしたが、ミスター・マーシャルに止められた。

「クレアモント公爵のご子息だね」ミスター・マーシャルが立ちはだかった。

紹介されたら、親しみをこめて〝ロバートと呼んでください〟と言うつもりだった。だが、顔をあげているのが精いっぱいだった。

ミスター・マーシャルの声は穏やかだった。しかし、それで心が慰められたわけではなかった。「お父上によく似ていらっしゃる。そっくりだ」そこで言葉を切った。「妻はきみの中に、お父上の姿を見たのだと思う」

そう言われると、黙ってうなずくしかなかった。

「妻を紹介するのは、また今度にしよう」

「はい」

そのときに思い知った。自分がオリヴァーの家族に紹介されることは絶対にない。夏休みに家へ遊びに行くことも、ミスター・マーシャルと男同士の会話をすることも、ミセス・マーシャルからジンジャーブレッドを勧められることも……。

自分は何もしていない。だが、父親に顔が似ている。ミセス・マーシャルを力ずくで手に入れた父親に。

それ以来、葛藤が始まった。この顔よりはずっとましな人間なのだということを、必死に証明しようとした。

初めて会った人間に何を言われようが、そこまで傷つくのはばかげていると思う。しかし、それが現実だった。何カ月も経ってからでも、そのときのことを思いだすたびに、大切な人を失ったような悲しみに胸が痛んだ。まるで本当の家族を事故か何かでいっぺんに失ったみたいな気持ちになったものだ。

子供のころに乳母を亡くしたときよりも、もう空想することができなくなったという喪失感のほうが大きかった。

「ぼくがきみの良心になる必要はないさ」その声で現実に引き戻された。オリヴァーは愛情を示すように、少しロバートのそばに寄って歩いた。「きみにはちゃんと良心がある。きみは自分を信じられないかもしれないが、ぼくは信じているよ」

たとえわずかでも良心と呼べるものがあるのなら、それにしがみつくしかない。
胸が熱くなった。ロバートは弟をつついた。「きみは昔からだまされやすいやつだな」

14

それから数日間、ミニーはロバートに会う機会がなかった。

それでも彼のことばかり考えていた。借り物の宝石用ルーペでロバートが作ったビラを見ながら、活字の特徴を探した。小文字のeは下の部分が細く切れているし、bは少し形がゆがんでいる。手元には四枚のビラがあるが、どれにも同じ特徴が認められる。

これでまた証拠が増えた。

だが、それはささいなことに思えた。あの手紙があるのだから、こんな証拠はどうでもいい。

紙の見本を集めるために街へ出ると、ロバートと腕を組んで歩いているところを想像してしまう。

ばかね。いいかげんにしなさい。

何度、そう自分に言い聞かせたかわからない。けれど、それでも彼のことが忘れられない。唇の感触、こちらを見る目、背中を抱かれたときの温かい手。彼に言われた言葉もすべて覚えている。

鏡を見た。「本当にばかよ」

グレーの目がまっすぐにこちらを見返した。厳しい表情をしている。

ロバートから手紙が届いていた。今夜、従兄弟が講演をするから、きみも来ないかと書かれていた。

行かないほうがいいのはわかっていた。鏡を見れば一目瞭然だ。このブルーのドレスをロバートはもう二度も見ている。襟の高い地味なもので、袖が長く、飾りはない。スカートにはふくらみもひだもなく、リボンのひとつもついていない。新しいドレスを作ろうにも、生地は高いし、リボンはもっと高価だ。こういうドレスを着ているのは経済的な余裕がないことを示している。こんな女性に男の人が興味を持つわけがない。誰に見られなくてもかまわない。

でも、ロバートには笑顔を向けてほしい。

「本当にそんなことを望んでいるの？」ミニーはせつなくなった。「もっと絶望的な気分になるだけだわ」

彼は公爵で、わたしは……。

「自分の姿を見なさい」無理やり、また鏡に目をやった。胸のふくらみや細いウエストなど、少しは自信を持てる部分ではなく、現実を見ようとした。頰の傷痕だ。この傷は皮膚だけについたものではなく、魂までもえぐっている。ミニー・パースリングは地味で、おとなしくて、小ネズミのような存在なのだ。

「わたしはつまらない人間よ」ゆっくり、はっきりと言葉にした。「そういう生き方をしているの」

だが、目が訴えていた。ばかなことを考えるなどどれほど自分に言い聞かせても、抑えきれない強い思いがこみあげてくる。

鏡の中の自分に指を突きつけた。「あなたは愚かだわ」

けれど、たとえ愚かでも、もっと堂々と生きてみたい。ミニーは階下へおりて外に出た。丘を歩きまわり、風のあたらない南側の斜面を探した。そして遅咲きの黄色いスミレを見つけた。

それをすべて摘んだ。

星が出ているのかもしれないが、霧と煙のせいで見えなかった。ロバートは馬車をおり、ヴァイオレットに手を貸した。街灯の明かりは薄暗かった。集会所として使われる〈ニュー・ホール〉の玄関前には大勢の人が集まっている。暗いせいで服がすべて黒っぽく見え、葬式のような雰囲気をかもしだしていた。スローガンを唱える声が響いている。

「おっと」隣でセバスチャンが言った。「反対運動か？」

「たちが悪そうだな」ロバートは答えた。

セバスチャンは嬉しそうに手をこすり合わせた。「ぼくが講演をするときはいつもこれだ。もしかして、あれはヤギか？」

たしかにそうだ。〈ニュー・ホール〉の前にある広場にふたつの囲いが作られ、どちらにも看板のようなものがつけられていた。暗くて、何が書かれているのかは読めない。ひとつの囲いの中で、一〇頭ほどのヤギが鳴きながらうろついていた。

不思議なことに、もうひとつの囲いにはヤギより多い数の子供が入っている。ロバートは眉をひそめ、そばに寄った。いちばん大きな子供でも、彼の腰ほどの身長しかなかった。もっとも幼い子は、まだよちよち歩きだ。子供たちは静かだった。怒鳴っているのは大人たちだ。

囲いの近くまで行くと看板の文字が読めた。

〝こっちは動物〟ヤギの囲いのほうにはそう書かれていた。子供たちの囲いのほうは別の文言だった。〝人間は実験動物じゃない〟

ロバートはセバスチャンの顔を見た。騒動を見ると血が騒ぐらしく、まだ笑みを浮かべている。だが心なしか、その笑みが少しばかり硬く見えた。セバスチャンは子供たちのほうへ近づいた。

子供たちはどうしていいかわからない様子だ。囲いの柵《さく》をつかんでいる小さな男の子は、上着も手袋も薄いものしか身につけていない。帽子をかぶっていたのかもしれないが、落としてしまったのだろう。こんな寒い夜だというのに目は輝いている。しかし、吐く息は白かった。

セバスチャンが身をかがめると怒声が増した。

「人間は実験動物じゃない！」女が叫んだ。

セバスチャンに向かって怒鳴っているのではなかった。群衆は誰も彼が講演を行う当人だとはわかっていないようだ。野次馬気分で聞きに来た聴衆のひとりぐらいに思っているのだろう。それでも彼らにとっては説得すべき相手であるらしい。セバスチャンはゆっくりとスカーフを外し、それを男の子の首に巻いてやった。スカーフが大きいせいで、男の子はいっそう小さく見えた。セバスチャンは黙ってうなずき、囲いに背を向けて歩きだした。

「何をしてるの！」そばにいた女が甲高い声で言った。「この子はわたしの息子よ。そんなもの、恵んでほしくないわ」

セバスチャンは足を止めなかった。

「あの頭がどうかした男の話を聞いたりしたら、永遠の魂を失うわよ」女はセバスチャンの背中に向かって叫んだ。「あんな悪魔に講演をさせたりしちゃいけない」

セバスチャンは振り返らなかった。女は腰に両手をあて、その背中を見送った。唇を引き結び、いらだたしげに指を動かしている。彼女は息子のほうを向いた。

「ちょっと、何をぼんやりしてるの？　一緒にスローガンを唱えるのよ。ほら、言ってごらん。そんなもの……」女は言葉を切り、セバスチャンのスカーフをつかんで引っぱろうとした。ロバートはその手をつかんだ。女は彼のブーツに目をやり、ズボンからベスト、そして顔へと視線をあげた。

「今の気温がどれくらいか知っているのか？」ロバートは言った。

女は驚いた顔をした。「知らないわ。そこらへんに温度計があったと思うけど」

「今夜は二度しかない。それに、もっとさがると言われている」

女が彼をにらんだ。「知ってるなら、なんで訊くのよ?」

ロバートは男の子を見た。鼻が真っ赤になり、鼻水が垂れている。

「自分の息子にこんなまねをさせている母親に、他人をとやかく言う資格はないだろう」彼は苦々しい口調で言った。

女は戸惑いの表情を見せた。「少なくとも、わたしの従兄弟はもっとましな人間だ」

ロバートはこぶしを握りしめ、その場を立ち去った。背後からスローガンが追いかけてきた。「人間は実験動物じゃない! 人間は実験動物じゃない!」

たしかにセバスチャンは人をからかうのが好きだ。ときどき、やりすぎることもある。だが、この母親のようになんの分別もなく、無情に子供を虐待するようなまねはしない。子供たちを囲いに入れたのはセバスチャンではなく、それで人目を引こうとしている連中だというのに、従兄弟は危険な人物で、永遠の魂を失おうとしていると思われていることに、ロバートは言い知れぬいらだちを覚えた。

群衆から離れ、暖かい室内に入れたことにほっとした。ドアが閉まると、スローガンを唱える声はほとんど聞こえなくなった。ミニーは後方の通路際に、ミス・チャリングフォードと並んで座っていた。両手で座席をきつくつかんでいる。ロバートはそばへ行った。

「われわれの席は前のほうなんだ。よかったら来ないか?」

「結構です」冷たい口調だった。「人が多いのは苦手ですから。これほど混んでいるとわかっていれば来なかったのに。できるものなら帰りたいくらいです」

ミニーは唇を引き結んでいた。室内が薄暗いので顔色はよくわからないが、血の気が失せているように見える。

「大丈夫か？」ロバートは尋ねた。

「なんでもありません」彼女は唾をのみこんだ。「大丈夫です。どうせわたしなんて……」

「なんだい？」

ミニーは顔をあげ、すぐに視線をそらした。「お願いですから、わたしを見ないでください」

彼は一列うしろの席に座った。「これならきみの顔は見えないだろう？　その花はいいな」ミニーは袖口とスカートの裾を黄色い花で飾っていた。

「今夜の講演にぴったりだと思ったんです。きっと植物の話も出るでしょうから」

「ああ、そのはずだ。たしかキンギョソウで説明すると言っていたと思う。それはなんだ？　スミレか？　別の花で残念だったな」ロバートはミニーを見た。彼女の横顔に小さな笑みが浮かんだ。「だが、よく似合っているよ」

「まあ」ミニーが顔をあげた。

「呼吸が落ち着いたようだな」彼は嬉しくなった。「少し気を楽にしたほうがいい」

ロバートは立ちあがろうとした。

「あの……」

「なんだ？」

「ありがとうございます」ミニーはまだ前方を向いたままだったが、もう椅子をつかんではいなかった。「本当は講演の内容に合わせたわけではないのです」

彼はほほえんだ。「わかっているよ。誰のために花をつけてきたのかは知っている」

「えっ？」

「黄色はブルーのドレスを柔らかく見せる。その花のおかげで目の色が引き立っているよ。誰のためかはすぐにわかった」

ミニーは息を詰めていた。

「自分のためだろう？　いいことだ」

彼女が息を吐きだした。「そういうことが言える方なんですね」

ロバートは立ちあがった。「ほとんど満席だな。もう前方に空いている席はないだろう。きみたちはここにいたほうがいい。わたしはセバスチャンのところへ行ってくる。講演が終わったら、また会えるかな？」

「でも……」ミニーは周囲を見まわした。「わたしは先に帰るかもしれません。人混みにもまれるのは耐えられないんです」またうつむき、顔色が悪くなった。

「本当に具合が悪そうだな」

「大丈夫ですから放っておいてください」語気が鋭い。檀上にいる男性が立ちあがった。ロバートは仕方なくミニーを置いて、自分の席へ行った。席に着くころには、檀上の男性がセバスチャンの紹介を始めていた。

「ミスター・セバスチャン・マルヒュアはケンブリッジ大学に入学した当初から輝かしい成績をおさめ……」

嘘をつけ、とロバートは思った。最初の定期試験は落第しそうになったくせに。それにいかにも大学生らしい悪ふざけばかりして、何度、退学寸前まで追いこまれたことか。セバスチャンが一気に成功をおさめたことにいちばん驚いているのは、最初の定期試験を採点した教授だろう。

成功した研究内容という意味では、それこそがいちばんの悪ふざけかもしれない。本人もそう思っているのだろう。自慢げに、にやにやしながら檀上に出てきた。

「みなさん、歓迎していただき、ありがとうございます」実際に歓迎しているのは半分ほどだと自覚しているらしく、唇の端に苦笑いを浮かべている。「今日は形質の遺伝についてお話ししたいと思います。これについては何年も研究を続け、いくつかの結論を得ております。形質とは、目の色とか、身長とか、花びらの数とか、カブの形とか、まあそんなようなものを指すのですが、それは一定の確固たる法則によって、親から子へと受け継がれます。また、その法則は動物や植物、樹木や野菜、ヤギやヒツジや猫、そしてもちろん人間にも等しく現れます」

セバスチャンがこの講演を楽しんでいるのは間違いない。会場がざわめいたのを見て、彼の目が輝き、笑みが広がった。

「遺伝の法則はミスター・ダーウィンが発見した進化論と深く関わっています。ここが、みなさんがいちばん聞きたいと思っていらっしゃるところでしょう。これからその関係性についてご説明し、どのようにして結論にいたったかという方法についても――」

「悪魔の手法を使ったんだろう！」会場のうしろのほうで怒鳴り声がした。

セバスチャンは動じなかった。「事実と論理と再生実験によってです」穏やかな口調だ。「ここの部分は、みなさんにとっては退屈な話になるかもしれません。ですが、ほかの研究者たちが非科学的なことに影響され、異議を唱えるところでもあります」また笑みを浮かべ、両腕を広げると、用意してあったイーゼルのそばへ行った。

「キンギョソウの色を例に挙げ、詳しくお話ししましょう」

イーゼルにかけた布を取ろうとしたときだった。会場の後方にあるドアが開き、聴衆がいっせいに振り返った。外の暗闇しか見えなかった。

「行け！」という声が響き、広場にいたヤギが入ってきた。ヤギたちはきょとんとした顔で会場を見まわした。

「人間も動物も関係ないなら、このヤギにでも講義してろ！」誰かが怒鳴った。

会場に忍び笑いが広がる。

ヤギとはうまい選択だ、とロバートは思った。ヒツジは気が小さく、マントがはためいただけでも逃げていく。一瞬で恐慌状態に陥るだろう。しかしヤギは、これだけの人間がいても気にしない。首を上下させながら、平気で通路を歩いていく。

「知性がある動物なら、なんでも歓迎しますよ」セバスチャンは鷹揚《おうよう》に言った。「どうぞご心配なく。ぼくの講演を聞けば、ヤギたちはあなたにもわかる言葉で遺伝の法則を説明できるようになるでしょう」

場内に笑いが起こった。

先頭のヤギがのろのろと通路を進み、立ち止まった。そして横を向くと、ミニーのスカートの裾に飾られたスミレの花をぱくっと食べた。

ロバートは腰を浮かせた。だが、会場の後方まではだいぶ距離がある。ミニーの唇が動き、ヤギを押しやろうとするのが見えたが、何を言ったのかはわからなかった。

「おい」ミニーのうしろで、ヤギを会場に入れた男が叫んだ。「その子に触るな。檀上のやつが言ったのを聞いただろう？　ヤギも人間と同じだ。その子に手を出したら訴えてやる」そう言うと、高らかに笑った。

別のヤギがミニーに近づき、スミレを食べようと首を伸ばした。彼女はそばにいた女性の日傘をつかみ、ヤギを叩いた。

「暴力を振るったな！」

聴衆がどっと笑う。ミニーは日傘で必死に身を守っているが、また別のヤギが寄っていった。そのヤギはスカートの生地に嚙みついた。裾が破れ、クリーム色のペチコートがちらりと見えた。

これはいけない、とロバートは思った。誰もミニーを助けに行こうとしていない。彼女を取り囲み、笑いながら見ているだけだ。彼は慌てて立ちあがり、会場の後方へと向かった。

「この子は動物か、人間か？」ヤギの持ち主が言った。「そんなのは見りゃわかる」聴衆がまた笑う。ミニーはまだ身を守ろうとしていた。

「これが暴力だと？」ロバートは怒鳴った。

男は振り返りもしなかった。「なんだ？」

ロバートは男の肩をつかみ、力ずくで自分のほうを向かせた。「本当の暴力とはこういうものだ」顎を殴りつけた。男は驚いて目を見開き、ふらついたあと、白目をむいて倒れた。

ロバートは聴衆を見まわして、吐き捨てるように言った。「恥を知れ！　その女性からヤギを引き離すんだ。早く！」

その言葉にミニーが顔をあげた。ヤギを追いやるのに夢中で、自分が取り囲まれていることに気づかなかったらしい。だが男たちが寄ってくるのを見ても、ほっとした表情は見せなかった。それどころか真っ青な顔になり、激しくかぶりを振った。そしてよろめいた。

これまでのロバートなら、彼女は気丈だというほうに大金を賭けただろう。慌てて群衆をかき分けたが、間に合わなかった。

ミニーはその場に倒れこんだ。

15

つんとする酢の匂いがしたかと思うと、鼻の中が焼けつくように熱くなり、ミニーは咳きこんだ。硬い場所に横たわり、頭は何か温かいかたまりのようなものの上にのっているらしい。

彼女は目を開けた。

リディアがこちらの顔をのぞきこみ、鼻の下で気つけ薬の小瓶を振っていた。ミニーはその匂いを追い払おうと、また激しく咳きこんだ。

「よかった」リディアが明るい声で言った。「このお薬、よく効くのよね。頭は痛くない？」

記憶が戻ってきた。スミレの花、ヤギ、群衆。「まさか……」ミニーはうめいた。「わたし、みんなの前で気を失ったの？」

「ええ」

彼女は目をつぶりたくなった。あそこにはロバートがいたというのに。わたしのことをどう思ったかしら？

「わたしのドレスはヤギに食べられてぼろぼろ？」

「たいしたことはないさ」真上から男性の声が聞こえた。

ミニーははっとした。枕の上に頭を置いているのではない。この温かいかたまりは膝だ。ロバートに膝枕をされているのだ。慌てて起きあがり、目の奥がずきずきと痛むのをこらえて彼から離れた。横たわっていたのは木製の長椅子の上だった。長机があり、数脚の椅子が脇にどけられている。ここは〈ニュー・ホール〉の二階にある会議室だろう。

ロバートまで一緒にいるなんて……。

「リディア」ミニーは言った。「ひどいわ」

友人はロバートのほうを見て顔を赤らめ、目をそむけた。

「きみをここへ運ぶ必要があったからだ。だから、わたしがその役を買って出た」

その場面を想像しただけで、ミニーは気分が悪くなった。大勢の人の前で失神し、そこへロバートが人混みをかき分けて近寄ってきたというの？　さぞや注目を浴びただろう。今ごろはもう、世間の噂になっているはずだ。

「さてと」リディアがわざとらしく言った。「お水を持ってくるわ」

だが、リディアはすでに部屋を出ようとしていた。

「だめよ、ふたりきりにしないで」

「待って！」

ドアが閉まった。

ミニーは立ちあがり、ロバートから離れた。そばにさえいなければ……。

彼女がよろめくのを見て、ロバートは腕をつかんだ。「座っているんだ」

「あなたとふたりでいることが、みんなにわかってしまうわ」ミニーはあせった。「リディアが部屋から出てきたのを見て、何かあるんじゃないかと勘繰るに決まってる」

「すでに勘繰っているさ」彼は言った。「彼女が出ていったのは、わたしがきみに話があるのをわかっていたからだ」

厳しい表情だ。頭痛とめまいを覚え、ミニーはまた腰をおろした。

「きみがヤギに取り囲まれたとき、わたしはヤギを連れてきた男を殴った。みんなの目の前でだ」ロバートは言った。「きみが気絶すると、わたしはきみを抱きあげて二階へ運んだ。もしかすると、今すぐにここを出ていけば、噂は止められるかもしれないが……。だが、たぶんもう手遅れだろう」

ミニーは頭がくらくらした。そんなことになっていたなんて。わたしの人生はおしまいだ。スティーヴンス大尉が証拠をつかんで戻ってきたところで、今さらどうでもいい。彼女は息をのんだ。

「すまない。何も考えていなかったんだ。きみが近くにいると頭が働かなくなるものでね。きみが倒れたのを見たら、何も考えられなくなった。ただ、そばについていたかったんだ」

彼女は首を横に振った。そのせいで、めまいがひどくなった。

「あなただけが悪いわけではないわ。わたしもいけなかったの」これは自分でまいた種だ。ロバートはわたしに好意的だった。それでも彼は求めてはこなかった。なのに、わたしのほうからキスをしたのだ。そして、わたしを見てほしいと望んだ。前向きに生きようとすると、こういうことになる。「自分でなんとかするわ」

今夜のことが正当化されるような、何かうまい言い訳があるはずだ。今から誰か別の人が気を失い、それをロバートが助けたら？　そうすれば騎士道精神として通せるかもしれない。でも、それはあまりに不自然だし、こじつけのような気がする。どうしていいかわからず、ミニーは額をこすった。

ロバートが隣に座り、手を握ってきた。「ミニー、きみが訪ねてきて、わたしを脅したときのことを覚えているかい？」優しい声だった。

「忘れられるわけがないわ」彼女は顔をしかめた。「それを利用するという手があるかもしれない。あなたがビラを書いたことを世間にさらせば、今夜のことはわたしを黙らせるためにしたのだと説明できるわ。そんな話が世間に通じるかどうかはわからないけれど」

「あの日、きみが必ず結婚できるようにするとわたしは約束した。もしそうならなければ、わたしが求婚するとも言った」

頭の中が真っ白になり、ミニーはロバートの目をのぞきこんだ。冗談だとしたら、たちが悪すぎる。彼を無慈悲な人だと思ったことはないけれど、もしかすると少し無神経なのかもしれない。

「まさか本気ではないわよね？　冗談でしょう？」

ロバートは肩をすくめた。「決して冗談ではない。無鉄砲ではあるかもしれないがね。きみと一緒にいると、ばかなまねばかりしてしまうんだ」彼は髪を手ですき、ため息をついた。「だが、たとえばかなまねだとしても、本気であることに違いはない。わたしと結婚してくれないか」ミニーのほうを見る。「今夜のことがあったから求婚したわけではないんだ。この数日間、そのことばかり考えていた。一緒になろう」

ミニーはどう応えればいいのかわからなかった。細長い窓のそばへ行き、広場を見おろした。群衆の残りがヤギを連れ、各々の家へ帰るところだった。

「そんなの無理よ。不可能だわ。公爵がわたしのような女を妻にするなんてありえない」

「世間はそう言う。わたしもその可能性を考えてみたことがなかった」ロバートは正直に言った。「だが、きみと出会って考えが変わったんだ。今はきみと結婚するのがいちばんいいと思っている。わたしがなぜ独身なのかわかるか？」

「それは、まだ三〇歳にもなっていないから……」

ロバートの目を見ているうちに言葉が途切れた。その目が、年齢とは関係ないと訴えていたからだ。ミニーは鼓動が速くなり、てのひらが汗ばんだ。

「したいことがあるんだ」彼は言った。「もう想像がついているだろうが、わたしの父はこの街で工場を所有し、労働者を過酷な状況に追いやった。それを正さなくてはいけないと思っている。だが、それはしたいことの一部でしかない。わたしには父がよその女性に産ませた弟がいるんだが、彼はそれを恨んでいてね。わたしは自分の特権階級がいやで仕方がない」

ミニーは息をするのがつらくなった。

「だから、この社会から世襲貴族制度をなくしたいんだ」

彼女は思わず声をもらした。

「貴族の特権など、どれもおかしい」ロバートが語気を強める。「貴族だろうが平民と同じように起訴されるべきだし、陪審員によってきちんと裁かれるのが当然だ。庶民院が通した法案を貴族院が却下できる特権などいらない。それを言うなら、貴族院そのものがなくてもいいと思っている。わたしは公爵などに生まれたくなかった」

彼はこぶしを握りしめ、厳しい目をした。

「わたしの父はひどい男だった。そんな父親から特権を受け継いだことを世間に申し訳なく思っているよ。だが、そう思ったところで何も変わりはしない。だからその特権を使い、貴族が父親のようなまねをできない社会を作ることにしたんだ」

まさか、ロバートがそんなことを考えていたなんて……。

ミニーは今まさに、彼の心そのものを見ているような気がした。

「わたしの両親は顔を合わせるたびに喧嘩ばかりしていた。わたしはそんな結婚は絶対にしたくないんだ」

ミニーはかける言葉が見つからなかった。

「だからといって、結婚に愛を求めてはいない。夫婦とは、同志になれればそれがいちばんだと思っている。力になってくれる人が欲しいんだ」ロバートは彼女のほうを見た。「きみは戦略を立てるのがわたしよりうまい。それは公爵の妻としてはどうかと思うが、どうせわたしはその地位を放棄しようとしているわけだからな。きみほどすばらしい妻はいないということだ」

わたしほど悪い妻はいないということよ、とミニーは思った。この人はわたしの過去を知らない。

「それにわたしはきみが欲しくてたまらない。だからきみが倒れたとき、真っ先にそばへ駆けつけた。きみのことを思って眠れない夜を幾度過ごしたことか」

体の奥が熱くなり、ミニーはロバートのことが恋しかった夜を思いだした。わたしたちは同じものを求め合っている。でも……。

「ひとつ訊いておきたいことがあるの。愛人は作るおつもり？　わたしが同じことをしても許してくれるの？」

ロバートは驚いた顔をした。「今はそんなことはみじんも考えていない」

「ちゃんと答えて」声が震えた。

「お互いに自由な関係でいることが、きみの望みなのか？」

「あなたは結婚に愛を求めていないと言ったわ。つまり、わたしを愛してはいないということよ」それでも冷静に話をすることができた。「でも、あなたにだって男性としての欲求があるはず。結婚してから愕然とするのはいやなの。ちゃんと覚悟しておきたいわ」

ロバートはひとつ息を吐き、小さな笑みを浮かべた。

ミニーはそばへ近づいた。「夫婦は同志になれればいいんでしょう？　それは公爵なら女の人は選び放題だからということ？」さぞやたくさんの女性と関係を持ってきたのだろう。「どうか約束できないことは口にしないで。今、気を遣ってもらうより、正直に話してくれたほうがいいわ」

「正直に？」

彼女はうなずいた。

「わかった。では、正直に言おう。きみがどう思っているかはさておき、わたしは女性関係をあまり必要としていない。性欲がないわけではないが、女性をベッドに誘わなくても、ほかに方法はあるからね」ロバートは顔をそむけた。

恥ずかしがっているの？　そう思う一方で、ミニーは彼のそんな姿を想像して体がほてった。

「それなら相手の女性に悪い噂が立つことも、感情を傷つけることも、身ごもらせることもない。ずっと安全な方法だ。さあ、今度はきみの番だよ、ミニー。愛人が欲しいのか？」

「そんなこと、考えてみたこともないわ」それは本当だった。たとえ平然と愛人を作るような男性と結婚したとしても、自分は浮気などするつもりはない。

「こういうことは、はっきりさせておくのが大事だと思う」ロバートは言った。「誤解はひとつもないようにしておきたいんだ。もしわたしのことが嫌いになったら別れればいい。引き止めようと画策したり、経済的な苦境に追いこんだりはしないよ」唾をのみこむ。「ときには気持ちが変わることもあるだろう。夫が権力によって妻を好き勝手に扱うような結婚はだめだ。そんなことは絶対にしないと誓うよ」

「ロバート」ミニーは相手の目を見つめた。「わたしのほうから心変わりをすることはないわ」

どちらが先に動いたのかはわからなかった。ミニーが一歩前に出たのかもしれない。ロバートが身をかがめたのかもしれない。あるいは同時だったのかも。ふと空気が流れ、ふたりはしっかりと抱き合った。

それはいつぞやよりはるかに濃厚なキスだった。ロバートは彼女の胸や背中や腰に手を這わせた。服こそ着ていたものの、ミニーが応じさえすれば、愛を交わすところまでいってしまいそうな口づけだ。

ロバートが顔をあげ、弱々しくほほえんだ。「言っておきたいことがある」息が苦しそうだ。「父は結婚したとき、母に愛を誓った。だが、それは嘘だった。夫婦関係が破綻したのは、父が母を愛していなかったという事実より、嘘によるところが大きい。だから誤った期待は抱きたくないんだ」彼の指がぴくりと動いた。「わたしたちふたりの関係は完璧に理解しているつもりだ。だから、きみにわたしを愛してくれとは言わない」

「どんな関係なの？」ミニーは尋ねた。

「わたしは子供が欲しい。きみが体を壊さない程度に、できるだけたくさん」

「クレアモント公爵」彼女はわざと爵位で呼んだ。「それでは返事になっていないわ」

ロバートは肩をすくめ、視線をそらした。「うまく言えないんだが、きみはわたしを公爵としてではなく、過激なビラを書ける男として見ている。わたしがどういう人間か、ちゃんとわかってくれている」

その言葉でミニーは現実に引き戻された。彼はこの結婚の利点ばかりを挙げた。たしかに議会で彼のうしろの席に座り、忠告をささやくぐらいのことはできるだろう。それなら求婚を受け入れてもいい。

でも……。

公爵夫人ともなればパーティに出席し、大勢の人間と関わらなければいけない。公園を散歩すれば、人々から指をさされ、注目を浴びるだろう。そんな状況には耐えられない。さっきは、ほんのひと握りの人に取り囲まれただけで失神してしまったというのに。

「やっぱりだめだわ」ミニーはロバートから離れ、自分の体を抱きしめた。「うまくいきっこない」

「どうした？」

「なぜあんなことになったのか、あなたは知らないのよ」

彼は目をしばたたいた。「あんなこととは？」

「わたしが気を失ったこと」

「ああ、それか」ロバートは髪を手ですいた。「ヤギのせいだろう？」

「わたしは農場育ちよ。ヤギには慣れているわ」

彼が顔をしかめる。「たしかにそうだ。きみが倒れたのは、ヤギを引き離し、みんながきみのまわりに集まっているときだった」

恐怖の発作を起こして気絶したとき、いつもはその記憶を封じこめようとする。目が覚めた瞬間に頭から追い払おうと努めるのだ。だが、それがまざまざと脳裏によみがえってきた。壁のように立ちはだかり、こちらをじろじろと見つめる多くの顔。それを思いだしただけで胃がねじれ、鼓動が速まり、冷たい汗が流れた。

「群衆が怖いの」声がかすれたが、それでもなんとか言葉に出した。「恐ろしくてたまらないのよ」

ロバートはミニーの手を握った。

「とくに人々に見られるのが耐えられない。一二歳のとき、暴徒に襲われたことがあるから」頬の傷痕を指さした。「これがそのときの傷よ。石があたったの」

ロバートが手を伸ばし、頬に触れてきた。彼がはめている黒い革の手袋の匂いがした。その指が一度は軽く、二度目は少し力をこめて傷痕をなぞった。

本当は、ただ石があたったのではない。投げつけられたのだ。

「ひどいな」

ミニーはうなずいた。

「触ってみるとわかる。目の下を骨折したんだね」

「体のあちこちにけがをしたわ。数日間は、たとえ傷が治っても失明するのではないかと怯えていた」

彼は頬から指を離さなかった。

「だから今でも大勢の人がいる場所に行くのが怖いの。こちらを見られたりすると何も考えられなくなるし、息もできなくなる。ただ、その場を逃げだしたいだけ」

「そのせいで、そんなに寡黙なのか。自分のいいところを押し隠し、誰にも目を向けられないようにしているんだな」

ミニーはスカートに視線を落とした。「ええ」声に怒りがにじむ。

長い沈黙が流れた。やがてロバートがゆっくりと彼女の顔をあげさせた。

「だが、わたしはきみを見ている」

唇がかすかに触れ合った。それは光が唇をなぞっただけのような、ふっと香りがしただけのような軽いものだった。キスと呼ぶにはあまりに短い。

ミニーは目で問いかけた。ロバートが彼女の頬を両手で包みこむ。

「今のは何？」

「伝わらなかったということは、わたしのやり方がまずかったんだな」今度はゆっくりと顔を傾け、ミニーの唇をしっかりと覆った。温かくて乾いた唇だった。軽い口づけではなく、唇をついばむようなキスだ。

彼女は顔をそむけ、相手の肩に額を押しつけた。そしてゆっくりと呼吸をした。

「結婚はできないわ。わたしなんて、公爵夫人になれるわけがないもの」

「簡単なことだよ」ロバートは言った。「きみはイエスと返事をしてくれるだけでいい。そうしたら弁護士に書類を書かせよう。三、四日もすれば結婚特別許可証が届く」

まあ。ミニーは驚いた。彼にとって、結婚とは弁護士を介在させるものなの？ それだけでも、ふたりの住む世界がいかに違うかわかるというものだ。

手を握られて、どうすればいいのかわからなくなった。肺は呼吸をするのを忘れ、唇は半分開いたままだ。ロバートの手を握り返しそうになるのを必死にこらえた。ただ心臓だけが小刻みに鳴りつづけている。

「そのあとで……」彼がささやいた。「きみをベッドに連れていく」

少なくとも、そこのところは身分が違っても同じなのね。ミニーは思わずほほえんだ。

ロバートは彼女の手を優しく撫でた。「ベッドできみとどんなことをしようか？」ゆったりと思わせぶりな口調だ。

ミニーは慌てて手を引こうとした。どう表現していいかわからない感情に襲われ、胸が苦しい。

彼が首を傾けた。なんてきれいな輪郭だろう、とミニーは思った。ランプの明かりが鼻先にキスをしている。それを見て、おかしな嫉妬を覚えた。光でさえ無造作にロバートに触れることができるのに、わたしは彼の指先の感触にすら動揺している。

「話しておかなくてはいけないことがあるの」彼女ははっきりとした口調で言った。「わたしには誰にも知られたくない過去があると言ったわよね」

ロバートは手を撫でるのをやめなかった。「想像はつくよ」優しい声だ。「だが、わたしはそんなことは気にしない」

てのひらが汗ばみ、今からその話をするのかと思うと気分が悪くなってきた。もう何年も言葉にしていない。

「一二歳まで、わたしは……」体が震えはじめる。ロバートはじっとこちらを見ていた。話すしかないのなら、さっさと終わらせてしまったほうがいい。ミニーは一気に吐きだした。「一二歳まで、わたしはズボンをはき、父に男の子として育てられたの」

彼は驚いた顔で目をしばたたいた。「それは……想像していたこととはかなり違うな」

「それが世間に知れたときは大変なことになったわ」ミニーは震えを止めようと、手をこすり合わせた。「新聞に載ったから、ロンドンじゅうが大騒ぎよ。神のご意思にそむくようなことをしたわたしを罰しようと、暴徒が追いかけてきたわ」

「そうだったのか」ロバートは眉根を寄せ、彼女の顔をまじまじと見た。初めて打ち明けられた事実がどんな意味を持つのか、じっくり見極めるかのように。もしかするとその新聞記事を読んだことがあり、詳細を思いだそうとしているのかもしれない。彼もあのときの暴徒のひとりで、石を投げた側だったのかもしれない。

いいえ、それは違う。ロバートはまだわたしの手を握ったままだし、ほかの人間に石を投げるような人ではない。ましてや子供相手にそんなことは絶対にしないだろう。

「だからわたしは人生を捨て、名前を変えた。ミナーヴァ・レインとして生まれ、父にはマクシミリアンと呼ばれて、それから今の名前になったの」

「なるほど」ロバートはさらに口を開きかけたが、そのまま押し黙った。

「何か言って」ミニーは懇願した。「なんでもいいから。このことを知らずに求婚したのだから、気が変わっても恨んだりはしないわ」彼の目をのぞきこむ。「お願い、何か言ってちょうだい」

ロバートはこちらの顔をしばし見つめたあと、肩をすくめた。「男の子でいるのは楽しかったかい？」

「それは……」そんなことを訊かれたのは初めてだった。少しだけ気持ちが軽くなる。「物心がつく前から男の子として育ったので、そういうものだと思っていただけよ。何も考えていなかったわ」ため息が出た。「でも、嘘をつくのはいやでたまらなかった。人前で着替えることもできなかったし。それに一二歳のとき、ある男の子のことが好きになったの。妙な気分だったわ」

「きみがどういう人なのか、ようやくちゃんとわかったような気がするよ」

「名前を変えたあと、女の子とはどう振る舞うものなのか、一から学ばなくてはいけなかった。歩き方から話し方まですべてよ。だから、おとなしくしているほうが楽だったの。間違いを犯すわけにはいかなかったから」

「女性の教育について、きみとは長々と話す必要がありそうだな」ロバートはにっこりした。

「結婚したあとでね」

「本気なの？　わたしと一緒になれば醜聞に巻きこまれるわ」

「わたしは貴族制度をなくそうとし、過激なビラを書くような男だ。その程度のことでびくついて逃げたりはしないよ。醜聞など、どうでもいい」

ミニーは相手の目を見た。「でも、わたしは怖くてたまらないの」

ドアの取っ手が鳴る音がした。数秒後、またわざとらしく取っ手を鳴らして、リディアが部屋に入ってきた。手には水差しを持っている。

「ずいぶん遠くまでお水を取りに行ってきたのね」ミニーは言った。「歩いていったの？　それとも汽車で？」

リディアはからかうような笑みを見せた。「お話は終わったの？」

「わたしもそれを訊きたいね」ロバートが片眉をつりあげた。

ミニーは答えられなかった。彼のことが好き。一緒になりたい。これがほかの相手なら、迷わずに結婚を承諾するだろう。だが公爵の妻になれば、国じゅうを相手にすることになる。とりわけ自分のような女と彼が並んでいれば、みながまじまじと見るに違いない。それを思っただけで吐きそうになる。

彼女は顔をそむけた。「時間をください」

「あら、なんの時間を？」リディアが尋ねる。

その質問をロバートが片手をあげて制した。「わかった。いろいろな角度から考えてみるといい。戦略を立て、利点を挙げ、きみが安心できるような方法を練ってごらん」彼は自信たっぷりの笑みを浮かべた。求婚を断られるかもしれないとは思っていないようだ。「そして最後には、わたしを手に入れるんだ」

「好きなだけ時間をかければいい」彼はミニーに近づき、耳元でささやいた。

16

翌朝、突然の訪問者にロバートは驚き、どんな噂が広まっているのか、もっとよく考えておくべきだったと後悔した。ちょうど出かけようと思い、玄関のドアを開けたところだった。屋敷の前に馬車が止まり、その後部から従僕が飛びおりると、急いで扉の前に踏み台を置いた。

馬車の扉が開き、母親が姿を見せた。母はロバートを見ると、顔をしかめることも、目を細めることもせずに馬車からおり、無表情のまま玄関前の階段をのぼった。

「おはよう、クレアモント」母は言った。

ロバートはわずかに首をかしげた。「おはようございます」

まるで息子がわざわざドアを開けて待っていたとでもいうように、母親はさっさと屋敷の中に入った。たまたまそこにいたメイドに、勝手にお茶の用意を命じる。ロバートは困惑しつつ、母のあとについていった。母は応接間に入り、ソファに座ると、自分のメイドにさがるよう命じた。それから息子の顔を見た。

「中流階級の女性との遊び方も、ろくに学んでこなかったようね」

〝中流階級〟という言葉を、母は腐った卵だとでもいうように口にした。

「昨晩の噂を聞いたのですか?」ロバートも同じように苦々しい口調で応えた。

母は鼻を鳴らした。「あなたとミス・パースリングとやらの噂を聞くのは、これが初めてではないわ。まさかおかしなことを考えてはいないでしょうね」

「なぜ今さらそんなことを気にするんです?」

母は肩をすくめた。「あなたの行動はわたしにも影響を及ぼすからよ」

なるほど。この母親は息子になど興味を持ったことがない。ただ世間体を気にして、息子に迷惑をかけられるのをいやがっているだけだ。その息子は幼いころから母の愛を求めてきたというのに。

ロバートは学校へ入学すると、一生懸命に勉強し、教師たちから褒められた。そのことをわくわくしながら手紙に書いた。これで母も自分のことを誇りに思ってくれると考えたからだ。

だが、その一通目の手紙に返事は来なかった。母親に認められたい一心でさらに努力し、もっとよい成績をおさめた。四カ月後、手紙にそのことを書き、また母親に送った。

そのときも返事はなかった。

それでもめげずに勉強に励み、学年が終わるころにはクラスで一位を取った。そのことを母親に書き送り、息を詰めて返事を待った。一週間が過ぎても、手紙は来なかった。

そしてある日、一行だけの返事が送られてきた。

〝そんな手は通じないと、お父様に言っておいてちょうだい〟

やがて努力することが習慣になった。そうしているのは、決して母親に愛されたいからではないと自分に証明するためにだ。それでも、つい期待してしまう癖はなかなか抜けなかった。

「それで？」母はじっとこちらを見ていた。「その女性とはどうするつもりなの？」

ロバートはぼんやりと宙を見た。「母親に質問されたら、息子はなんでも答えるべきだとわたしは思っています。長いあいだ愛情を注いでくれた恩に報いるためにね」

母は動きを止めた。

「今朝はなかなか寛大な気分なんです。子供のころ、母上がぼくと一緒に過ごしてくれた月数分だけ質問に答えますよ」

視線を戻すと、母は唇を引き結び、いらだたしげにティーカップの皿をつついていた。

ロバートは立ちあがった。「ひと月もなくて残念でしたね。では、わたしは失礼します」

そう言うと、彼は応接間をあとにした。

結婚を申しこまれて具合が悪くなるのはおかしい、とミニーは思った。とりわけ、好きな相手からの求婚なのだから。それでも体が言うことを聞かなかった。公爵夫人になることを思っただけで胃がねじれた。翌朝、大おばたちに、具合が悪いから横になっていると言ったのは嘘ではない。

この結婚の利点を考えてみるとロバートに告げたものの、そうしようとすると、怒った人々に取り巻かれるところばかりが頭に浮かんだ。〝偽物！〟〝悪魔の子！〟怒声まで聞こえてくる。公爵夫人ともなれば世間から注目を集めるし、パーティに出なくてはいけないし、大勢の人に見られたからといって気絶してはいけない。許されるのは、せいぜいよろめく程度だ。

ロバートと愛を交わす場面はいくらでも想像ができた。それを思うと肌が熱くなる。これだけキスを交わしているのだから、もう自分の気持ちをだますことはできない。けれど愛人になるのは大丈夫でも、妻となると無理だ。どれほどお互いを理解したところで、いずれ破綻する日が来るに決まっている。

その日の午後、車輪の音が近づいてくるのが聞こえ、ミニーは悶々《もんもん》とした悩みから現実に引き戻された。片肘をついて身を起こし、窓越しに外を眺めて、四頭立ての馬車が家の前に止まるのを見て困惑する。馬車の後部から使用人が飛びおり、扉を開けると、きらびやかに布張りをした踏み台を地面に置いた。クレアモント公爵夫人が馬車からおりて周囲を見まわし、つんと顎をあげた。キャベツ畑や、塗装のはげた家畜小屋、さびた蝶番などを見ているのだろう。どれも経済的に苦しいという証拠だ。

クレアモント公爵夫人は淡いピンク色のドレスを着ていた。袖口とスカートの裾にたっぷりとレースがあしらわれ、まるでショーケースに入ったケーキのようだ。みすぼらしい景色を頭から追い払うように首を振ると、彼女は玄関のほうに近づいてきた。夫人の使用人が前に進みでて、ノッカーを鳴らした。

ミニーには、恐ろしい形相で罵声を浴びせる暴徒の群れが見えるような気がした。

キャロラインが部屋に入ってきた。

「具合が悪いのはわかっているんだけど……」恐れおののいているような口調だ。「クレアモント公爵夫人があなたに会いたいとおっしゃっているの。お帰り願ったほうがいいかしら」

ロバートから話を聞いたのだろう。

「いいえ、お会いするわ」

キャロラインはミニーが身支度をするのを黙って手伝った。クレアモント公爵夫人が訪ねてきた理由も、それとミニーの体調が関係あるのかということも訊かなかった。言いたいことはたくさんあるだろうに、大おばたちが自分を信頼して判断を任せてくれるのを、ミニーはありがたく思っていた。

「ミニー」キャロラインがようやく口を開いた。「何か困ったことがあったら、必ず言ってくれるわね？」

ミニーは大おばを見た。キャロラインのドレスは、もう五回も仕立て直しをしたものだ。顔のしわの半分はわたしのせいだろう。エリザベスに万が一のことがあれば、キャロラインに頼れる人はいない。それでもわたしに人生の選択を任せようとしてくれている。

もし自分が公爵夫人になって、それで何かあったとしてもかまうものですか。悲惨な結果になったとしても後悔はしない。どうせ、もう選べる生き方はかぎられている。好きな人と結婚できるなら、それで充分に幸せだ。

「いいえ、言わないわ」ミニーは答えた。「いいかげん、わたしもちゃんと自立しなくては。お願いだから信頼してちょうだい」

キャロラインは顔を曇らせた。

ミニーはその手を握りしめた。「もうわたしのことは心配しなくても大丈夫よ」ひとつ深く息を吸い、闘うために階下へおりた。

クレアモント公爵夫人のドレスは、近くで見るとさらにその豪華さがよくわかった。手首のまわりには最高級のレースが四重にあしらわれ、繊細な花柄をプリントした生地は、ミニーの針仕事をはるかにうわまわる技術でタックや刺繍が施されている。彼女はロバートとは似ていなかった。鼻は小さく、やや上を向いており、口元には不機嫌そうな表情が浮かんでいる。

ミニーはドアのところでお辞儀をした。自分のドレスがみすぼらしいことはよくわかっていた。色は汚れの目立たないグレーで、黒い袖口はほころびを隠すために折り曲げてある。クレアモント公爵夫人はじろじろとこちらを見た。心の中で欠点をあげつらっているのだろう。言葉にしなくても、眉の動きや目の見開き方でそれがわかる。考えていることが聞こえてくるようだ。〝よくそれで、わたしの息子と結婚しようなどと思ったものね〟

何があっても、この人の前では凜《りん》としていよう、とミニーは心に誓った。目が合ったが、視線はそらさなかった。

「息子がどうしてあなたを選んだのかわかったわ」クレアモント公爵夫人が言った。

ミニーは驚き、誓いを忘れて訊いた。「本当ですか？」

公爵夫人は立ちあがり、ミニーのそばへ寄った。「貧しさよ」すり切れた袖口をとんとんと指で叩く。「それに傷痕」彼女は頬を指さした。「そのうえ礼儀作法も、正しい立ち居振る舞いも知らない。つまりは慈善事業というところね」

昨日からの激しい心の動揺に比べれば、怒りだけの感情はまだ楽だった。ミニーは顎をあげた。「彼からは一ポンドもちょうだいしたことはありません」

「公爵と結婚するのは数ポンドの価値どころではないもの」

ミニーは片手を腰にあてた。「彼が単なる慈善心からわたしに興味を持ったのだと思っていらっしゃるのなら、それはご子息のことをよくわかっておられない証拠です。世の中には、わたしよりもっと慈善を受けるべき立場の人がたくさんいます」

クレアモント公爵夫人は首を横に振った。「息子のことならわかっているわ」低くうめくような声だ。「顔が夫にそっくりだから気づくのに時間がかかったけれど、本当はわたしに似ているの」

「あなたに？」ミニーは相手の顔をまじまじと見た。髪の色を除けば、似ているところなど何もない。まだ五〇歳にはなっていないだろうに、すでに額には深いしわが刻まれている。それに口元もゆがんでいた。「全然似ていらっしゃいませんわ」

クレアモント公爵夫人が関心なさげに手を振り、手首にかけた真珠のブレスレットが揺れた。「昔のわたしによ。穏やかで、相手に合わせようとする」口元にいっそう険しい表情が浮かぶ。「それに、だまされやすくてロマンティスト。否定してもだめよ。あなたのような女性に求婚するくらいだから、そうに決まっているわ」

「わたしのような、とはどういう意味ですか?」ミニーは眉をひそめた。

「一生、世間に言われるわよ。なぜあんな女性を選んだのか不思議だ、家名に傷がついた、とね」

「それをどう思うかはご子息が決めることです。お母様ではなくて」

公爵夫人の目に怒りが浮かんだ。「息子を公爵にするために、わたしがどれほどの犠牲を払ったと思っているの? 浮気性で愚かな夫との結婚生活に何年も耐えたのよ。ほかの女性とのあいだに子供まで作られたわ。しかも……」言葉を切って、かぶりを振る。「まあ、そんなことはどうでもいいわ。とにかく、息子に今の人生を与えるために、わたしはすべてをあきらめたの。どれほどのことを我慢したかなんて、あなたには想像もつかないでしょうね。あなたみたいな相手に息子を渡すために人生を捧げたわけではないわ」

その息子が貴族制度を廃止させようとしていることなど知らないのだろう。

クレアモント公爵夫人の長広舌はまだ続いた。「あなたは何ひとつ釣り合わない。家柄も、経済力も、領地も、権力もよ」

「そんなことは言われなくてもわかっています」

「それでも結婚するつもり？」侮辱的な口調だ。「息子の性格くらい知っているわ。正義感が強くて、帰属願望がある。わけもわからず決めた信念に、わが身の不利益も顧みずに飛びつくのよ」

意外にロバートのことを理解しているようだ、とミニーは思った。

公爵夫人は鼻を鳴らした。「あなたを退屈な人生から救いたいとでも思っているんでしょうね」

また粗末なドレスをじろりと見られ、顔が熱くなった。その視線は手袋におり、キャロラインが結ってくれた髪へとのぼった。ミニーは相手の背後をじっと見つめた。

「ええ、きっとそうに違いないわ。でも、あなたがそう仕向けたとしても責められないわね」

「わたしが仕向けた？」ミニーは吐き捨てた。「あなたの立場など、別にうらやましくはありません。そんないかにも豪華なドレスに興味はありませんもの」

驚いたことにクレアモント公爵夫人は笑みを浮かべ、そのせいで年齢がずいぶん若く見えた。「あら、そうなの？　だったら少しは分別があるのね」ビーズのついた手さげ袋《レティキュール》をテーブルに置く。「辛辣なことを言っているのはわかっているけれど、ひとり息子だから譲れないのよ」彼女はため息をついた。「感情がないわけではないの。わたしも昔はあなたと同じ立場だったから、気持ちはわかるわ」口元に苦々しい表情を浮かべる。「公爵に求婚されたら嬉しいものよ。それも若くてハンサムな公爵ならなおさらね。夫に悪い噂があるのは知っていたけれど、わたしなら変えられると思ったわ。賭け事も大酒もやめさせてみせるし、わたしがそばにいれば浮気もしないはずだと」

クレアモント公爵夫人は片方の手袋を脱ぎ、ミニーの目を見た。

「そんな夢みたいなことを考えていたばかりに、二〇歳になるころには大いに傷ついたわ。悔しい思いをしたのは夫に対してだけではない。上流階級のすべての人に対してよ。社交界はわたしを夫の財布ぐらいにしか見ていなかった。公爵と対等だとでも思っているのかと、聞こえよがしに言われもしたわ。それも何年ものあいだ、毎日のように。夫はあんなにいいかげんな人で、お金もなかったのに、それでも立場が上だった。夫が何をしても誰も気に留めないのに、わたしが彼に少しは敬意を払ってほしいと言うと、それが醜聞になったのよ。夫は娼婦を買い、妻が浮気を責めると手もあげたのに、そんなことはおかまいなし。でも、わたしが夫に意見すると非難の嵐よ」声が震えた。「それでも、少なくともわたしには財産があったわ。あなたには何もない」

「ロバートはそんな人ではありません」

クレアモント公爵夫人は手袋を握りしめた。「『高慢と偏見』を読んだことがあるわ。わたしのことをキャサリン夫人のようだと思っているでしょう? ダーシーをなんとしても自分の娘と結婚させようとした、過干渉でばかな母親よ」唇をとがらせる。「キャサリン夫人みたいに金切り声をあげればいいのかしらね。〝クレアモント館がこのように汚されてもいいのですか?〟(『高慢と偏見』ではクレアモント館ではなくペンバリー館)」

ミニーは驚いて目をしばたたいた。公爵夫人はほほえんでいた。

「さっきも言ったように、わたしには夢見がちなところがあるから、キャサリン夫人になれるのかもしれない。愛はたしかなものだとか、将来に希望はあるとか、勇気は大切だとか思い、夫もそれを持っていると信じてしまったの。若気のいたりよね。わたしみたいな人生は誰にも送ってほしくないのよ」

会話はミニーが思っていたものとは違う方向に流れていた。クレアモント公爵夫人の言葉は怒りをかきたてるものではなく、厳しい現実を語っている。

「ご子息をとても愛していらっしゃるのですね」

「いいえ」穏やかな声だった。「愛せたかもしれないころもあったわ。でも、夫がわたしを引き止めるための道具として息子を使ったの。それで、わたしの心はだんだん麻痺していった」公爵夫人は肩をすくめた。「今はこれ以上あなたを叩きのめそうという気になれないし、だからといって懇願もできない。だから普通にお願いするわ」ミニーの目を見る。「息子と別れてちょうだい」

なんと変わった人だろう、とミニーは思った。不思議な女性だ。かすかに同情さえ覚えた。

「息子は夫よりも心が優しいわ」公爵夫人は唇を引き結んだ。「あなたが社交界から見くだされているのを知ったらつらくなる。きっと耐えられないわ」

「そうだろうと思います」ミニーは応えた。「わたしがもっといい人間だったら、彼のために求婚をお断りするところでしょう。でもあなたがおっしゃるように、わたしには財産もないし、いつまでも面倒を見てくれる家族もいません」ぎこちなくほほえむ。「そして彼との噂はもう広まっています。もう世間から傷物として見られてしまっているのです」

クレアモント公爵夫人は眉をひそめた。「息子とはもう……」

「いいえ、何もありません」ミニーは続けた。「でもわたしなんて、ほんのちょっとした噂でも結婚の妨げとなります。財産があればなんとかなるのでしょうけれど」首を横に振る。「公爵の妻になるのが大変だということくらいわかっています。あなたが想像する以上につらい思いをするでしょう」

みなからじろじろと見られ、陰口やいやみを言われることを思うと、あまりの恐ろしさにめまいを覚える。だがそれに耐えさえすれば、一生路頭に迷わずにすむし、大おばたちを経済的に支えられる。ミニーはかぶりを振った。「でも、ほかに選択肢はないのです。それしか生きる道はありません」

ミニーは顔をあげた。驚いたことに、クレアモント公爵夫人はほほえんでいた。

「おもしろいわね。彼を愛していると訴えて、めそめそ泣くかと思っていたのに。あなたはとても現実的に結婚というものを考えているのね」

それは違う。ミニーは思わず強くかぶりを振った。「わたしだって女ですから、お城や王子様に憧れることはあります」でも、まさかロバートのような人にめぐりあえるとは思わなかった。彼はどんな王子様よりもすてきだ。貴族制度を廃止したいと言ったときの、あの目の輝き。もし、この世に彼と自分のふたりきりしかいないのなら、なんのためらいもなく心から愛していただろう。彼なら、それなりに応えてくれそうな気がする。わたしのような過去を持つ人間が、そういう相手に出会えるのは奇跡だ。そんな奇跡を拒絶してはいけない。これほどの贈り物には、二度と恵まれないかもしれないのだから。

それでも公爵の妻になるというのは傲慢すぎる。そんなことをすれば、ただ地面に落ちるのではなく、切り立った断崖からくるくると回転しながら落ちることになりそうだ。

ごつごつした岩が待ち受けているのが見える気がする。

希望と絶望に身を引き裂かれそうだった。

「わたしも夢を見ることはできます」ミニーは穏やかに言った。「でも実際には、そんなことは許されない贅沢なのです」

「皮肉な話ね」クレアモント公爵夫人がじっとこちらを見た。「あなたが貴族なら、ぜひとも息子の伴侶にしたいところよ」

ミニーは思わず声をあげて笑い、ぎゅっと目をつぶった。

公爵夫人は身を乗りだした。「では、わたしが選択肢をあげるわ。五〇〇〇ポンドでどうかしら？」

ミニーは目を開け、相手の顔をまじまじと見た。冗談ではなさそうだ。真面目な表情をしている。

頭がくらくらした。五〇〇〇ポンドといえば想像を絶する大金だ。大おばたちに優雅な生活をさせてあげられるし、それを持参金として結婚することもできる。あるいは大陸に移り住んでもいい。それほどの金額だ。

けれども公爵夫人にとっては、はした金にすぎないのだろう。今着ているドレス一着を見ても、高価な生地といい、たっぷりとあしらわれた高級なレースといい、仕立てのよさといい、一〇〇ポンド以上はするに違いない。

「つまり手切れ金ということですね」

クレアモント公爵夫人は肩をすくめた。「息子との結婚をあきらめるほどの金額ではないのはわかっているわ。公爵の妻になれば、もっと自由に使えるもの。でも、それ以上は用意できない。それに……ただ結婚を断るだけではだめよ。息子は頑固なところがあるから」何かを思いだしたように遠くに目をやり、唇を引き結ぶ。「息子の性格はよくわかっているわ。何度でも粘り強く求めてくるところがある子よ。だから、思いきり頬をひっぱたくようなことをしなくてはだめ。彼を裏切るの。そうすれば息子はあなたから離れるわ」

本当に不思議な人だ、とミニーは思った。冷酷に振る舞ったかと思うと、もろい一面を見せる。ステンドグラスにも、ガラスのかけらにもなれる。さまざまな色で室内を照らすくせに、自分に触れる人を傷つける。息子のことを気にかけているようにも見えるのに、次の瞬間にはこんな残酷なことも言う。

「それはロバートを傷つけることになります」ミニーは言った。「そんなことはできません」

公爵夫人は悪びれたふうもなく肩をすくめた。「それが彼のためよ。息子は夢を見がちなところがあるし、人を信頼しすぎる。だから、それくらいしないとうまくいかないわ」

なんと無情な人だろう。彼もいつか、この母親に似るのかしら？

「裏切るなんて……」声がかすれた。「そんなことをしたら、彼は……」

だが、ひとつ方法はある。

「あなたなら、その程度のことはできそうに見えるわ」公爵夫人は顔をしかめた。秘密が明るみに出たときの苦しみはよく知っている。だからこそ、他人をそんな立場に追いこむようなまねはしたくない。その相手がロバートなら、なおさらだ。けれど、結婚しても苦しむことに変わりはない。

ミニーは相手の目を見た。「そんなこと……できるかどうかわかりません」

クレアモント公爵夫人が帰ると、大おばたちが心配していろいろ尋ねてきた。その質問をかわし、ミニーは自室へ戻った。この農場の家は決して広くない。ミニーは居間の真上にある小さな部屋を私室として使っている。窓からは家畜小屋と、その向こう側には冬を前に収穫の終わったキャベツ畑が見えた。

ここはかつて狩猟用に使われる家だった。それなりの土地がついていたため、大おばたちはそれを農場に変えた。なけなしの生活費から金を工面して人を雇い、何年もかけて土を耕した。それだけ金と時間をかけても、この土地が自分たちのものになったわけではない。キャロラインが亡くなれば、土地は遠縁に相続される。

だが五〇〇〇ポンドあれば、ここを買い取れるだろう。

そのうえ、あの忌まわしい事件など誰も知らない、どこか遠くの土地へ移り住むことができるかもしれない。そうすれば、男性が好みそうなおとなしい女性として生きる必要もなくなる。そのためには最初にロバートに言ったとおりのこと、つまり彼の敵になればいいだけだ。

彼を失うことにはなるけれど……。

クレアモント公爵夫人には、はっきりいやだと言うこともできた。息子の性格はわかっているると当人は言うが、それは違う。貴族の娘と結婚しても、ロバートは幸せにはなれない。貴族制度を廃止したいと言ったとき、彼は本気だった。だから、もし彼を裏切るとしたら、それは彼のためではない。まぎれもなく自分のためだということになる。

そう、自分のため。心から愛せたかもしれない人を裏切るほうが、群衆に取り囲まれるよりはましだから。

窓ガラスには農場を背景に自分の顔が映っていた。血の気のない頰、そこにある傷痕。自分の顔を見るのがいやで、目は絶えず動いている。手が震えていた。

「怖いからといって、そんなことをしてもいいの？」声に出してみた。

それは違う。怖いなんてものではない。恐怖で取り乱しそうだ。

17

夕方になってもミニーはまだ心が決まらず、自分の部屋の中を行ったり来たりしていた。そのとき、階下で玄関のドアを叩く音がした。何かもめているような声が聞こえ、誰かが叫んだ。

「ミニー、ミニー！」リディアだ。ミニーは寝室のドアへ急いだ。クレアモント公爵夫人が帰ったあと嵐になり、雨粒が激しく窓ガラスを叩いている。

室内履きを履くのも忘れ、ドアを開けて階下へ駆けおりた。リディアがずぶ濡れの姿で玄関に立っていた。髪は水に濡れて肩に垂れ、スカートもびしょびしょだ。

「ああ、いたのね」階段をおりてきたミニーを見て、リディアは言った。「スティーヴンス大尉がマンチェスターから戻ってきて、お父様にひどいことを言ったの」

ミニーは人差し指を唇にあて、困惑顔のメイドのほうへ顎をしゃくり、声を落とすよう目で伝えた。

リディアは近づいてきて、小声で訴えた。「あのビラを作ったのはあなただって」

ミニーの鼓動が速まった。「何か証拠でも？」

「あなたは嘘つきでぺてん師だと言っていたわ。あなたのお母様に結婚歴がないことを証明できる、あなたは罪の子だ、本当の名前はミナーヴァ・レインだと——」

ミニーは相手の唇に人差し指をあててささやいた。「それ以上言わなくても大丈夫。彼が何を考えているのかは知っているわ。それで、彼はそのミナーヴァ・レインが何者だと思っているの？」

質問の意味がよくわからないというように、リディアは顔をしかめた。

「あなたが婚外子だということを隠すためにつけられた名前だと思っているみたい」

そう、スティーヴンス大尉はわたしの本名を突き止めた。赤ん坊のころ、しばらくマンチェスターに住んでいたから、誰かが覚えていたのだろう。でも、どうしてわたしが名前を変えたのかということまではわかっていない。マンチェスターを調べていたからだ。事件が起きたのはロンドンなのだから。

「スティーヴンス大尉はあなたの逮捕状を取ろうとしているわ。なんとかしないと」

ミニーは愕然とした。「罪状は？」

「扇動罪よ。ドア越しに聞いてしまったの。お父様はあなたのことをよく知っているのに、どうしてそんなことに同意されるのかわからないわ。とにかくうちへ来てちょうだい。クレアモント公爵に助けを求めれば、なんとかなるかも……」

ガラスが振動するほどの雷鳴がとどろき、ミニーはびくっとした。

「だめよ。彼には何もできないわ」

名前を変えた理由をスティーヴンス大尉に気づかれるのは時間の問題だろう。ミナーヴァ・レインという名がおおやけになれば、もう過去を隠すことはできない。ロバートと結婚したら、そのときは確実に来る。もう首に縄がかかったも同然だ。その縄が締まるのさえ感じられそうな気がする。

長く低い雷鳴が空気を震わせた。ミニーの手もまた震えていた。裏切りを選べば、人生の希望を捨てることになる。けれど、心から愛せたかもしれない人を選べば、身の破滅が待っている。恐怖が勝り、一瞬で心が決まった。どうせ愛に恵まれたことなどない人生だ。

「早く行かなきゃ」リディアがせかした。「あなたなら、きっと何かいい方法を思いつくわ。いつだってそうだもの」

方法はもうわかっている。色あせた悪夢のような方法だ。

「馬に鞍《くら》をつけてちょうだい」玄関のそばにいるメイドに頼んだ。

窮地から抜けだすためだとは思いつつも、胸が張り裂けそうになった。

「ミニー、急いで」リディアに腕を引っぱられた。

「髪でも拭きながら待っていて」どうせまた外へ出るのだから、そんなことをしても無駄だということはわかっている。だが、ひとつの裏切りでふたつのものを手に入れるための準備をしなくてはいけない。「五分ちょうだい。持っていくものを用意するわ」

めまいを覚えながら自室へ戻り、これまでに集めた証拠と、ロバートからもらった手紙をまとめた。

それから、まっすぐに前を見た。鼓動は速かったが、手は震えていなかった。

嵐のせいで、チャリングフォード家までは四〇分以上もかかった。髪は乱れ、スカートは水が滴るほど濡れていたものの、それを乾かしている暇はない。ミニーはリディアについて家の中に入り、応接間のドアを開けた。

「ミス・パースリング!」ミスター・チャリングフォードが驚いて立ちあがった。

スティーヴンス大尉もゆっくりと腰をあげ、非難がましい顔で腕を組んだ。リディアに目をやり、冷たい口調で挨拶すると、ミニーに視線を戻す。

「さあ、ミニー」背後からリディアが促した。

「きみの本当の名前はミナーヴァ・レインだな」スティーヴンスが言った。

覚悟はしていたはずなのに、古い名前を呼ばれ、怒りに満ちた目でにらまれると、過去の記憶がまざまざとよみがえって胃がねじれた。

「はい」ミニーは答えた。

背後でリディアが息をのむ音が聞こえた。ミニーは振り返らなかった。友人の顔をまともに見られなかったからだ。

「そしてきみは婚外子だ。ほかには何を隠している?」

「いろいろあります」ミニーは静かに言った。「でも、これだけは言えます。わたしは過激なビラは書いていません」

「嘘だ」スティーヴンスはうなった。

ミニーはミスター・チャリングフォードの目をまっすぐに見た。

「本当です。それを書いたのが誰かという証拠もあります」

大尉は人差し指を振った。「それも嘘だ」

ミスター・チャリングフォードが一歩前に出た。「信じてもいいのか？　こんな言い方はしたくないが、きみが頭の切れる女性だということは知っている」

娘のほうを見たわけではないものの、ミスター・チャリングフォードがなんの話をしているのか、ミニーにはすぐにわかった。リディアが妊娠したとき、それを世間に隠すためにミニーが策を練ったことを言っているのだ。

「ええ、証明できます」

ミニーは冷静に答えた。なんの感情もわいてこなかった。心は暗く、そして虚《うつ》ろだ。

「誰が犯人だと思っているんだ？」ミスター・チャリングフォードが尋ねた。「ドクター・グランサムか？　それともミス・ピーターズか？」

ミニーは布袋から証拠の品を取りだした。蠟紙と油布でしっかり包んでおいたため、ほとんど湿っていない。

まずはビラを何枚か見せた。「これは〝つまらない者《デ・ミニミス》〟と署名されたビラです。宝石用ルーペで見るとわかりますが、ほら、小文字のeは下の部分が細く切れています」とにかく事実を積み重ねるだけだ。次のビラに移った。「これも同じです。とても特徴的です」

別の紙束を広げた。「これは、この街で大量購入できる紙の見本です」

スティーヴンスが顔をしかめ、何か言いたそうにした。

ミニーは手でそれを制した。「どれもレスターで作られています。社名を書いておきましたので、わたしの言うことが信用できないのなら、どうぞ明日の朝いちばんにでも調べてください。レスターにある製紙会社は、三社とも地元の繊維工場から出る廃棄物を原材料として利用しています。だから宝石用ルーペで見ると、当然のことながら、毛や綿など同じような材料が含まれているのがわかります。上等なものだろうが、安物だろうが変わりありません。でも、これには……」ビラを指さす。「そういうものがいっさい入っていません」

「どういうことだ？」スティーヴンスが尋ねた。

ミニーはそれを無視した。今は百科事典のように、あるいは辞書のように、淡々と事実を伝えるだけだ。

「こちらは地元の印刷業者から手に入れた印刷見本です。活字の特徴を調べてみました。ちょっと見ていただければわかることですが、下の部分が細く切れている小文字のeはひとつもありません」

「さっさと結論を言いたまえ、ミス・レイン」スティーヴンスは冷笑した。「きみがひとりでビラを作っているとはかぎらない。たとえば全国的な組織から支援を受けているということもありうる」

ミニーは冷静さを保った。ミスター・チャリングフォードはじっと耳を傾けている。彼女はさらに何枚かの紙を取りだした。「これはロンドンで購入したものです。等級が何種類かあります」いちばん下の一枚を引き抜く。「これはビラに使われている紙とまったく同じです。どこで製造されたものか、おわかりになりますか？」

「きみと遊んでいる暇はない。今、ロンドンで買ってきたと言ったじゃないか」

「ロンドンの〈グレイドン製紙会社〉のものです。この会社についての知識は？」

「ミス・レイン、さっさと結論を述べないのなら――」

「最後まで聞こうじゃないか」ミスター・チャリングフォードが制した。

ミニーはうなずいた。「〈グレイドン製紙会社〉は六七年前、ハンスワース・グレイドンという人物によって創立されました。彼は農民の出身だったのですが、家畜で財をなし、その後、いくつもの事業を成功させました。やがて大金持ちとなり、娘を貴族と結婚させることもできました。現在、それらの事業は孫が相続しています。第九代クレアモント公爵ロバート・アラン・グレイドン・ブレイズデルです」

一瞬の沈黙のあと、スティーヴンスがあざけるように鼻で笑った。

「頭がどうかしたのか。自分が犯罪に手を染めたくせに、そんなささいな偶然の一致を見つけてきて、公爵に罪をなすりつける気か？」

ミスター・チャリングフォードは黙ったまま、ミニーに話を続けるよう手で促した。

「クレアモント公爵は私的な手紙にも〈グレイドン製紙会社〉の便箋を使います。もちろん最高級の紙です」

「だからなんだというんだ！」大尉は顔を真っ赤にした。「こんな戯言《たわごと》はもう充分だ。治安判事、さっさと逮捕状を出すよう要請して――」

ミニーはロバートからもらった手紙を出した。

「これはクレアモント公爵から個人的にいただいたものです」手も声も震えていた。テーブルの上で便箋を伸ばし、端をつまんで持ちあげる。「透かしを見ればわかります。これは〈グレイドン製紙会社〉の最高級の紙です。署名も本物です。何より、内容を読んでくださればば、これが本物だということがわかります」

スティーヴンスが手紙をひったくった。

「こんなものがいったいなんの……」文字を読みはじめ、驚いてミニーの顔を見た。

「〝だからわたしはビラを作り、あの言葉を書いた〟」彼は声に出した。さらに二度、ゆっくりと読み返した。その肩越しにミスター・チャリングフォードが手紙に目を通し、スティーヴンスのそばを離れて首を横に振った。

「信じられん」スティーヴンスがつぶやく。手紙が本物かどうか疑っているのではなく、こんな事実は受け入れられないという口調だ。

「ミニー」ミスター・チャリングフォードが言った。「この文面には、なんというか……親しみが感じられる。出だしの文章といい、言葉の使い方といい、署名までもがそうだ。どういう経緯でこの手紙をもらうことになったのか教えてくれないか」

ミニーは迷った。この状況なら、本当のことを話してしまっても、ロバートは許してくれるかもしれない。だがクレアモント公爵夫人は、別れるためには彼を裏切れと言った。これがチェスのゲームなら、まさに駒にキスをする場面だろう。この一手を打てば勝負は決まる。

ミニーは片眉をつりあげた。「クレアモント公爵夫人がわたしを訪ねてこられました」はっきりと告げる。「ご子息がこういうことに関わるのをやめさせたら、五〇〇〇ポンドくださるとおっしゃったのです」

嘘はついていない。完璧な真実というわけではないけれど、こういう言い方をすれば、相手が勝手に解釈してくれる。手が震えた。

「そのことを公爵に伝え、この手紙を見せれば、ビラへの関与をお認めになるはずです」驚いたことに声は落ち着いていた。

これでもうあと戻りはできない。ロバートの親子関係を考えれば、わたしが母親と結託したのは決定的な裏切りになるはずだ。彼は決してわたしのことを許さないだろう。どのみちスティーヴンス大尉にミナーヴァ・レインの名前を知られた時点で、彼との結婚はなくなっていたのだ。

「彼は公爵だぞ」スティーヴンスが言った。「なぜ公爵がこんなまねをするんだ?」

「ご本人にお尋ねください」ミニーはうなだれた。「公爵が何を考え、どういうことをするものなのか、わたしにはわかりません」

「たとえこれが事実だとしても、公爵を法廷に引きずりだすことはできない」大尉はまだ手紙をにらんでいる。「彼が書いた過激なビラのせいで、労働者どもは調子づいている。このままでは、いつストライキが起きてもおかしくない状況だ。それなのに法を犯しても罰せられない方法があると市民に知られてしまったら、いったいどうやって街の治安を守れというんだ？」

ミニーは手紙を取り戻そうと手を伸ばした。だがスティーヴンスはそれをはねのけ、ビラや紙の見本を荒々しく見返した。「誰かに報いを受けさせてやる」

彼女はうつむいた。わたしはかつて手ひどい報いを受けた。そして今もまた、大きな代償を支払おうとしている。でも……五〇〇〇ポンドが手に入れば、どこか遠くへ行き、ミナーヴァ・レインの人生から逃げきることができる。

それなのに、どうしてこれほど泣きたい気分になるの？

「出ていけ」スティーヴンスが言った。「だが、このままですむとは思うなよ」

ミニーは重い足取りで応接間を出た。

壁際でずっと話を聞いていたリディアがあとに続き、別室へミニーを連れていった。

「リディア」ミニーの声は震えていた。

「どういうこと？」リディアは言った。「公爵のお母様とお金の話をしたの？　あの方はまだこの街へ来て数日よ。公爵とはそれ以前から仲よくしていたんじゃないの？　あなたの名前は本当にミナーヴァ・レインなの？　嘘でしょう？　もしそうだったら、わたしに教えてくれていたはずよ」

ミニーはびくりとした。

「あなたのことは姉妹のように思っているの。別人のわけがないわ」

「わたしの本名はミナーヴァ・レインよ」ミニーは目を伏せた。親友にじっと見つめられながら、その名前をふたたび口にするのはいっそうつらかった。

「嘘よ」リディアは激しくかぶりを振った。「そんなことはありえない。だったら話してくれたはずだもの」

「ある意味、ミナーヴァ・レインという人間は存在しなかったも同然なの」ミニーは語りはじめた。「子供のとき、父はわたしに男の子の格好をさせて、ヨーロッパじゅうを連れまわしたのよ。そのころはマクシミリアンと呼ばれていたわ。でも、それを世間に知られ……」唾をのみこむ。「わたしは非難を浴びた。ひどい目に遭ったのよ。だから名前を変えるしかなかった」

「だったら……」リディアがまたかぶりを振った。「どうして打ち明けてくれなかったの！」怒りを募らせている。

「言えなかったの」

リディアは顎を引いた。「あなたはわたしのことを何もかも知っているわ。それなのに、そのわたしにも話せなかったというの？」

息を荒らげ、こぶしを握りしめている親友の姿を見るのは、群衆に取り囲まれているよりもつらかった。

「そんなことをしたら……」

「わたしは誰にもしゃべったりしなかったわ。絶対に秘密は守ったわよ」頬の傷痕が痛んだ。頭痛がして、胃がねじれている。「それを言葉にしようとすると、体が震えて息ができなくなるの。あなたに見られているのもつらくなる。だから話せなかったのよ」

「わたしなんかに弱いところは見せられないということ？　そんなに自分のほうが偉いとでも思っているの？」

ミニーは目を閉じた。「あなたのことは今でも大好きよ」

「よく言うわ」冷ややかな口調だ。「大切な友人だと思っていたのに、本当はまったくの別人だったなんて」

「わたしであることに変わりは……」もう声も出なかった。リディアはこちらを見てさえいない。

「出ていってちょうだい。今はあなたの顔なんて見たくもないわ」

ミニーは力なく玄関のほうへ向かった。まだ雨が激しく降っていた。雷鳴が暴徒の足音や怒声のように聞こえる。稲光が走った。

「ほら」リディアが傘を突きだした。「持っていって。あなたの身を心配する気にもなれないわ。ただ、わたしの前から消えてほしいだけ。さようなら」

どうやって玄関を出たのかさえ、ミニーは覚えていなかった。涙で何も見えない。目を開けると、通りの向こうで男性が三人、じろじろとこちらを見ていた。よほどひどい顔をしているのだろう。たった三人だというのに、その視線が耐えられない。

暴徒に襲われたときの記憶がまざまざとよみがえった。

必死に自分を抑えようとしたが、今日一日の出来事が重圧となってのしかかり、ミニーはその場にうずくまると激しく嘔吐《おうと》した。

胃が楽になったところで立ちあがる。まだ体は震えているものの、吐いてしまったことで、すべてが押し流されたような気がした。恐怖も、不安も、そして一二年間の嘘も。おとなしくて、いつも他人の陰に隠れているミニー・パースリングはもういない。

肩越しに振り返り、チャリングフォード邸を見あげた。ミニー・パースリングとともに、長年の友情も消え失せた。

上出来だわ。

彼女はため息をつき、傘を開くと、馬をつないである小屋へ向かった。

18

たった一日ですべてが変わってしまうとは不思議なものだ、とロバートは思った。一昨日はミニーに結婚を申しこみ、人生は夢と希望にあふれていた。それなのに今日は……。

「われわれは袋小路に入りこんでいるんですよ、閣下」

ロバートは応接間の椅子に座っていた。スティーヴンス大尉はその前に立ち、テーブルには紙の束が置かれている。

「閣下がこのビラを作ったことを公表するわけにはいきません。公爵がこのように感傷的な文言を書いたことが世間に知れれば、労働者たちの運動を止められなくなるでしょう」

ロバートは話をほとんど聞かず、ただ目の前にある手紙を凝視していた。自分の母親がミニーに金を渡し、この手紙を手に入れさせたのだと聞かされたときは、座っていてよかったと思ったものだ。立っていたりしたら、きっとふらついていただろう。

こんなまねをしなくても、ただ結婚を断ればすむことだったのに……。

「閣下が起訴されることはないでしょう」スティーヴンスはしぶい顔をした。「ですから、閣下のお気持ちをお察しし、誰か別の人間を逮捕して、刑罰に処すことにいたします」

「証拠もなく、冤罪《えんざい》だとわかっていながらか？」ロバートは穏やかに尋ねた。

「そうしなければ社会に筋を通せません」スティーヴンスが答える。「誰かを罰して見せしめにしないと街の治安が乱れます。こんなふうに在郷軍を……いや、法律を侮辱するような行為を見逃すわけにはいかないのです」

ロバートは耳鳴りがしていたが、それでもスティーヴンスが何をしたいのかは理解できた。誰かを身代わりにすると言って、わたしを脅しているのだ。この街は扇動罪の立件数が多すぎる。誰か裏で動いている人間がいるのだろうとは思っていた。だから、法を濫用している人間を見つけだしたいと考えていた。

少なくとも、それには成功したようだ。頭がまともに働くようになったら、真っ先にこの男の職を解くことにしよう。

「わかった」ロバートは言った。「時間を取らせてすまなかったな」

「ですが、閣下――」

ロバートは立ちあがり、振り返りもせずに応接間をあとにした。

書斎の中を歩きまわりながら、なんらかの感情がわいてくるのを待った。

しかし結局、恐ろしく冷静なままだった。砂嵐に襲われ、感情という肉がこそげ落ち、骨だけになってしまったような気分だ。骨は何も求めないし、何も望まない。ありがたい話だ。

使用人に馬の用意をするよう言いつけたときも、怒りはみじんもなかった。ミニーの家まではかなりの距離があるが、それにいらだちもしなかった。ただ何も感じないだけだ。

馬を柱につなぐときも、玄関のドアをノックするときも、感傷的な気分にはならなかった。真綿に包まれ、外界の音が届かないような感覚だ。ドアが静かに開いた。ミニーに面会を求める自分の声すら聞こえなかった。

案内された部屋に家具があるのかどうかさえ、目に入らなかった。ロバートは座ることもせず、室内を見まわすこともせず、じっと待った。

ミニーがドアを開けた。

顔を見てしまったら感情がこみあげて、すべてを許してしまうのではないかと怖かった。だがミニーが部屋に入ってきても、やはり何も感じなかった。自分は妄想の中で勝手に彼女の姿を作りあげ、何を話すか想像し、本当は存在しない女性に恋い焦がれていたのではないかという気がする。

ミニーはひどく小さく見えた。もう惹かれる気持ちはなかった。ただ心にぽっかりと穴が開き、鈍い痛みを感じるだけだ。

これなら傷つき、苦しむことはなさそうだ。

「閣下」ミニーは敬称で呼んだ。

ロバートはうなずいた。

彼女から公爵として接せられたのは初めてだ。そうしてほしいと望んだのも初めてだった。公爵なら何も説明する必要はないし、懇願することもない。どう行動しても、その意味を問われたりはしない。

「わたしがここへ来た理由は想像がついていると思う」

ミニーはうつむいた。目の下にくまができ、どことなく悲しそうに見えた。その目にいつもの美しい輝きはない。

だが、もう何もかもがどうでもよかった。

「ええ、ちゃんとご説明しなくてはいけないと思っています」

「説明などいらない」氷の心に耳はない。

「でも……」

「きみがなぜこんなことをしたのかということに興味はない」言葉が虚ろに響いた。「母がいくら渡したのかも知りたくない。もうきみのことはどうでもいいんだ」

彼女はぴくりとした。「では、せめてこれだけは――」

「何も聞きたくない」これまでもミニーは決して多くを語ってはくれなかった。気持ちを伝えてきたのは、いつもわたしのほうだ。愚かにも希望を持ったのだ。自分のことを伝え、もっとよく知ってもらえば、もしかしたら……。

そう、もしかしたら少しは愛情を感じてくれるかもしれないと。だから夢の話もしたし、ひそかな野心も打ち明けた。心の中をすべて見せてきた。こちらがどんな人間で、何を求めているのか、ミニーはすでに知っている。

だが、彼女はわたしを選ばなかった。

同じ過ちの繰り返しだ。こちらの存在などどうでもいいと思っている相手に、また幻想を抱いてしまった。

しかし、今回は相手が立ち去るのを見送る側には立たない。来るはずもない手紙を待ったりもしない。

ロバートはゆっくりと呼吸し、真綿にくるまれるように感情が麻痺するのを待った。いや、真綿では軽すぎる。砂に埋もれ、その重みで胸を押しつぶされ、ほかの感覚が遮断されるようにだ。何も感じないのがいちばんいい。

無表情のつもりだったが、何かを見て取ったのだろう、ミニーがうなだれた。

「ごめんなさい」

「謝ってほしくなどない」ロバートは言い捨てた。

「だったら、どうしてここへ?」

「理由は簡単だ」座っておけばよかったと思った。この瞬間に耐えられるかどうか自信がない。「さよならを言うためだよ」ドアのほうへ向かい、そこで振り返った。ミニーは呆然《ぼうぜん》としていた。「だから、もう用事はすんだ」

そう言うと、彼は部屋をあとにした。

玄関までの距離がひどく長く感じられた。帽子と上着を手に取る時間が永遠にも思えた。心臓の音だけがやけに大きく響いている。

今度こそ、ミニーは追いかけてくる。そして許しを請うに違いない。そんな彼女に目もくれなければ、少しは気が晴れるだろう。靴のほこりを払うように捨てることができれば、いくらか気分が楽になるかもしれない。

彼女を許すのは無理だ。そんなことをすればまた感情が戻り、彼女に好意を抱いてしまう。だが、ミニーは追いかけてこなかった。ロバートは悩む必要すらなくなった。

翌朝、ロバートは母親と朝食をとるのが苦にならないほどいらだっていた。これまで親子のあいだで交わされることのなかった幾百もの会話に匹敵するほど、重い沈黙が流れている。母が紅茶に砂糖を入れ、スプーンでかきまぜた。スプーンがカップにあたる音が、その沈黙を破った。

母は毅然とした態度でカップを置き、息子の顔を見た。

「わたしと朝食をとることにしたのは怒っているからなのね」わずかに首を傾ける。

ロバートは腕を組み、黙っていた。

「わたしはただ、あなたをこっぴどく振ってくれと彼女に頼んだだけよ。具体的に何をしろとは言わなかったわ。それは彼女が自分で決めたこと。でも、たしかに五〇〇〇ポンドは渡したわ。隠すつもりはなくてよ」

彼は困惑した。腕組みをしたまま母親をじっと見てはいたが、沈黙に力がなくなった。母は紅茶をもうひと口飲み、それ以上は何も説明しようとしなかった。

「金を渡したのは、わたしを振らせるためだというんですか?」

母はうなずいた。

スティーヴンスはそんな言い方はしなかった。息子の秘密を暴露させるために金を渡したのだと明言した。だから、ミニーに罠にかけられたと思ったのだ。好意を抱いていたのは自分のほうだけだと。彼女がなるべく目立たないように振る舞う姿を思いだし、なぜ嘘を見抜けなかったのだろうと悔やんだ。

「母上がそんなにわたしの結婚について心配してくれているとは知りませんでしたよ」

口調は辛辣だったが、その言葉にはいくらか本音も含まれていた。これまで目の前にいる女性から、たとえわずかでも母親らしいことをしてもらった経験は一度もない。だから結婚に介入されるというのは、いわば頰へのキスのようなものだ。少なくとも触れてはいる。やり方は間違っているし、強引だし、腹は立つが、無視されるよりはずっとましだ。

母は鼻を鳴らして顔をそむけた。「ただの手切れ金よ。たいしたことではないわ」

「いいえ、とても感謝していますよ。その程度の金で心変わりをするような相手だと、早くにわかってよかった」

息子がこれほど冷静で落ち着いているのが信じられないという顔で、母がこちらを見た。

「彼女に忠告したのよ、あなたを裏切るようなまねでもしないと別れられないとね。わたしの思いどおりになったわ」

そう言いながらも、目に満足げな表情は浮かんでいないし、口元に笑みもなかった。

「あなたは何度でも相手を許してしまう性格だもの。でも、ある一線を越えると頑固になる。ところで、わたしに愛想が尽きたのはいつだったの？」

ロバートはひとつ息を吸った。「うぬぼれないでください。最初から何も期待などしていませんよ」母親の目を見ることができなかった。子供のころ、あんなに手紙を送っているのだ。

「あなたのお父様が亡くなったときかしら」

まばたきひとつするものか、と彼は思った。

「葬儀の前に手紙をよこしたわよね。しばらくわたしと一緒に過ごせないかと尋ねる――」

ロバートはこぶしでテーブルを叩いた。紅茶が飛び散る。「尋ねてなどいない」相手をにらみつけた。母親は驚いた顔ひとつせず、にらみ返すでもなく、いつものように淡々とした表情でこちらを見ている。まるで陶磁器でできた目のようだ。

「尋ねたわけではありません」静かに続けた。「懇願したんです。知っていましたか？　きっと会いに来てくれると本気で信じていたんですよ。母上がいつも家にいないのは、父上のことが嫌いだからだと思っていましたから。その父上が亡くなったのだから、今度こそ一緒に過ごせるはずだと。だが、あなたは葬儀に参列しなかった。だから、葬儀が終わったあと来るつもりなのだろうと思いました。それでも姿を見せないので、客人が帰るころあいを見計らっているのだろうと考えました。しまいには、真夜中になったら、こっそり迎えに来てくれるに違いないと自分に言い聞かせました。母上がわたしと関わろうとしないのは父上が原因だと、あの日までは信じていましたからね。なぜそんなことを思ったんだか。本当は違うんです。あなたは息子のことなど愛していないんですよ」

「そうね」母は穏やかに応えた。

「子供に愛情を感じたことは一度もないんですか？　それどころか、本当は父上と同じように憎んでいたとか？」

「同じように？」母が顔をしかめる。「憎んでいた理由が違うもの」

先ほどまでの落ち着きを取り戻せたらいいのに、とロバートは思った。母は本心からそう言っているのだろう。嫌われているのかもしれないとは思っていた。それでもはっきり口に出されると、さすがにこたえる。母親のことなど無視しようと心に決めてからもう何年も経つが、こういう言葉にはいまだに傷つく。

「まだ赤ん坊だったあなたをあの人に取りあげられたときは、何カ月ものあいだ息ができなくなるくらいつらかったのよ。でも、その気持ちを彼に知られるわけにはいかなかった。そんなことをしたら、あなたを盾に服従を求められるのがわかっていたから。毎日おしゃれをして遊びに出かけたわ。おもしろいことがあれば笑い、悲しいことがあれば同情を示したけれど、心にはぽっかり穴が開いていたの」

昔から、この人の心には何もないのだろう。なんの感情も表さずに話している。

「三歳のころのあなたは、彼が仕掛けてくる罠そのものだったわ。人づてにあなたのことを聞いたり、彼が不機嫌なのはわかっていながら家に帰ったりすると、罠が迫ってくるようで怖かった。あなたがかわいくなればなるほど、彼はわたしが戻ってくるだろうと思い、もっとわたしを脅したの。だから子供など愛していないふりをした。そんなことを続けていたら、本当に何も感じなくなったのよ。それなのにあなたは愛情を求めてくる。そのたびに、そんなことをするあなたを憎んだわ」母は肩をすくめた。「どうしようもなかったのよ。彼と一緒に暮らそうと努めたころもあったけれど、それはもう耐えられなかった。あれは、あなたが九歳のときだったかしら。鍵をかけて寝室に閉じこもっていたら、彼が来て、怒鳴りながらドアを叩きつづけたの」ちらりと目を横へ向ける。「あんなに酔っ払っていなかったら、暴力沙汰になっていたかもしれないわ。とにかく、あの家にいることはできなかった。でも、法的に子供は父親のものよ。だから、息子などいないものと思うしかなかったの」

ロバートは首を横に振った。「母上が家を出るたびに、おまえのせいだと言って父上から叱られましたよ。おまえが悪い子だからだ、もっと愛らしくしろとね」

正確には少し違う言い方だった。あの父親はそんな言葉は使わない。

「彼が亡くなったころ、息子は父親似だと思っていたわ。あとでそうではないと気づいたけれど……」母はまた肩をすくめた。「そのときには、もうあなたとの関係は修復不能だったの。ありがたいことに感情は麻痺したままだったし……。今ではわたしが何をしようが、どうせもう手遅れだわ」

母はロバートの顔を見た。

「それに今でも……胸は痛まないもの」目にきらりと光るものが浮かび、母は顔をそむけた。唇を固く引き結んでいるように見える。

「なるほど」ロバートは困惑した。

「本当よ。もう何も感じられなくなっているの」母はレースのついたハンカチを取りだし、目頭を押さえた。

「もしかして、泣いて――」

「いいえ。わたしは泣いたりしない」

「そうですか」

ロバートには母の気持ちが理解できるような気がした。レスターまで息子を訪ね、不器用に結婚の話を持ちだし、愚かな介入をしたのは、何かしなくてはいけないと思っているからだろう。しかし長年、心を閉ざしてきたせいで、本当にもう愛情というものがわからなくなっているのだ。

母は鼻をすすった。「いつかは変わるかもしれないけれど、そのころには、あなたはわたしのことなんて本当にどうでもよくなっているでしょうね。当然の報いだわ」

ハンカチを置き、否定してほしいという目でこちらを見る。

ロバートは昔の出来事を思いだした。母親が家に戻ってきたとき、馬車のところまで走って出迎え、膝に抱きついたことがあった。まだそれくらいの身長しかなかったころだ。

母は抱きしめ返してくれるどころか、頭を撫でようとさえしなかった。ちらりと息子へ目をくれると、礼儀がなっていないと叱り、そのまま歩いていってしまったのだ。

今はもう母を抱きしめたいと思えない。そんなことをしても喜ばれないだろうし、また拒絶されるのはつらい。

「わかりました」ロバートは話を終わらせた。「どうでもいい息子の結婚のことでわざわざ時間を割き、余計な世話を焼いてくれて礼を言いますよ。金で別れるような女性だとは思っていませんでしたからね」

「あら、わたしは彼女を高く評価しているわ。次も同じような人を探すことね。ただし、侯爵家のご令嬢でなくてはだめよ」

「わたしは彼女の素性さえ知らないんですよ。名前も偽名ですしね」

「そうなの？」

「本名はミナーヴァ・レイン」

母がはっとした。「まさか、あのミナーヴァ・レイン？」

「知っているんですか？」ロバートは驚いた。「彼女はそれが明るみに出れば醜聞になると言っていましたが」

「それどころではないわ」母は激しくかぶりを振った。「醜聞というのは、若い娘が恋に走って間違いを犯すようなことよ。それくらいはなんとでもできる。世間は忘れてくれないかもしれないけれど、持参金をつけて結婚させれば体面は守れるわ。でも、あの事件はそんな程度のものじゃない。彼女は身の破滅を経験したのよ」

19

スティーヴンス大尉にロバートの手紙を渡した夜、ミニーは自宅に戻っても口を利く気力さえなかった。

しかし翌日、クレアモント公爵夫人から為替手形が届くと、大おばたちに話をせざるをえなくなった。ふたりを居間に呼び、椅子に座ってもらった。

「知っておいてほしいことがあるの」ミニーは言った。「昨日、リディアのお宅でスティーヴンス大尉にお会いしたわ。マンチェスターへ行かれたそうよ。ウィルヘルミナ・パースリングという人間は存在しないこと、わたしが偽名を使っていること、本名はミナーヴァ・レインであることをご存じだった」

ふたりは息をのみ、顔を見合わせた。「あの件は?」

ミニーは首を横に振った。「それは大丈夫」

「驚かせないで」キャロラインが胸に手をあてた。「あなたの結婚話はなくなってしまったし、これからどうしたらいいのかしら」

ミニーは目をそらした。「詳しいことは省くけれど、お金が手に入ったの。五〇〇〇ポンドよ」

大おばたちはミニーを凝視した。ふたりは外見こそ違うが、衝撃を受けている表情はそっくりだ。

「たしかに今は苦しい状況よ」ようやくエリザベスが口を開いた。「でも五〇〇ポンドといったら、考えられないほどの大金だわ。出所によっては、わたしたちは別にそんなお金はなくても……」

世間からうしろ指をさされるようなことをするとでも思っているのだろう。何を考えているのかは想像がつく。ミニーはみじめな気分になった。

「いいえ、公明正大な方法で手に入れたお金よ」正確には公明でも正大でもないかもしれないが、法的にやましいところはない。だから問題はないはずだ。

「いったいどうやって？」

「求婚されたの。でも、相手のお母様が反対なさっているのよ」ミニーは顔をそむけた。

「わたしも結婚したくないの」こんな短い説明をするだけでも胸が張り裂けそうだ。

だが、失ったものを悔やんでもどうにもならない。それが愚かだということは、とうの昔に学んだ。

「求婚ですって？」キャロラインが言った。「いったい誰から？　思いあたる人がいないんだけど……」メイドが入ってきたのを見て、言葉を切った。

「お客様がお見えになって、お嬢様に会いたいとおっしゃっています」

「誰なの？」エリザベスが尋ねる。

リディアに違いない、とミニーは思った。すべてを話して、仲直りをしよう。

けれどもメイドは首をすくめ、もじもじしている。それを見て、ミニーは訪問者が誰なのか察した。

「クレアモント公爵閣下です」

胃がねじれたが、手はかっと熱くなった。泣けばいいのか、笑えばいいのかわからない。窓から逃げだしたい気もするし、彼の腕の中に飛びこみたい気持ちもある。ポケットの中で折りたたまれている五〇〇〇ポンドの為替手形に責められているような気がして、ミニーは前方をじっと見据えた。

「まあ」エリザベスが声をあげる。

「噂は聞いているわ」キャロラインは頭をかいた。「でも、そんなことはありえないと思ったの。だって、もし本当にそうなら、わたしたちに教えてくれたはずだもの」

ミニーはふたりの顔を見ることができなかった。

「あとで話すわ」

キャロラインはうなずいた。エリザベスが立ちあがり、室内で使う杖をついて近寄ってきた。「いやなら結婚なんてしなくてもいいのよ。強要するつもりはないの。過去に何があろうが、これからどうしようが、わたしたちはあなたを愛しているわ」

ふたりが居間から出ていき、ミニーはドアに背を向けると、涙をこらえながら待った。背後から足音が近づいてきて、すぐそばで止まった。

こちらが何か言うのを待っているのだろうと思ったが、泣いてしまいそうで振り返ることができなかった。

「窓から忍びこもうかと思ったんだが……」真面目くさった厳粛な口調だ。「れんがの壁をのぼるにはブーツを脱がなくてはいけないし、きみの寝室だと思われる部屋の窓は細くて入れそうになかった。ジュリエットの部屋にバルコニーがあったわけがわかったよ。だから野暮を承知で、普通に玄関のドアをノックしたんだ」

ミニーは思わず笑った。「ロミオはまだ一六歳だったもの」深く息を吸い、いくらか落ち着きを取り戻して振り返る。「お別れはすんだはずではなかったの？　今日はどういうご用事？」

その質問に答えるように、ロバートは手を握ってきた。黒い革の手袋はテーブルの上に置かれている。手を引っこめるべきだとはわかっていたが、どうしてもできなかった。彼の手は力強く、優しかった。

「言いたいことがあって来たんだ」ロバートは言った。「わたしが悪かった」

「あなたが？」ミニーは驚き、この人は頭がどうかしてしまったのだろうかと思った。「あなたが悪かったというの？」ロバートがうなずく。ミニーはめまいを覚え、彼に椅子を勧めた。

「きみはちゃんと、公爵の妻にはなれないと言った」ロバートは腰をおろした。「だが、わたしはそれを受け流した」

ミニーは目をしばたたき、向かい側の椅子に座った。

「手切れ金だったと母から聞かされ、ようやく気づいたんだ。あれはわたしの行為を世間にさらすための金ではなかったのだとね。よく考えれば矛盾点はいくつもある。わたしの年収は一万ポンドを超えているし、それは世間の誰もが知っていることだ。わたしと結婚するか、五〇〇〇ポンドを取るかと言われたら、普通なら結婚を選ぶだろう。きみが本当に計算高い女性なら、わたしとにらみ合ったりしないで、さっさと結婚していたはずだ」

彼女はかぶりを振った。

「わたしの母から何を言われようが、それこそ、あの手紙を見せればすんだことだ。きみなら、そんなことぐらいはすぐに思いついただろう。そもそも、母はわたしがあんなビラを書いていることを知らない。ましてや、きみがそれを見抜いたことなどわかるわけがない。どこをどう考えても筋が通らないよ」ロバートはまっすぐにミニーを見た。「嘘をつかれたと気づいて、これほど嬉しかったのは生まれて初めてだ」

ミニーは泣きたくなった。これほど拒絶しているのに、この人はまだわたしを追いかけてきてくれる。

「わたしはきみの話をちゃんと聞いていなかった。何か事情があるのかもしれないとは考えもしなかった。まったく、いつも自分のことばかりだ。きみが結婚を拒む理由は、わたしのことを好きになれないからだろうと思っていた。きみはちゃんと群衆が怖いと言ったのに、わたしはまともに取り合わなかった」ロバートは真剣な表情になった。「だが、やっとわかったよ。お父上はチェスで有名な方だったんだね」

ミニーはとっさに立ちあがり、目を見開いた。心臓が激しく打ち、息が荒くなっている。空気が薄く感じられた。でも、驚くほうがおかしい。本名を告げたのだから、あとは少し調べればわかることだ。彼女はあとずさりして、椅子にぶつかった。

転べば本棚に頭を打ちつけるところだったが、ロバートに抱きかかえられた。たくましくて温かい腕だった。「大丈夫、ここにいるのはわたしだけだ。きみを傷つけるようなまねは絶対にしない」

ミニーは彼の目をのぞきこんだ。まだ脈は速いが、罵倒する群衆の幻覚は見えなかった。ここにいるのはロバートだけ。

彼は椅子に腰をおろし、ミニーを膝にのせると髪を撫でた。彼女はロバートの肩に頭をもたせかけた。まるでパズルの隣り合ったピースのようにぴったりだ。こんなことをしてはいけない、とミニーは思った。また別れるのがつらくなる。

「話を戻そう」ロバートは彼女の背中に腕をまわした。「詳しいことは知らないんだ。お父上は有名なチェスプレイヤーだったんだね。何があった?」

鼓動がさらに速くなった。でも、わたしはロバートの腕に抱かれている。彼はあのことを知っているのに、石を投げようとはしない。ただ、わたしが話すのをじっと待っているだけだ。

事件のことを思いだすと恐怖に包まれる。けれど今は少なくとも吐き気は感じていない。

深く息を吸いこんだ。「父は準男爵の五男だったの。公爵にはほど遠いけれど、それでも社会的にはそれなりの身分だったのに、財産がまったくなかったのよ。でもチェスがうまかったし、性格は陽気で社交性があったので、みんなに好かれていたわ。お金などなくても困らなかった。いつも誰かに招待されていたから」

父親は一緒にいて楽しい若者だったため、チェスを習いたいという裕福な人々からたびたび招かれ、相手の屋敷に何カ月も滞在した。イングランド国内のこともあれば、ヨーロッパ大陸まで出かけるときもあった。ミニーは以前に船酔いをしたとき、岸を見ていれば吐き気はおさまると水夫から教わった。今はこんなに近くの本棚を見ているというのに、不思議なことに世界は安定している。

「母は結婚して二、三年でわたしを産み、そのまま亡くなったの。わたしは五歳までの記憶がほとんどないのだけれど、ときどき父が訪ねてきたことだけはよく覚えているわ。人生最初の記憶は父にチェスを教わっている場面よ。アルファベットより先に駒の動き方を覚えたの。父に会えるのが何より嬉しかった。その父が、次に大陸へ旅行するときは一緒に来るかと言ったのよ」

ミニーは震えながら息を吐いた。ロバートは何も言わずに抱き寄せてくれた。

「もちろん、小さな女の子が父親とふたりで旅行することはできないわ。父の友人たちは、あまり品行方正とは言えなかったもの。本来は子守りや女性の家庭教師がついていくべきよ。

でも、そういう人たちを雇う経済的余裕はなかった。だから父はわたしにこう言ったの。息子になるか？　名前はマクシミリアン・レインだって」彼女は目をつぶった。「わたしはまだ五歳だったから、それをどう考えればいいのかわからなかった。ものすごく楽しいぞ、と父に言われて、うんと答えたのよ」

鼓動が落ち着いてきた。

「自分が珍しい子供だということはわかっていなかったと思う。大人たちから、よくチェスの問題を出されたわ。解けるときも、解けないときもあった」肩をすくめる。「けれど年齢があがるにつれて、解けることのほうが多くなったのよ」

「新聞記事を読んだんだが……」ロバートが言った。「マクシミリアン・レインは静かで、真面目で、とても賢い子供だと書かれていた。チェスの経験が長い大人と対戦しても簡単に打ち負かし、それをみんなが褒めると、一五手ほど戻して、どうすれば勝てたのかを説明したそうだね」

「ええ、覚えているわ」ミニーは息を吐き、また目を閉じた。「勝ってばかりいたから感覚がおかしくなっていたわ。自分は絶対に負けないと思っていたし、危険というのがどういうものかもわからなかった」

喪失がどういうものかも、わかっていなかった。

「そして事件が起きたの。詳しいことはわたしも推測するしかないんだけど……。わたしが一二歳になるころには、父は借金で首がまわらなくなっていた。自分はロシアの産業に投資してもうけているると吹聴《ふいちょう》し、それを本当らしく見せるため、資金もないのに金まわりのいいふりをして、次々と投資家を募ったのよ。配当金は次のカモからせしめた金で支払っていた。けれどもちろん、そんな話は嘘だから、いいかげんになんとかしないと手がうしろにまわりかねない状況だったのだと思うわ」

　ミニーはうつむいた。当時はそんなことは知らなかったが、それでも父親の精神状態が不安定になっていることには気づいていた。はしゃいだかと思うと、次の瞬間には激怒したりしていたからだ。

「そんなとき、ロンドンでチェスの国際競技会が行われることになり、父が招待されたの。でも競技会の数日前、急に病気になったと言いだして、わたしを代理に立てたいと願いでたのよ。周囲の反対はなかったわ」

　体が震えはじめた。

「今にして思えば、あのころの父は大金を必要としていたのね。賭けの倍率はわたしのほうがよかった。そこで友人を通じて、ありったけの金を相手方に賭け、わたしに負けろと言ったわ」

　理由を聞かされなかったため、ミニーは父親と大喧嘩をした。

〝レイン家の人間はなんでもできるのよ！〟ミニーがそう言ったとき、父が不思議そうな顔でこちらを見たのを覚えている。あとで気づいたのだが、それは父がよく使う台詞だった。自分が教えた言葉で反抗されたことに驚いたのだろう。

脇腹に置かれたロバートの手が温かかった。ふたりの呼吸はぴったり合っている。室内はひっそりしていた。ミニーはまた記憶の中へ戻った。

「子供って、親の欠点には気づかないものなのね。父はわたしにとって親友だった。いつも一緒にいたし、いろいろなことを教えてくれたわ。強く叱られたこともなかった。心から尊敬していたのよ。父はよく言っていたわ。強く信じさえすれば結果はついてくる、一生懸命に考えれば必ず道は見つかるとね。わたしが試合に負けるのを拒否したとき、父は自分なりの方法を見つけたの」深く息を吸った。「競技の真っ最中、タブロイド紙の記者に、わたしが女の子だと明かしたのよ」

そのときの局面は今でも覚えている。ちょうど駒にキスをしたときだった。あと四手で勝てるはずだった。

「審判が近づいてきて、わたしは資格を剥奪《はくだつ》された。耳を引っぱられて会場の外に出されたわ。翌日にはロンドンじゅうの新聞にそれが載り、わたしはすべてを失った。これまで築きあげた名声も、友人だと思っていた人たちも。すべてよ。男の子のふりをしていたことに世間が激怒したの」

「そんな年齢まで続けられたほうが驚きだ」ロバートが言った。

「あと一年もすれば体型が変わって、女の子だということを隠しきれなくなっていたでしょうね」ミニーは頭を振った。「そうなったら、父がどうするつもりだったのかはわからない。とにかく、その一件で父も世間から疑われるようになったの。なんといっても、何千ポンドものお金を預かっているんだもの。当然まともな釈明ができるわけもなく、告訴されたわ。世間から注目を浴びる裁判だった。わたしは慣れないスカートをはき、その裁判を傍聴に行った。そこで初めて父の弁明を聞いたわ。父はわたしにそそのかされたのだと言ったのよ。息子だと偽っていたのは、わたしが男の子の格好をして旅行についていきたいとせがんだからだと。投資詐欺を思いついたのもわたしで、全部わたしが悪いんだと」

ロバートはミニーの体に腕をまわした。「きみはまだほんの子供だったのに」

「変わった子供なんだと父は繰り返し訴えたわ。実際に変わっていたのだから、誰も反論のしようがないわよね。チェスをさせれば大人顔負けで、ときには世界的なプレイヤーにも勝ってしまう。裁判所にいたのだから、みんなはわたしを見ることができたわけだけど、外見だって普通じゃなかった。髪は短いし、仕草はぎこちないし。ずっと男の子として育ってきたから、どう振る舞えばいいのかわからなかったの」

ミニーはため息をついた。「父は強く信じさえすれば結果はついてくると言いつづけていた人だったから、裁判のときもそれを実践したのよ。わたしは悪魔の子だと、堂々と言い放ったわ」

あのときは人生のどん底に突き落とされた気がした。優しくて大好きだった父親に、公衆の面前で指を突きつけられ、悪魔の子だと糾弾されたのだ。本当にそう信じているらしく、目には怯えた表情さえ浮かべていた。自分にとっては父親が世界のすべてだったのに、突然ひとりぼっちで放りだされたのだ。

「父は話のうまい人だった。結局、父の言い分が通り、情状酌量の余地があるとして、軽い詐欺罪での有罪判決となったわ。たった二年の重労働刑だった。傍聴していた人たちは、わたしが父を丸めこんだと思ったの。呆然として裁判所を出たわたしは群衆に取り囲まれ、唾を吐かれて、石を投げられたわ。誰が最初に投げたのかも、何個ぐらい投げられたのかもわからない」彼女はロバートを見あげた。「わたしは気を失い、それ以来、群衆が怖くなったの。取り囲まれるところを想像しただけで、体が震えて恐慌状態に陥ってしまうのよ」

「味方になってくれる人はいなかったのか？」彼が低くかすれた声で尋ねた。

「大おばたちとリディアはいたわ。でも……」涙がこみあげ、言葉に詰まった。三人がいつまでもそばにいてくれるとはかぎらない。大おばたちはいずれ亡くなる。リディアもいつか事件のことを知り、わたしから離れていくに違いない。「父に裏切られたことが今でも信じられないの。病気で頭がどうかなっていたんだと思いたいわ」目に涙が浮かんだ。「牢獄で亡くなったのだから、本当に病気だったのかもしれない。そう思わないとつらすぎる。あんなことがあったけれど、まだ父のことが好きなのよ。父から教わったことが、たくさんわたしの中で生きている。父はわたしの人生そのものだった。憎むことなどできないわ。これが事件の一部始終よ。だから、あなたとは結婚できない。そんなことは想像するだけで体が震えてくる。こんなわたしがロンドンの社交界に入ったりしたら、きっとひどい目に遭うわ」

「大丈夫だ」ロバートが静かに言った。「どうしてそう言えるの？」

ミニーは顔をそむけた。

「わたしがそんなことはさせないからだ」ロバートは彼女の顎に手をあて、自分のほうへ顔を向けさせた。「いつかきみは言ったね。わたしは幸せだ、何ひとつ恐れることなく将来を考えられると。あのときは、きみがどういう気持ちでそんなことを言ったのか、まったくわかっていなかった」彼はミニーを抱きしめた。「わたしはきみの不安を本当には理解できないほどの社会的地位にいるからだ」

彼女は体が震えた。

「だから、わたしならきみを守れる。何があってもきみの味方になるし、誰にもきみを傷つけさせたりはしない。スティーヴンスとチャリングフォードには、今回の件を口外するなとすでに命じてきた。きみの過去が世間にさらされることがないように、ありとあらゆることををすると誓うよ。それでも万が一のことがあったときは、権力のすべてを駆使して、きみの身の安全をはかる。わたしと結婚すれば、一生怯えずにすむんだ」

「そのお返しに、わたしは何をすればいいの？」

「わたしに誠実であってくれればそれでいい」ロバートはさらに強く彼女を抱きしめた。「それに夜も楽しみたい。だが、きみだってわたしに飽きるときも来るだろうから、そうなったら無理強いはしないよ。結婚に愛は求めていない。それでも、きっとわれわれはうまくやれると思う」

「愛は求めていない？」ミニーは戸惑い、かぶりを振った。「そう言うのはこれが二度目ね。愛してはだめなの？　あなたが童話の青ひげみたいな人になってしまい、わたしの首を切り落とすとでも?」ロバートの目をのぞきこみ、そっと頬に触れる。「約束はできないわ。あなたはハンサムだもの。ベッドですごくすてきだったら、愛してしまうかも。でも、それは困るというなら——」

「いや」ロバートは即座に否定した。そして顔をそむけ、かすれた声で続けた。「そうなっても……困りはしない」

言葉はそっけないが、そのためらいがちな口調や首を傾けてこちらを見た表情から、本心は違うとミニーは感じた。まるで喉の渇ききった人が、目の前にあるオアシスを見て、これは幻ではないだろうかと考えているような顔だ。

ふとあることに気づき、まさかと思った。この人は結婚に愛などいらないと思っているわけではない。愛をあきらめてしまっているのだ。

息子は夢を見がちなところがある、とクレアモント公爵夫人は言った。あのときは自分のことで頭がいっぱいだったので、彼女は何もわかっていないと思ったけれど、本当はちゃんと息子のことを理解しているのかもしれない。ロバートは声をあげられない人々を擁護するような人だ。そして自分は愛されない人間だと思いこんでいる。

そんなことはない。わたしはあなたを本気で愛しそうになっている。思わずそう言いかけたが、彼のせつないまなざしを見て、ミニーは思いとどまった。自分の気持ちを見極めるまで、その言葉を口にするのは相手にとって残酷だ。

でも、きっとすぐに言えるようになる。

父親に裏切られて以来、あんなことになったのは自分が多くのものを求めすぎたからだとみずからを叱りつづけてきた。わずか一二歳で、しかも女の子なのに、大人のプレイヤーに挑み、そして勝った。それがいけなかったのだと思っていた。

でも、本当は真剣さに欠けていたのが理由かもしれない。

「公爵の妻は、若い未婚の女性より、はるかに多くのことができるようになる。ミニー、この幸運をつかんでくれ」

翼を広げれば地面に落ちる。けれど何もしなくても、どうせ地面のほうがせりあがり、こちらにぶつかってくる。

長いあいだ、希望を抱くのは愚かなことだと思ってきた。だが、そうではないのかもしれない。希望に手を伸ばせば、愛を手に入れ、彼に守られ、そしてもしかすると地面には落ちずにすむかもしれない。

「ええ」声が震えた。「求婚をお受けします」

ロバートもまたかすかに震えながら、ためていた息を吐きだした。「よかった」ミニーを強く抱きしめ、耳元でささやく。「ベッドですごくすてきになれるといいな」

それは愛してほしいと言っているも同然の言葉だった。彼女はほほえみ、ロバートに口づけをした。彼の唇は潮風の味がした。ミニーの心臓が鳥の翼のようにはためく。

「ええ、そうなったら嬉しいわ」はにかみながら応え、またキスをした。ふたりは手を握り合い、午後の日差しが部屋に満ちるまで唇を重ねていた。キャロラインがドアのところで咳払いをする音が聞こえた。

ミニーは真っ赤になり、慌てて立ちあがった。

「ミニーの大おば君ですね」ロバートが言った。「わたしはクレアモント公爵ロバート・ブレイズデルと申します。どうか、お嬢様をわたしにください」

20

ロバートが自宅に戻ると、部屋に従兄弟と弟がおり、テーブルには何十枚もの筆記用紙が散らばっていた。セバスチャンが論文用に書きためたもののようだ。

ふたりはロバートが入ってきたことに気づかなかった。

「もうひとつある」セバスチャンが言った。「どういうわけか、三毛猫はほとんどが雌なんだ。かなりの数の猫を繁殖させてみないことには――」

ロバートがそばに立つと、セバスチャンは顔をあげた。

「猫を売ってもうけるつもりか？」

セバスチャンは大げさに驚いたふりをした。「ぼくが今、何に興味があるか、オリヴァーに話して聞かせていたところさ。観察の結果、事実としてはわかっているが、説明のできないことがいくつかあるんだ。ロンドンに、毎朝野良猫に餌をやっている老婦人がいる。その老婦人に頼んで、集まってくる猫の絵を描いてもらい、体重、性別、目の色、指の数などの特徴を記載してもらった。何かおもしろいことが見つかるかと思ってね」ロバートの顔を見て、首をかしげる。「なんだか今日は雰囲気が違うな」

「そうか？」たしかに気分が違う、とロバートは思った。心地よい自信を感じている。こんな感覚は初めてだ。

「本当だ」オリヴァーが言った。「妙に明るいじゃないか。ここ数日はなんとも暗い顔をしていたが……」

「捕獲された多指猫みたいにな」セバスチャンが口を挟む。「知っているか？　六本指の猫のうち一七パーセントは、爪の数がもっと多いんだぞ」

オリヴァーは肩をすくめた。「まあ、セバスチャンの毒気にあてられると、誰もがそんな顔になるがね。とにかく、ぼんやりと遠くばかり見ていた」

「それに悩める淑女さながらのため息ばかりついていたな」セバスチャンは長いため息をつき、最後は打ちひしがれたように弱々しく息を吐いてみせた。

「そんなため息をついたりするものか」ロバートは反論した。「男らしく、ふっと息を吐くことくらいはあったかもしれないが」腕を組み、うなりながら短く息を吐きだす。

「いや、こういう感じだったぞ」セバスチャンはみじめそうな顔で遠くに目をやり、鼻をすするまねをしたあと、また長々とため息をついた。

「勝手に作るな。ひどい男だな。そんなことをするやつはあの世に送りこんでやる」

オリヴァーが笑った。「本当に機嫌がいいんだな。何があった？　彼女、結婚するって？」

ロバートは目をしばたたいた。「なぜそれを？　求婚したことさえ話していないのに」

オリヴァーがにやりとする。「セバスチャン、ぼくの勝ちだ。一〇ポンドもらうよ」

セバスチャンはまさに悩める淑女のようなため息をついた。

「じつはそうなんだ」ロバートは静かに言った。「イエスと言ってくれたよ。結婚式は四日後だ。特別結婚許可証を取り、住まいの準備をするだけだからな。きみたちがいてくれてよかった。ちょうどいい機会だから、言っておきたいことがあるんだ。気づいているかどうかは知らないが……」どう言おうかためらった。

ふたりは黙っていた。察しはついているのだろう。優しい沈黙だ。セバスチャンはなんでも冗談にするし、オリヴァーはいつもからかってくる。だが、ふたりともちゃんと時と場所はわきまえている。

「わたしに家族がいるとしたら、それはきみたちふたりだ」声がかすれた。「だから結婚式の立会人になってくれないか。署名はきみたちにしてほしい」

「もちろんだ」オリヴァーが応えた。

セバスチャンは肩をすくめた。「ぼくはそういう栄誉にふさわしい人間だ。ぼくに頼んできたことを褒めてやるよ」

ロバートは言い返そうという気にもならなかった。ほんの一瞬だが、たまにこのふたりを抱擁したくなるときがある。今も思わず両腕を広げそうになった。人生でつらいとき、彼らはいつもそばにいてくれた。父の葬儀で、母が会いに来てくれなかったときもそうだ。その後の人生で、父が想像していた以上にひどい男だと思い知らされたときも支えてくれた。

だが抱擁はせず、ロバートはただ腕を組んだ。「わたしにとっては大切なことなんだ。ぜいな」セバスチャンはオリヴァーのほうを見た。「彼が足かせをはめられる前夜には、大いにいやらしく、せいぜいみだらな独身さよならパーティをしなくちゃいけないな」

オリヴァーはしごく冷静に応えた。「大いにいやらしく、せいぜいみだらね」嬉しそうにもみ手をする。

ロバートは不安になった。「気持ちは嬉しいが結構だ」

ふたりはロバートを無視して、顔を見合わせた。

「足かせをはめられるような犯罪者には、それ相応の罰が必要だ。まあ、どうせロバートだしな」セバスチャンは手で髪をすいた。「女はどこから調達する？」

「だから……」ロバートは少し強い口調で言った。「まだ結婚したわけではないが、そういうのは……」

「ひとり、いい女がいる」オリヴァーが目を輝かせた。「メアリ・ウルストンクラフトだ。彼女の著書『女性の権利の擁護』を持ってきているんだ。当日、持参しよう」

「いいね」セバスチャンは両手をこすり合わせた。「こちらにもおもしろい女がいるぞ。アメリカ人だ。先日、女性の権利と進化論に関する興味深い手紙をもらった。じゃあ、ぼくはそれを提供しよう」

「男女平等を目指す雑誌の編集をやっているエミリー・デイヴィスなんてどうだ？　彼女が書いた小冊子がある」

ロバートはつい笑みを浮かべた。

「トマス・ペインの『人間の権利』も持っていこうと思ったんだが、それだと女が三人、男が四人になってしまうな」オリヴァーが言った。

「ヴァイオレットを呼ぼう」セバスチャンが提案した。「議論をさせたらおもしろい」

「ああ、彼女ならうってつけだ」オリヴァーは立ちあがり、ロバートの肩に手を置いた。

「ぼくたちがお上品すぎるなんて、もう誰にも言わせないぞ」

「ブランデーを用意しよう！」セバスチャンも立ちあがった。「がぶがぶ飲むんだ。ロバートはどうせ二杯でやめるだろうがね」

「料理も用意しよう！」オリヴァーはセバスチャンのまねをした。「もりもり食べるんだ」

セバスチャンはにやりとした。「独身さよならパーティでは、きみが知りたくてうずうずしていた女心というやつを教えてやるよ。彼女たちの哲学は、どれも社会秩序に大きな混乱をもたらすようなものばかりだ」わざとらしく言葉を切る。「おお、友よ、女性の権利の書物をさかなに、大いに議論を楽しもうじゃないか」

ロバートは笑みを浮かべて天を仰いだ。「まったく、本当にきみたちときたら……。いい友人がいて嬉しいよ。だが、ぼくだってそこまで女心にうとくはないぞ」

「結婚について、ひとつ言っておきたいことがある」オリヴァーが真顔で言った。「われわれの父親はすでに亡くなっているし、きみの母上は親としての務めに無頓着な人だから、教えるべきことを教えないかもしれない。だから、ぼくらが力になるよ」

隣で従兄弟が大きくうなずいた。

ロバートはなんのことだろうと思った。結婚特別許可証の手続きなら、もう弁護士をロンドンにやってある。結婚の贈り物も決めた。だが、自分は家族というものをまったく知らない。だから何か抜けていることがあってもおかしくない。「力になるとは?」

オリヴァーは身を乗りだした。「初夜のことだ」厳かな口調だ。「それについて話しておかなくてはいけないことがある」彼はもったいぶるように声を低くした。「男と女は愛し合うと、とても特別な方法でひとつになるんだ」

ロバートは弟を肘でつついた。「くたばれ」しかし、その顔から笑みが消えることはなかった。


「聞いたわ」

ミニーが朝食から顔をあげると、クレアモント公爵夫人がドアのところに立っていた。キャロラインが驚いて腰をあげ、エリザベスも杖をついて立ちあがろうとした。あとを追ってきたメイドがおろおろと手をもみ、三人に対して申し訳なさそうな顔をした。

公爵夫人は大おばたちには目もくれず、ミニーのほうを見た。

「三日後にはわたしの息子と結婚するそうね。悲惨なことになるのはわかっているくせに」

彼女はわたしの義母になる人だ。これから何十年も付き合っていかなくてはいけない。だから敵にまわさないほうがいい。でも、脅せばなんとでもなると思われるのもいやだ。

ミニーは対等な人間としてうなずいた。「結婚をやめるよう説得に来られたのですか？それとも五〇〇〇ポンドを返せと？」顎をあげたあと、トーストに視線を戻す。「為替手形は破ります」

クレアモント公爵夫人は鼻を鳴らし、部屋に入ってきた。そしてメイドが慌てて駆け寄るのも待たず、自分で椅子を引いて座った。

「紅茶をちょうだい」

ミニーはカップに紅茶を注ぎ、指図されるままに砂糖を入れた。

大おばたちは顔を見合わせた。介入すべきかどうか、目で相談しているのだろう。公爵夫人はそちらへはまったく注意を払わず、少し焦げたトーストを自分の皿にのせた。

ティーカップを受け取り、紅茶をひと口飲むと、最低限の礼儀は守ったとでもいうようにカップを置いた。「もっと分別のある人かと思っていたわ」

「分別ならあります。また脅しにいらしたのですか？」

公爵夫人は首を振った。「わたしのような立場にいる人間は、息子の婚約者に怒りをぶつけたくらいですべてがうまくいくなどと甘いことは考えないものよ。あなたはこの結婚の難しさをちゃんとわかっているし、息子はあなたの秘密を知ったうえで求婚したんだもの。わたしは精いっぱいの金額を提示したのに、あなたはそれをはねつけた。世の中、ちっとも思いどおりにいかないものね。そういうときにできることはひとつだけ」トーストを上品にひと口かじった。

「なんでしょう？」ミニーは尋ねた。

クレアモント公爵夫人は少し顔をしかめ、トーストを置いて紅茶をかきまぜた。

「猫はお好き？」

話題が急に変わったことに、ミニーは目をしばたたいた。「ええ、好きです。困ったことに、うちの猫はネズミの死骸をわたしのベッドに置いていきますけど」

公爵夫人はレースの手袋をした手を振り、その想像を頭から追い払った。

「猫が謝ったり、自分が間違っていたと認めたりするのを見たことがある？」

「猫はしゃべりませんわ」キャロラインが口を挟んだ。今日、初めて発した言葉だ。

公爵夫人はキャロラインをにらんだ。「ちょっとした比喩よ。恥さらしな身内の秘密を一〇年以上も隠し通してきたような人なら、それくらいわかるでしょう」ミニーのほうへ顔を戻す。「猫が獲物に跳びかかり、つかまえそこねるのを見たことは？」

「もちろんあります」

「猫がどういうつもりなのかわかる？」ミニーの返事を待たずに話を続けた。「それはわざとなのよ。つまり、こう言っているの。〝今回は見逃してやるから、あの猫は怖いとほかのネズミに言っておけ。さてと、のんびり脚でもなめているか〟ってね」

「猫がそんなことを言うんですか？」ミニーは何食わぬ顔で尋ねた。

「だから比喩なの。つまり、あなたも猫になりなさいということよ。猫は誰からも一目置かれる動物だもの」

「そういえば……」キャロラインが口を開いた。「黒死病が流行したときは――」

クレアモント公爵夫人はそれを手で制した。「わたしの話を邪魔しないでちょうだい！」いらだったように言う。「黒死病なんてどうでもいいわ」またミニーのほうへ顔を戻した。「新婚旅行はパリよ」

また急に話題が変わったことに面食らい、ミニーは首を横に振った。

「とてもすてきな新婚旅行先だとは思いますけれど……」

「そう見えることが大切なの」公爵夫人が言う。「わたしは愛なんてこれっぽっちも信じていない。でも、あなたはロバートに愛されていると社交界の人々に思わせることが重要なのよ」彼女は唇を引き結び、壁を見つめた。

昔のことを思いだし、きまり悪さを感じているように見えた。だが、クレアモント公爵夫人はそういう性格ではない。ようやく口を開き、初めてミニーのほうを見ずに言った。

「それと……夫婦の営みはしばらくお預けにしておいたほうがいいかもしれないわ」

「なぜです？　そうすれば婚姻関係の解消ができるからですか？」

公爵夫人はあきれた顔をした。「夫婦の契りがまだないという理由くらいで婚姻関係の解消はできないわ。本当よ。どうしても夫と別れたくてロンドンじゅうの弁護士に相談したから、その方面の法律には詳しいの。そうではなくて、子供を産むのは結婚してから少なくとも一〇カ月か一一カ月経ってからのほうがいいということよ。妊娠したから結婚したのだと社交界に思わせてはだめ。陰口を叩かれるわ。何十年経ってもね」

「それも比喩ですか？」キャロラインが尋ねた。

「いいえ、経験談よ」クレアモント公爵夫人は苦々しげに答えた。「ロバートは結婚して八カ月で生まれた子なの」

思わずいろいろなことを想像し、ミニーは目をぎゅっとつぶって、それらを頭から追い払った。

「結婚前にできた子よ」公爵夫人は冷静だった。「世間ではよくあることだと、この二八年間、自分に言い聞かせてきたわ」ミニーをじっと見る。「だから、とにかく結婚しても二カ月くらいは我慢しなさい」

「いいえ」ミニーは応えた。「知らない人から何を言われようと平気です。そんなことのために彼との大切な時間を犠牲にしたくはありません。それにわたしの過去を考えれば、その程度のことはなんでもありませんから。まるで殺人者が、友人の馬の悪口を言ったので地獄に落ちるんじゃないかと心配しているようなものです」

「そうね」クレアモント公爵夫人は顔をしかめ、肩をすくめた。「ちょっとあなたを試してみただけよ。子供のころは男の子として育っているから、そういうことに興味がないかもしれないと思ったの。そうではないとわかって安心したわ」

表情や口調は本当にそう思っている様子だったが、それでも、どこかしら脚をなめている猫のようだとミニーは感じた。こんなネズミはいらないと思っている猫だ。

「パリへ新婚旅行に行かせるいちばんの理由は別にあるわ」公爵夫人は言った。「ドレスをそろえるためよ。公爵夫人が着るのは適当なものではだめなの。最高級品でないと。そのぞっとするような田舎くさいドレスは好きで着ているの？　それとも大おば様が貧乏でドレスを新調できないから？」

テーブルの向こう側で、大おばたちが息をのむ声が聞こえた。ミニーは咳きこんだ。

「もちろん、好きで四度も仕立て直しをしているんです。袖口がほつれていないと、くつろげませんから」相手をにらんだ。「大おばを侮辱しないでください。なんの義理もないのに、わたしを引き取って育ててくれた方たちです。わたしのことはお好きにどうぞ。でも、大おばを悪く言われるのは我慢できません」

クレアモント公爵夫人はまったく動じなかった。「わたしのドレスをどう思う？」

「派手で、伝統を重んじているような感じがします。あなたにはお似合いになるかもしれませんけれど、わたしには……」

「そうね。では、あなたならどんなドレスにする？　それはつまり、どんな公爵夫人になりたいかというのと同じことよ」

長年、リディアと一緒にファッション画を眺めてきたことを思いだし、悲しみで胸が押しつぶされそうになった。本当ならリディアと一緒にドレスを決めるところなのに。きっと彼女は大はしゃぎして……。

「無理をして、ほかの公爵夫人方と同じようになろうとは思いません。たとえ流行の最先端だとしても、そんな幾重ものレースは好きではありませんから。レースに埋もれた気分になってしまいます。簡素なデザインで、明るい色が好きです」ミニーは好みのドレスを頭に思い浮かべ、ため息をついた。「それに布地をたっぷりと使ったものがいいです。もう生地を節約するのは疲れました」

「その傷痕を隠さなくてはね。うちのメイドがうまくやってくれるわ」

ミニーは相手を見据えた。「これですか?」頬に触れる。「いいえ、隠すつもりはありません。わたしの個性だと思っていますから」

クレアモント公爵夫人は短く笑い、不意に立ちあがった。

ミニーは驚いて彼女を見た。

「さて」公爵夫人は不機嫌そうな声で言った。「時間がないわ。ホテルの部屋にファッション雑誌がたくさんあるから、それを見て、好きなドレスを選びなさい。採寸して、わたしが使っている仕立屋に数字を電報で送っておけば、パリに着いたらすぐに最終仮縫いができるはずよ。それに、この街でもそれなりに手に入りそうだし」

「まさか……わたしを買い物に連れだすためにいらしたのですか?」ミニーは尋ねた。

「公爵夫人になったら毅然と振る舞いなさい」クレアモント公爵夫人は質問には答えなかった。「噂など完全に無視すること。しっかり準備を整え、公爵夫人になりきって社交界に入るのよ」

21

結婚式の当日はあっというまにやってきた。ロバートは喜びとともに不安も感じていた。そのひとつは、母親がミニーを庇護《ひご》することに決めたらしく、ロンドンから仕立屋を呼び、本人いわく〝最低限の数のドレス〟をそろえさせたことだ。

なぜそんな気になったのかと尋ねると、母は手にしたタルトを面倒くさそうに振った。

「オオカミの群れに放りこむのだから、ちゃんと武装させなくてはね」

ときおり、ふたりは周囲の目を盗んでキスもした。ただ唇を重ねるだけではなく、壁に押しつけ、ドレスの上半身を脱がせたりもした。そんなことをしていたせいで、結婚式当日の朝には欲求が研ぎ澄まされ、抑えがたいものになっていた。

挙式の時間が早かったため、朝からそわそわせずにすんだのはよかった。早朝を選んだのは、その日のうちにパリへ着くためだ。列車が遅れることなくロンドンに到着し、汽船が問題なく海峡を渡れば、今夜は……。

だがミニーの目を見つめ、誓いの言葉を述べているときは、そのことさえ頭になかった。彼女の体だけを求めているわけではないからだ。ミニーが〝彼を愛し、彼を慰め〟と言うのを聞いたときは、全身がぞくぞくした。そのあとのキスよりも、誓いの言葉によって、強い絆で結ばれたような気がした。

イングランド人男性の多くは結婚を避けている。結婚生活は面倒なものであり、妻とは文句ばかり言う、うるさい相手だと考えているからだ。しかしロバートは、〝死がふたりを分かつまで〟と言ったとき、本当にそうなることを心から願った。

式が終わると、ミニーはいったん自宅へ戻り、ロバートは荷物が汽車に積みこまれるのを見守った。半時間後、彼女と駅で落ち合った。ふたりだけで話す機会はなかった。ロバートは弟や従兄弟と握手をし、ヴァイオレットから抱擁を受けた。母親は小さくうなずいただけだった。汽車がプラットフォームを離れ、駅舎が見えなくなるまで、ふたりは窓から手を振っていた。

「ようやく式を挙げたのに、きみとふたりきりになるまで一六時間もあるとは……」ロバートはささやいた。「こんな予定、誰が立てたんだ？」

「わたしかしら」ミニーは窓の外を見ていた。その横顔はあまり幸せそうには見えなかった。去りゆく街は石造りの建物が灰色にかすみ、煙突が林立して、それほど恋しくなるような景色ではない。

「ごめんなさい、しばらくしたら元気になるから。リディアがお式に出席してくれなかったことが寂しくて仕方がないの」

一瞬、リディアとは誰だろうとロバートは思った。そしてすぐに、ミス・チャリングフォードのことだと気づいた。いつもミニーのそばにいる友人だ。

「彼女に手紙を書いて、すべてを打ち明けたの。全部よ。そして結婚式に出てほしいと頼んだわ。せめて見送りには来てくれるかと思ったのに……返事さえくれなかった」

ロバートは今夜に向けてミニーの気分を高めるつもりでいた。だが、それができそうな雰囲気ではない。悲しませるようなことを言ってしまわないように、黙って彼女の手を握った。

けれどもロンドンが近づくころには、ミニーは笑みを見せるようになった。

「最後にパリへ行ったのは八歳のときだったわ。あのころは大陸に渡るには何日もかかったのよ」彼女は頭を振った。「どこへ行くにも長旅だった」

「わたしが大陸を旅行したのは成人してからだ」ロバートは言った。「汽車と汽船を使えば、どこにでも行けたよ」

ロンドンには午前一〇時半に、サウサンプトンの港には昼過ぎに、フランスの港には午後三時に着いた。ミニーはすっかり明るさを取り戻し、何事もなかったかのように笑みを浮かべ、周囲を物珍しげに見まわしていた。パリへ向かう最終の汽車に乗ると、彼女はロバートの肩に頭をもたせかけた。彼は太腿に冷たいつららを押しあてているところを想像し、自分を抑えた。

キスをしなかったのは正解だった。彼女の手を握っているだけで、ひた走る汽車の中で押し倒してしまいたくなる。

だめだ。ホテルまで待つんだ。ちゃんとベッドで愛を交わしたい。さぞやすばらしい一夜になることだろう。

もう一度、歯ぎしりをしながら同じことを自分に言い聞かせるはめになった。一時間遅れの午後九時にパリへ入ると、食事もまだだというのに、母親が用意した仕立屋がミニーのドレスの仮縫いをしようと待ち構えていた。

ホテルの部屋にディナーが運ばれてきたのは午後一一時だった。ミニーは厚いブロケード地の化粧着を着ている。ふたりとも長すぎる一日にうんざりしていた。彼女はお腹が空いていないと言い、ロバートはコース料理のふた皿目で食事を中断させた。

ミニーが立ちあがった。

すでに日付が変わろうとしている。ようやくこのときが来たのだとロバートは思った。はるばるレスターからパリまで来る道中、ずっと今夜のことを考えていた。

「長旅で疲れただろう」彼はゆっくりと言った。「だから今夜は……」

ミニーはサッシュをほどき、化粧着を床に落とした。ロバートは言葉を失った。

「だから今夜は何？」彼女はほほえんだ。

声も体もたまらなく官能的だった。ドレスは真っ白で、腰から胸へかけて渦巻き模様の刺繍が施されている。コルセットをつけていないので、体の線がよくわかった。スカートにレースで透かしが入っているため、こちらに向かって歩いてくると、スカートが絡まって長い脚が見える。

こんな姿を見たら、ひとまず休もうなどと言えるわけがない。

「今夜は……ひと晩じゅう、きみが欲しい」

ミニーはにっこりした。「そうおっしゃると思っていたわ」

「きれいだ」ロバートは椅子から立ちあがり、彼女のまわりをまわった。「すてきだよ」襟ぐりが深いため、乳房のふくらみがよくわかった。幾度も夢に見てきたし、空想もしてきた姿だが、現実にはかなわない。きれいな胸は想像していたものの、そこにはかすかにそばかすがあった。色白のなめらかな肌を思い描いていたが、こうして近くで見ると、寒さのせいで肌が少しかさついているのがわかる。肌の色はいくらか濃いところや薄いところがあり、ピンク色の血管が透けて見えた。肋骨《ろっこつ》に沿って、傷痕とおぼしき白い線がついている。

そうした不完全さに、ロバートの目は釘づけになった。画家が想像で描いた絵ではなく、非現実的な妄想でもない、生身の姿がそこにはあった。

ドレスの両肩には赤いリボンがついていて、それをほどけば脱げる作りになっていた。右肩のリボンがロバートをからかうように緩んでいる。今にも自然にほどけ、薄い生地が肌を滑り落ちそうだ。

「男には根本的な欠陥があると言ったのを覚えているかい？　気の利いた台詞を言いたいときにかぎって、血が頭から別のところへさがる」

「覚えているわ」

「よかった。今は何も言えそうにないんだ」

ロバートはミニーを抱き寄せ、そっと唇を重ねた。それはただのキスではなかった。体が触れあっているというだけでもない。彼女の呼吸が速くなった。ロバートは手を滑らせ、胸のふくらみを包みこんだ。ふっくらとして張りのある乳房だ。先端が硬くなっているのがわかる。これはすべての始まりだ。

「だから、何かとびきりすてきな台詞を言われた気分になってくれ」彼はささやいた。

指先で片側の赤いリボンをほどき、じかに乳房に触れた。温かくて、みずみずしく、柔らかい肌の感触に、ロバートは魅了された。

ミニーは大胆だった。彼の上着の中に手を滑りこませ、ウエストに腕をまわして、ゆっくりとキスをしてきた。

「怖くはないのか?」ロバートは妻をベッドへといざなった。

「ちっとも。もっと不安になるかと思ったのに」いつにも増して悩ましい声だ。

ミニーはベッドに腰をおろした。「でも、何も考えられないの。ただ、あなたが欲しいだけ」

そのひと言で、最後に残っていた自制心のかけらが蒸発した。妻がベストのボタンを外すのに任せ、自分は上着を脱いだ。慌ててシャツを脱いだせいで腕が抜けず、ふたりで笑いながら袖を引っぱった。ズボンを脱ぐときは、胸を撫でられてぞくぞくした。

床に衣類の山を作り、ベッドに横たわったミニーに引き寄せられてキスをした。肌が触れ合い、太腿をさすられながらの口づけは扇情的だった。舌を絡ませて、もう一方の赤いリボンをほどく。不器用にドレスを脱がせたあと、胸と胸、脚と脚を合わせて、てのひらを重ねた。

硬くなったものを妻の腹部に押しあて、ゆっくりと回転させた。それは想像をはるかにうわまわる感覚だった。ようやくミニーを自分のものにできる。これでやっとひとつになれる。

彼女の太腿を広げさせ、そのあいだに膝をついた。

ピンク色の花びらが目に入り、思わず指先で触れた。ミニーは悩ましい声をもらし、背中をそらした。ロバートは体重をかけないように気をつけて妻の体に覆いかぶさり、高ぶっているものの先端で同じところに触れた。

「ああ……」ミニーが甘いため息をつく。「ロバート……」

「きみが欲しくてたまらないよ」

彼はゆっくりと腰を沈めた。

ミニーが息をのみ、こちらの胸を押し返した。ロバートは腰の動きを止めた。太腿の筋肉が張りつめる。

「痛いのか?」

「いいえ……」彼女は弱々しくほほえみ、小さな声で認めた。「少しだけ」

ロバートははっとした。突きあげる欲望に駆られて、思いやりのないことをしてしまった。

大切な夜を台なしにするところだった。ろくに愛撫もしていないのだから、ミニーの体がこちらを受け入れられないのも当然だ。

「やめないで」そう言われてさらに深く分け入ると、彼女の全身がこわばるのがわかった。

ひとつになれたのは嬉しいものの、それよりも相手のことが心配だった。ミニーの奥は温かくて柔らかいが、あまりにも狭い。それに彼女は体じゅうの筋肉に力をこめ、シーツをつかんで歯を食いしばっている。

「すまない」ロバートはキスをした。「謝らないで。もうだめだと思ったら、ちゃんと言うから」

ミニーが頰に触れてきた。

もうだめだと思ったら？　そんなにつらいのか？　こちらは心地よいというのに。

だが、心地よいだけだとも言える。

ミニーとベッドで過ごす時間は特別なものになるだろうと思っていた。彼女に対してはさまざまな深い感情を抱いているし、それに互いを理解し合っている。だから彼女の中に入れば、きっと燃えあがるような経験ができると考えていた。

だが相手はなんとか耐えているだけだと思うと、快感がこみあげてこない。結婚初夜は有頂天になり、舞いあがるようなひとときを過ごせると思っていたのだが……。

こんなはずではなかった。体を通じてこそわかり合える、何かもっと深遠な世界をふたりで味わいたかった。それなのにミニーは身をこわばらせ、なんの歓びもなく、ただ耐えているだけだ。

体を動かすリズムを変えても、彼女の髪を撫でても、魔法は起きなかった。これほど大切に思っている女性との営みは、もっと特別なものになるはずだったのに。

〝ベッドですごくすてきだったら、愛してしまうかも〟

あのとき、ミニーはそう言った。やっと気がついた。わたしは彼女に愛されたいのだ。だが、このままではその願いはかなわない。

ロバートは目を閉じ、現実を頭から追い払って、体の奥の小さなうずきに気持ちを集中させた。うずきがしだいに増していき、ゆっくりと快感に変わった。

「ああ、ミニー」少し強く動いた。これで充分だ。彼女にきつく包みこまれ、体を揺らすたびに乳房が触れている。そのとき突然、激しい波に突きあげられ、ロバートは絶頂を迎えた。それは求めていたものに近い感覚だった。

体を離して横たわり、ミニーの脇腹を指でなぞる。

またひとつ、夢が現実の餌食となった。しかし、それを嘆いても仕方がない。彼女もそのうちに変わるだろう。オリヴァーに秘訣《ひけつ》を訊いてみようか？

ミニーがこちらを向いた。ロバートはまだその目を見ることができなかった。彼女がそっと腕に手を置く。「言いづらいんだけど……」落ち着いた声だった。彼は首を傾け、薄暗い中で妻の顔をのぞきこんだ。

「なんだい？」

「わたしたち、やり方を間違えていると思うの」

体がこわばり、ロバートは彼女から少し離れた。言葉に出さなければ、うまくいったふりもできたはずだ。「女性にとって初めての経験はつらいものだと聞いている。そのうちによくなるよ」そうでなければ困る。

「そういうことではないの」ミニーは真面目な顔で言った。「最後の瞬間がどんなものか、たぶんわたしは知っていると思う。あなたにそれはあった？　わたしにはなかったわ」

「わかっているさ」ロバートは言い返した。「だが、わたしが本気になったら、きみは痛くて耐えられなかっただろう。妻を歓ばせてやれなかったことは、わたしだってちゃんと気づいているんだ。そんなこと、わざわざ言わないでくれ」

ミニーは黙っていた。彼はため息をついた。

「責めているわけではないのよ」彼女がようやく口を開いた。こんな状況だというのに冷静な声だ。「ただ今みたいなやり方だと、わたしはずっと絶頂を得られないと思う。でも、わたしもそれが欲しいわ」

「やり方だって？　どういう意味だ？」

彼女はまた黙ってこちらを見た。ロバートは自分が大人げない態度を取ったことを恥じた。これでは自分だけがいい思いをして、妻に歓びを与えられなかったから、八つあたりをしているだけではないか。

やれやれ、上出来だな。

「きつい口調になってすまなかった。きみに怒っているわけではないんだ」深く息を吸う。

ミニーが彼の腕を取った。「一緒に方法を探しましょう。パリには一〇日間もいるんだもの」

勘弁してくれ。こんな夜が一〇日も続くのか？

「残りは九日間だ」

「今夜はまだ終わっていないわ」彼女は唇を嚙んだ。「男性との経験はないけれど……でも、見せることはできると思うの」

「見せる？」

ミニーはかすかに頰を赤らめた。「わたしが自分でしている方法よ」

こんなみじめな気分のときに、もう一度彼女を抱ける自信はない。だが妻の言葉が胸に引っかかり、ロバートは少しばかり興味を覚えた。ひとつ咳払いをする。

「今夜、ほかに予定は何もない」

ミニーは小さく笑った。「そうよね。いつもここに触れることから始めるの」自分の太腿の内側を撫でる。

「わたしもそうしたが？」

「それから手を上に持っていくの」彼女は何かをしはじめた。ロバートはよく見ようとして体を起こし、その手の動きに目をやった。茂みの奥ではなく、少し上のほうに指をあてている。妻は息をのみ、それからゆっくりと呼吸をした。

彼女がこちらの目を見た。「わたしに糊をかけた日のことを覚えている？」

「ああ」

「あの夜、あなたにドレスを脱がされるところを想像したわ」

たった今、終えたばかりで、またすぐに体が反応するはずはないのに、ロバートはすでに兆候を感じていた。「不思議だな。あの夜はわたしもきみのことを思っていた」

「口にするのが恥ずかしいようなことも思い描いたの」

「わたしも、きみのことを考えるだけで気持ちが高ぶった」

ミニーは枕に髪を広げて横たわった。

ロバートは妻が何をしているのか見ようと両脚を広げさせ、目にした光景に喉がからからになった。

彼女の指が動き、花びらの中央が蜜に濡れて、悩ましい香りが漂ってきた。太腿の合わせ目に濃いピンク色の花びらが開き、彼を誘っていたからだ。

「きみのことを思うだけで体が反応するというのに……」まさかミニーがひとりでこんなことをしているとは思いもしなかった。いろいろな場面を想像したが、これほど心がそそられるものはない。

ミニーは目をしばたたいた。「少し手伝ってくれる？」

ますます喉がからからになる。「喜んで。どうしてほしい？」

「ここを触って」彼女は自分の胸に触れた。

ロバートは身をかがめ、乳房を手で包みこむと、親指で曲線をなぞった。

「もっと強く……」

先端を口に含んだ。妻が甘い息をこぼし、背中をそらすのを見て、彼の下腹部が敏感に反応した。

「とてもいいわ」

とがったつぼみを舌で転がし、軽く嚙んだ。彼女のあえぎ声が大きくなった。

リズミカルに動くミニーの指に自分の手を重ねた。先ほどは軽く湿っている程度だったが、今は大いに潤っていた。指のリズムが速くなる。

「初めてきみを欲しいと思ったのはいつだったと思う?」ロバートは尋ねた。「図書室で出会った日の夜だ。改めて思いだしてみると、あのときの状況がまったく違って見えた。きれいな体形をして、官能的な声で話す女性が、ソファのうしろにひとりでうずくまっているところに遭遇したわけだからな。あの夜は、きみがわたしの前にひざまずき、口で愛撫してくれるところを想像した」

ミニーが熱に浮かされたような声をあげ、全身をけいれんさせるのを見て、その波が自分の体も貫いたような気がした。もう何も考えられない。体じゅうが彼女を求めている。ロバートは尋ねもせず、妻の脚を開かせて腰を沈めた。

一気に奥まで分け入った。ミニーの体は先ほどとはまったく違っていた。すっかり蜜に濡れ、まだけいれんが残っている。

ロバートは彼女の手を茂みに戻した。「続けてくれ」声がかすれている。

ミニーは腰を浮かせて、また指を動かしはじめた。いったん静まりかけたけいれんがまた起こり、ものの一分で、ダムが決壊したように二度目の歓喜が訪れた。彼のものが強く締めつけられる。

この歓びのすべてを味わい尽くそうと、ロバートは激しく体を動かした。一度目とはまったく違う感覚だった。快感がうねりとなって押しあげ、狂おしいほどの絶頂感に襲われた。ああ、これだと思った。

初体験の妻を、ひと晩に二度も抱くつもりはなかった。一度目に気まずい思いをしたあとではなおさらだ。だがミニーが自分の茂みに手をあてているのを見ているうちに、いつしか自制心を失った。深い衝動に突きあげられ、ロバートは何も考えられなくなった。

二度目は望んでいた以上の至福だった。

ひとつにつながったまま、彼は唇を重ねた。この結びつきを求めていたのだ。

「ロバート」ミニーがようやく口を開いた。「あなたぐらいの身分の人になると、女性との経験は豊富なんでしょう?」

「それは経験というのが何を意味するかによって変わってくる」慎重に答えた。

彼女は何も言わなかった。

「そういうことを経験する年齢になったころ、わたしは父親のような人間には絶対になりたくないと思っていた。ほんのわずかでも、他人に何かを無理強いしたくなかったんだ」ロバートは顔が熱くなった。「父は下半身で生きているような男だった。だから、そんなことだけはするまいと思った。欲求が募ると頭が働かなくなるのは仕方がないにしても、自分のことしか考えられないような男にはなりたくなかった」

ミニーはまだ黙っている。

「パーティなどに行くと、そういう関係になりそうな機会は何度もあった。だが、わたしは踏みとどまった。相手の興味はわたしではなく、わたしの身分や財産にあるとわかっていたからだ。わたしと関係を持てば結婚できるかもしれないと思っているだけだと。そんなことに公爵という立場を利用するのはいやだった。わたし自身を見てくれる女性を求めていたんだ」

それがきみだ。

だが、その言葉は口にしなかった。体の関係と同じくらい生々しく感じられたからだ。

これまで夢想していた性の営みは美しいものでしかなかった。花に囲まれ、月明かりが差しこみ、清潔で、すべてが完璧なもの。

ミニーとの交わりには、そういう完璧さはない。だが、ぬくもりがあり、なぜかわからないが何度でも求めずにはいられない。

「よかったかい？」

彼女が身を寄せてきた。「ええ、とても」

あくびをし、うとうとしかけているミニーを見て、ロバートは誇らしくなった。自分は妻を歓ばせることができたのだ。

結婚に愛は求めていない、とミニーには言った。

だが、愛など存在しないと思っているわけではない。愛とは砂漠にある水のようなものだ。陳腐な表現ではあるが、サハラ砂漠でぼろ布をまとった男が、ふらふらになりながら、ようやく見つけるオアシスと同じだ。

南極は氷の砂漠だ。そこかしこに水はあるのに凍りついている。世の中は愛にあふれているとロバートは信じていた。しかしなぜか自分のまわりでは、それが凍りついてしまうだけだ。精いっぱい愛しても、それが目の前で氷に変わるのを見つづけてきた。今こうして自分の心を見つめてみると、ミニーを愛しているのは間違いないし、それは驚きでもなんでもない。ただ今回は、勇気を出して口をつけてみても、それが氷に変わることはなかった。

泣きたい気分だ。

「わたしもだ」ロバートは言った。「人生の中でいちばんすばらしい経験だった。だからもう一度、きみを抱きたい」

「明日ね」ミニーが眠そうにつぶやいた。「まだあと九日間もあるのよ」

22

翌朝、ミニーは夫に抱き寄せられ、首筋にキスされたのを感じて目が覚めた。まだ夜明け前だった。疲れていたせいで、ぐっすり眠れた。少し倦怠感《けんたい》が残っていたが、それは心地よいものだった。こうして愛おしそうに抱きしめられ、脇腹を撫でられていると、まだ夢の中にいるような気がする。人肌が温かく、手の感触が気持ちいい。

昨晩の営みには大きな発見があったが、今朝のそれは互いの体を確かめ合うような感覚だった。ミニーはロバートの背中の線をなぞり、それから胸を撫で、どこが敏感なのかを探った。ひたすら求め合った初夜のひとときに比べると、もっと穏やかな驚きに満ちていた。

彼女が潤うのを待って、ロバートが入ってきた。ゆっくりと揺れながら、全身にキスをしている。昨夜は力ずくで絶頂に押しあげられたが、今朝は時間をかけて快感を引きだされた。ロバートは自分も最後の一瞬に達し、ミニーの額にキスをした。「おはよう」

空がピンク色に染まりはじめていた。彼女はまだ眠気が残っていたものの、また寝てしまうのはいやだった。この瞬間をたっぷりと味わいたい。

「気持ちのいい朝ね」

ミニーを抱きしめたまま、ロバートが言った。「ここへ来るとき、たしか通りの先にベーカリーを見かけたような気がするんだ。行ってみないか。この時間なら開いているだろう」

ふたりが身支度を整えたころには、窓の下に見える通りは朝の光にあふれていた。ホテルは大きな通りに面していて、両隣には石造りのしゃれた建物が並び、向かい側には鉄柵で囲まれた公園があった。公園を過ぎたところで脇道に入ると、シテ島を望めるセーヌ川沿いに目的の店があった。そこはベーカリーではなくカフェだった。

ミニーは感無量だった。数カ月前は、まさか自分がパリへ新婚旅行に来て、ノートルダム大聖堂から四〇〇メートルほどしか離れていないホテルに宿泊しようとは思ってもいなかった。想像力豊かなリディアですら、そんなことは頭に浮かびもしないだろう。ミニーは親友のことを思いだして胸が痛んだ。

今は悩むのはやめようと考え、目の前の景色に気持ちを集中させた。パリは古いものと新しいものが混在する美しい街だ。さまざまな店があり、色とりどりの日よけがかかっている。ハトの群れが近くの止まり木にやってきて、首を上下させながら、ロバートが買ってきたクロワッサンを見ていた。

クロワッサンはまだ温かく、バターがたっぷりで、さくさくしていておいしかった。ハトにやるのはもったいないほどだ。

クロワッサンをちぎってハトに与えたり、大胆にもそばまでやってきた小さな茶色い鳥にも投げてやったりしていると、杖をついた少年が片足を引きずりながら近づいてきた。ビーバー帽をかぶっているが、それでも大きな耳がはみだしている。

まだあどけなさが残る年齢だというのに、少年は狡猾《こうかつ》そうな顔をしていた。わざとらしく片足を引きずる様子は芝居にしか見えない。

ミニーはブレスレットを手で隠した。

少年はどうしたものか見定めるような目をした。すりを働こうと思っていたのかもしれないが、作戦を変更したようだ。

「ムッシュー、小銭でいいんです」英語の発音はそれなりに上手だった。少年はビーバー帽を取り、ここへ入れてくれというようにロバートのほうへ差しだした。「脚の悪い哀れな子供に、どうかお恵みを」

どうしてイングランド人だとわかったのかしら、とミニーは思った。英語での会話を聞いていたのかもしれない。きっと夫は少年を追い払うだろう。

だがロバートは財布を開き、硬貨を一枚取りだして、少年のほうへ軽く投げた。硬貨が金色にきらりと光る。

少年はとっさに硬貨を受け取ると、その金額を見て驚き、あんぐりと口を開けて杖を落とした。棒立ちになったまま、硬貨を凝視している。

ロバートはミニーの腕を放し、少年のほうへ近づくと杖を拾いあげた。

「次は杖を落とさないことだな」英語なまりのフランス語で言う。「相手によっては、だまされたとわかると怒りだす人もいるぞ」

少年はもう一度手の中の硬貨に目をやり、杖を受け取ると、今度は片足を引きずることもなく走り去った。

「嘘だとわかっていたんでしょう?」

ロバートは肩をすくめた「まあ、そう見えたからね」

「いくら渡したの?」

「二五フランだ。あの子にとっては生まれて初めて見る大金だろう」

二五フランといえば、イングランド通貨なら一ポンド近い価値がある。少年にしてみれば数カ月分の稼ぎに相当するだろう。

「わかっていながら、どうして?」

彼はかすかに笑みを浮かべた。「詐欺までしなくてはいけないような子供ほど、助けが必要なんだ。わたしにはその気持ちがよくわかる」少年が去った方角へ目をやる。「とくに、ああいうやり方をされるとね」

「お金のために嘘をついたことがあるの?」ミニーはほほえみながら立ちあがり、ドレスについたパンくずを払い落とすと、夫のそばへ寄った。

「ああ。わたしの人生最初のころの記憶がそれだ」ロバートは彼女の手を腕にかけさせ、セーヌ川に面した錬鉄製の柵に沿って歩きはじめた。

ゆったり流れる川の水をミニーは眺めた。これが本当は茶色くて汚いなどとは思いたくない。「嘘でしょう? 何を買いたかったの?」

「買い物をするためじゃない」彼はにっこりした。「これがなかなか愉快な話でね。わたしの両親の結婚はちょっと変わっていたんだ。父は母にぞっこんだというふりをして結婚を承諾させた。その気になると芝居がうまいんだ。だがわたしの祖父は娘よりはるかに世間を知っていたから、公爵が羊毛商人の娘に、人生が変わるほど本気になるだろうかと思った。ましてや、出会って二、三週間での求婚だ。だから莫大な持参金目当てではないかと考えたんだよ。そこで持参金を婿に渡してしまうことはせず、信託に預けた。娘が幸せな生活を送っていることを条件に、金が支払われるようにしたんだ」

ロバートはカフェで買い物をしたときの袋を開け、ミニーに丸いパンを手渡し、自分にもひとつ取りだした。まだ温かく、おいしそうな焦げ目がついている。それをちぎり、錬鉄製の柵越しにアヒルへ投げ与えた。

「あまり楽しい話になりそうな気がしないのだけど」ミニーは疑わしげな目をした。

「今はまだそうかもしれないな」ロバートは顔をしかめ、またパンをちぎった。「だが、これからおもしろくなる。つまるところ、父はすっからかんで、金は母が握っていた。だから母が訪ねてくると――」

「訪ねてくる？　一緒に住んでいらしたんじゃないの？」

「母が家にいることはほとんどなかった。おそらく、わたしは三歳まで母に会ったことがなかったと思う」ロバートは頬をかいた。「同居していると信託が支払われるからね。それが条件だったんだ。母は父に一ペニーたりとも渡したくなかったから、家には住まなかった。

そんなことをするなら息子に会わせないと父に脅されても、拒絶しつづけたんだよ」

ミニーはロバートの母親との会話を思いだした。あのときクレアモント公爵夫人は言いたい放題に見えたけれど、この件には触れなかった。でも、事情がわかってみるとうなずける。

これが愉快な話であろうはずがないのに、ロバートは冗談でも言っているように笑みを浮かべていた。パンをひと切れ、川へ放り投げ、アヒルが争うように突進するのを見て笑う。

「そして――」

「ちょっと待って。お父様は三年間も幼い息子を母親に会わせなかったというの?」

「そうだ」彼は顔をしかめ、またパンをちぎった。「法的に見て、父は持参金についてはどうにもできなかったが、息子のことは好きにできたからね」よくある話だとでもいうように肩をすくめる。「まあ、心情はわかる」

さっぱりわからないわ、とミニーは思った。

ロバートはちぎったパンを川に投げこみ、歩きはじめた。

「わたしが四歳のとき、祖父が介入した。たちの悪い取り立て屋を黙らせておけるように、工場をいくつか父に譲渡したんだ」ちらりとミニーのほうを見る。「レスターにあった〈グレイドン・ブーツ〉もそのひとつだ。その代わり年に二回、数日だけ、母はわたしに会えることになった。母が訪ねてきたときは、一生懸命、お行儀よくしたものだよ。そうすれば、ずっと一緒にいてくれるんじゃないかと思ってね。もちろん、父からもそうしろと言われていた。わたしが六歳のとき、父は妙案を思いつき、わたしに字が読めないふりをしろと命じた。金がないから家庭教師を雇えないと母に思わせるためだ。そうすれば母も折れざるをえないと考えたんだろう」

喉が詰まり、ミニーは咳払いをした。「うまくいったの？」

「あと一歩のところだったな。わたしは哀れな子供の芝居をした。文字を見つめ、わからないというように肩をすくめてみせたよ。アルファベットを唱えるときはLからPまで抜かして、一〇〇まで数えるときは六〇の段と七〇の段を入れ替えた。ほかにも、五足す六は一三だと答えたりしてね」ロバートはにやりとした。「父のもくろみはうまくいきかけた。母は祖父に手紙を書き、本屋で子供のための読本を買って、自分の荷物の中に入れて送ってほしいと頼んだんだ。それからは毎日、母が使っている居間でアルファベットのお勉強だ。怖いくらいに厳しかったよ。しかも時間が長かった」

「だって本当は……」ミニーは尋ねかけた。六歳にもなって、公爵の息子が文字を読めないとは思えない。でもそれを言うなら、公爵の息子なのに、ろくに母親にも会えないというのもおかしな話だ。「本当は読めたんでしょう？」

ロバートは肩をすくめた。「もちろんだ。何しろ、本を読む以外にすることがなかったからね。三日も読めないふりをしていると、子供ながらに疲れてきて、早く『ロビンソン・クルーソー』を読み終えたいのにと思うようになった。〝MはマウスのM〟と言うとき、わたしはそれを〝MはママのM〟に変えたんだ。そうしたら母は怖い顔をして、どうしてそんなことを言うのかと尋ねてきた。わたしはネズミが嫌いだからだと答えたよ。それでも、そのとき母はいつもより長く家にいてくれたから、それが嬉しくてね」

彼はどうして笑っていられるのだろう、とミニーは思った。話を聞いているだけで胸が張り裂けそうだ。

おかしくてたまらないというように、ロバートが頭を振った。

「だが、薬が効きすぎたんだ。その日、母は今日の勉強はもうおしまいだと言った。とても大切な秘密の手紙を書かなくてはいけないから、ひとりで静かに遊んでいるようにとね。わたしは紙と鉛筆を手渡され、絵でも描いていろと言われた」

「お母様は胸が痛まなかったのかしら」

「痛むものか。あのころの母は、すでにかたくなになっていたからな。それでも息子を操る方法はしっかり心得ていた。とても大切な秘密の手紙だと、母は念を押すように二度も言ったんだ。もちろん、そんなことを言われたら、こっそりのぞきたくなるものさ。わたしが鳥の絵を描いていると、母は隣に腰をおろし、その大切な秘密の手紙とやらを書きはじめた。

〝クレアモントよ、くたばれ〟と何度もね」

ミニーは唖然とした。だが母親が父親のことをけなしているというのに、ロバートはにやりとした。

「わたしはつい、〝くたばれ〟とはどういう意味かと尋ねてしまった。それで嘘がばれてしまったというわけだ。文字は読めないはずだったからね。母は無言で居間を出ていった。そのあと両親は大喧嘩だよ。母は手あたりしだい、そのあたりにあるものを父に投げつけた。

そして家を出ていったきり、今度は一年半も帰ってこなかった」

ミニーは言葉を失った。ロバートはおかしそうに笑っている。まるで子供が父親とほかの男性を間違え、その人のポケットに手を入れて歩いていたら、迷子になってしまったという話でもしているかのように。

「本当にばかな子供だよ」

どうして笑っていられるの？　まだ六歳で、彼は母親への武器として父親に利用された。それでも母親は家を出ていった。それなのに、なぜ愉快なふりができるのかしら？　生まれてすぐに、父親の手によって母親から引き離されたというのに。

「ねえ」泣きそうになり、ミニーは声が詰まった。「その話、ちっともおかしくなどないわ」

彼の顔からゆっくりと笑みが消えた。「そうか？　だが……」眉根を寄せて顎をかく。「始めと終わりの部分はそうかもしれないな。でも母が家にいないのは慣れっこになっているから、もう何も感じないんだ。だが、真ん中の部分はおもしろいだろう？」

「〝Mはママの M〟と言ったところ？」

一瞬、ロバートは真顔になり、唇を引き結んだ。唇の端にしわが刻まれ、実際の年齢より老いて見えた。しかし、その目は六歳の子供のようだった。家を出ていく母親の背中を見つめている目だ。

「まあね」彼は顔をそむけた。振り返ったときには、また笑っていた。小さすぎる帽子をなんとかしてかぶろうとしているような、無理のある笑顔だとミニーは思った。

そうになっていたはずだ。

「だから、おかしくなんてないのよ」

「だったら、五足す六は一三と言った部分は?」

ロバートは彼女の肘をつかんでいた手に力をこめ、残りのパンを川に投げ捨てた。アヒルは餌だと気づかず、驚いてガーガー鳴きながら逃げていった。そのとき、ミニーにはわかった。彼の人生にとって大きな出来事だったからこそ、笑い話にするしかないのだろう。父親に命じられ、母親を引き止めるために必死で嘘をついたのだ。きっと幼い胸が押しつぶされそうになっていたはずだ。

周囲の期待どおりに貴族の娘と結婚すれば、貴族制度を廃止させようとしていることを知られたとき、相手を不幸にするし、修羅場になるだろう。妻に拒絶されるのがどういうことか、ロバートは身に染みて知っている。そして彼は、貴族ではない相手を選んだ。そんなことをすれば醜聞となり、貴族の中でも身分が高く、うるさい人々から相手にされなくなるのはわかっているのに。

彼がこちらを見ずに言った。「アルファベットの一部を抜かしたのはおもしろかっただろう?」

この人は本当は妻に愛されたいのに、それを望むことすらあきらめている。そう思ったとき、ミニーは気づいた。わたしはずっと愛されてきた。父は裁判で追いつめられて精神状態がおかしくなるまでは、わたしのことを溺愛してくれた。何年分もの楽しい思い出がたくさんある。父がいなくなったあとは、大おばたちがわたしを引き取ってくれた。意見の違いはあるとしても、ふたりがわたしを愛し、大切にしてくれたことに変わりはない。そんな自分の境遇を当然のように思っていけれど……。

わたしはなんと幸せだったのだろう。

つらい出来事だったからこそ、ロバートはそれを笑い飛ばすしかない。笑わなければ泣いてしまうからだ。わたしも笑うしかない。そうしないと、彼があまりにかわいそうで、こちらが大泣きしてしまいそうだから。

妻の気持ちを察したのか、ロバートが不安げな顔で彼女を見た。

「そうね」ミニーは夫と指を絡めた。「やっぱり、わたしもおもしろい話だと思うわ」

新婚旅行の最初の数日間は、ロバートにとって宝石のように輝く日々だった。これまでは曇り空しか知らなかったのに、不意にさんさんと輝く太陽の光に照らされた気分だ。

ふたりは一緒に目覚め、散歩をし、劇場へ足を運び、観光地めぐりをした。午後になるとホテルの部屋へ戻り、何度も愛し合った。オペラのボックス席を予約しておきながら、ベッドで過ごすほうを選ぶ夜もあった。

「図書室で出会った日の夜、わたしがあなたの前にひざまずくところを想像したと言ったわよね」ある日の午後、ミニーがそう言った。「具体的にはどういうことなの?」

ロバートは説明した。ミニーは興味を持ち、やり方を教わった。彼は妻の口の中で果てた。お返しに、今度はロバートが舌で愛撫した。こつをつかむのに少し時間がかかったが、すばらしいひとときになった。

〝ベッドですごくすてきだったら、愛してしまうかも〟

妻を歓ばせたいと、ロバートは心から願った。それに何年も夢想してきたことだ。ときには新たに試してみた体位が物理的に不可能だとわかり、ふたりして床で笑い転げたこともあった。机の上に押し倒したときは最高によかった。

パリへ来て四日目の夜、ロバートはルビーのネックレスを妻の首にかけた。身につけているのは、そのネックレスだけだ。そして愛し合った。

ミニーがネックレスを指でもてあそびながら言った。「これは賄賂かしら？　もうおわかりだと思うけど、贈り物などなくても、わたしは喜んでベッドへ行くわ」

「そのうちにわかるかもしれない」ロバートは答えた。「だが、ほら、欲求に駆られると、わたしは頭が働かなくなるんでね。だから、きみは運よくネックレスを手に入れたというわけだ」

彼女は黙ってほほえんだ。

たしかにこれは賄賂だ、とロバートは思った。ベッドに誘うためではない。独身のころも女性を買うのは嫌いだったが、ましてや結婚した今はそんなことはしたくない。ただミニーに愛されたいあまり、贈り物をしてしまうだけだ。うまく言葉にできないほど、心の底からそれを望んでいた。昨晩は愛していると言ってしまいそうにさえなった。しかし、まだあと一週間ほどはパリにいる。愛とは時間を必要とするものだろう。何も急ぐことはない。

妻を腕に抱いて眠り、翌朝同じ姿勢で目覚めた。ミニーの首にかかったルビーのネックレスが、血の色にきらりと輝いた。

ロバートはネックレスを見つめ、いやな予感を追い払おうと頭を振った。

そのとき、ドアを叩く音がした。

ミニーは冷たい空気が流れてくるのに気づいて目が覚めた。目を開けるとロバートがいなかった。まばたきをして寝室を見まわす。隣の居間から低い話し声が聞こえた。彼女は化粧着を身につけ、ドアのそばへ寄った。

部屋着姿のロバートに、ホテルの従業員が質素な茶色い封筒を手渡した。ロバートはチップをやった。「返事を送る必要があるかもしれないから、廊下で待っていてくれ」

ロバートはドアを閉めた。

「電報なの？」ミニーは尋ねた。「よくない知らせじゃないといいけれど」昨晩、夫から首にかけられたルビーのネックレスが重く感じられた。刺繍をしてあるとはいえ、化粧着には不釣り合いだ。

ロバートは封蠟をはがした。「わたしの仕事関係の管理を任せているカーターからだろう。そんなに急ぎの連絡ではないはずだ」何気ない口調で言い、封筒を開けて、中に入っている用紙を取りだす。

次の瞬間、その顔から血の気が引いた。彼は唇をかすかに動かしながら黙読したあと、ようやく顔をあげた。

「セバスチャンからだ」

「あなたの従兄弟で、科学者の？」

ロバートは苦しげにひとつ息を吐いた。「そうだ」

「内容は？」

また用紙に目をやり、大理石のように白くて硬い表情になった。「従者に荷物をまとめろと言ってくれ」緊迫した口調だ。「できれば次の汽車に乗りたい」ロバートはポケットから腕時計を取りだして時刻を確かめたあと、ドアを開けて、待っていた従業員に言った。「返信を送ってくれ。〝すぐに出発する〟だ」従業員はふたたびチップをもらい、すぐに立ち去った。

ロバートは振り返ったものの、ミニーと目を合わせずに言った。

「九時三〇分発の急行列車に乗る。一時間ほどしかないから――」

「何があったの？」

足早に化粧室へ向かう彼を、ミニーは小走りに追いかけた。ロバートはこちらを見おろし、一瞬だけ表情を和らげた。「きみは買い物もあるだろう、もう少しパリを楽しめばいい」

彼女は夫の胸に手をあてた。「数日前に〝よきときも、あしきときも〟と結婚の誓いを交わしたばかりじゃないの。ここにひとりで残されても、何がどうなっているのか心配するだけよ。あなたが帰るなら、わたしも一緒に行くわ」

反対されるかと思ったが、ロバートはただ頭を振り、従者を呼ぶためにベルを鳴らした。

「何があったのか教えてちょうだい」ミニーは言った。

「例のビラを作った容疑者があがった。すでに逮捕され、起訴されているそうだ」

「なんですって？　でも、あなたはここにいるじゃない」

「別人だよ。向こうも冤罪とわかっていながらやっていることだ。わたしへの見せしめのつもりだろう。わたしが尊敬している相手だということまではわかっていないだろうが……」

「いったい誰なの？」

ロバートは顔をゆがめ、ミニーの手を握った。「弟のオリヴァーだ」

23

パリから港町ブローニュ・シュル・メールへ向かう急行列車の一等席を、ロバートは買い占めた。別に贅沢をしたいからではない。そんなことはどうでもよかった。ただ、知らない乗客と世間話をするはめになれば、自制心を保てなくなると思ったからだ。彼は車窓を流れる田舎の風景をじっと見つめつづけた。時間は刻々と流れ、すでに日が高くなっている。

上等な座席に腰をおろすことも、ミニーが注文してくれたクリームや果物がのった焼き菓子に手をつけることもしなかった。彼女に強く勧められ、ビスケットをひと口かじったものの、灰のような味しかせず、そのまま皿に戻した。コンパートメントの前方で壁に手をつき、開いた窓のそばで細い葉巻を吸った。

昔から、葉巻を吸うのはほかの人間をそばに寄せつけたくないときだ。今もコンパートメントに流れる煙が、ミニーとのあいだに壁を作っている。また一服、深く吸いこんだ。自分の考えが甘かったばかりにこんなことになってしまったのだと思うと、葉巻の味は苦く、煙が肺に痛かった。

スティーヴンス大尉が生け贄《にえ》を求めるのはわかっていた。それなのに自分のことしか考えず、結婚を急ぎ、すべてをあとまわしにした。まだ大丈夫だろうと思い、油断していたのだ。

時間ばかりが流れていくのがもどかしく、時計が気になった。汽車はいくつもの村を通り過ぎ、疾走している。ときおりブレーキの音をきしませて駅に停まり、車掌の笛の音が響いた。あとはボーヴェとアミアンだけだ。ブナの木が生い茂るクレシーの森を過ぎるころ、ミニーが近づいてきた。

「壁を押しても、汽車は速く進まないわよ」

「そうか？」ロバートは窓の外に葉巻を出して指ではたき、灰が落ちるのを目で追った。「だが、遅くもならないようだ」

ミニーが表情をこわばらせて顔をそむけた。窓ガラスを指でこつこつと叩いている。彼女に距離を置かれたことが、肺の痛みより胸にこたえた。

それにこれではミニーがかわいそうだ。ロバートはこぶしを握りしめ、頭を振った。汽車がカーブに差しかかったため、ミニーは壁に手をついて体を支えた。連結器のきしむ音と、時速五〇キロで走る車輪の音がうるさく響き、たとえ彼女が何か言ったとしても、その声は聞こえなかった。ロバートはまた窓の外に葉巻を出して指ではたき、オレンジ色の火が散るのを目で追った。

ミニーの手が腕に触れた。あっちへ行けと言われないか確かめるように、黙ったまま腕を握っている。ロバートは胸が痛んだ。今度は煙のせいではない。

「わたしはどうすればいいんだ？」

「できることはなんでもするべきよ。裁判はいつなの？」

彼は首を横に振った。「わからない」

「公爵だからこそ打てる手があるはずだわ」ミニーは言葉を切った。「法律のことはまったくわからないけれど……裁判をやめさせることはできないの？」

「これはわたしに恥をかかせるためにしていることだ。わたしへの復讐《ふくしゅう》なんだよ」

ロバートはさらに厳しい顔をした。

「父が〈グレイドン・ブーツ〉で何をしたのか調べているうちに、奇妙なことに気づいた。レスターでは雇用主と労働者のあいだで問題が起きると、扇動罪の検挙数が跳ねあがる。適正に法律を適用しているわけではなく、明らかに悪意が働いているんだ」

「だったら、裁判を中止させるのは簡単なのでは？」ミニーが尋ねた。

「それですむ話ではない」ロバートは葉巻で窓枠を軽く叩いた。「セバスチャンからの知らせによれば、すでにロンドンから何人かの新聞記者がレスターに来ているらしい。わたしの家に滞在している客が犯罪に手を染めたと報道されているそうだ。わたしがいないあいだにことを進めれば、邪魔されることなく、あっさり有罪判決に持ちこめるとスティーヴンス大尉は思ったのだろう。パリから帰るころには、もうすべて終わっている。わたしは恥をかき、わたしの客人で友人でもあるオリヴァーは犯罪者の烙印《らくいん》を押されているというわけだ」

「そんなことにはならないわ」ミニーは言った。

彼はしばらく黙りこんだ。「圧力をかけて裁判に持ちこませないようにすることはできるだろう」

ミニーが体に腕をまわしてきた。

「だが裁判を中止させても、人の口に戸は立てられない。弟は一生懸命に生きてきた。努力の末に、頭がよくて誠実な男だと評価されるようになったんだ。裁判をしなければ、たとえ処罰されなかったとしても、それに新聞が騒がなかったとしても、偽名で過激なビラと書いたという噂は残る。そんなことになれば、これまでの努力は水の泡になってしまう。弟にとっては、この場をうまく切り抜けるより、おおやけの場で無実を証明されるほうが大切なんだよ」

「きっと証明できるわ」

当然のように優しい口調でそう言われ、ロバートは力づけられた。

「オリヴァーのためならなんでもする」声が詰まった。「彼は以前、誰を家族とするかは自分で決めると言った。わたしを兄弟だと認めてくれているんだ。それなのに見捨てることなどできるものか」葉巻を窓の外に捨てた。葉巻は回転しながら、カーブを曲がる車体の陰に消えた。森がうしろへと流れ、起伏のある放牧地が見えてきた。

三つ目の柵を通り過ぎたところで、ロバートはふたたび口を開いた。

「わたしの父親はオリヴァーの母親を無理やり自分のものにした」

ミニーが息をのんだ。

「公爵という高い地位を利用して正義を踏みにじり、相手の気持ちに反して強引に関係を持ったんだ。だから、わたしはオリヴァーに負い目がある」

「あなたがしたことではないわ」

「わたしは父の爵位を受け継いでいる。顔もそっくりだ。だから責任も引き受けるしかない」こぶしを握りしめる。「本当はオリヴァーのことを弟と呼ぶのも申し訳ないくらいだ。だが、もし誰を家族と認めるか自分で決められるのなら、わたしは彼を選ぶ。たとえ……」

感情が高ぶり、胸が張り裂けそうになった。汽車がまたカーブに差しかかり、脚がふらついた。ミニーに肩を支えられ、クッションの利いた座席に腰をおろす。

「たとえ……何？」

「たとえ空が落ちてきてもだ。彼のほうから先に、わたしを兄弟だと認めてくれたのだから」

心の弱さをさらけだすのはつらかった。スープにされるために甲羅をとられた海亀の気分だ。だがミニーは表情ひとつ変えず、スカートをひるがえしてロバートの前に立った。彼の両眉を人差し指で外側へなぞり、こめかみを軽く押したあと、額の中心へ指を戻す。そうされるのはとても心地よかった。罪悪感にこわばった顔の表情をほぐされたような感じだ。

「物事がうまくいかないとき、大おばたちがお互いによくこうしていたわ」

ロバートは彼女の手を払った。「慰めはいらない」

わたしには、それを受ける資格がない。

しかし顔をそむけて立ちあがろうとすると、しっかりと手を握りしめられた。

「誰を家族にするか決められるのなら、わたしはあなたを選ぶわ」

ロバートは長いため息をついた。

「たとえ空が落ちてきても」

彼は顔をあげた。ミニーは澄んだグレーの目でまっすぐにこちらを見ている。もしかすると、わたしが長年待ち望んだ言葉を言ってくれるだろうか？　ロバートはひとつ息を吸い、立ちあがった。そして、妻のウエストを抱き寄せてキスをした。何も考えていなかったし、なんの計算もなかった。ただ自分にとって彼女がどれほど大きな存在か、改めて思い知っただけだった。

「ミニー」唇を重ねたまま呼びかけた。

今日で結婚して五日目だ。笑っている妻とベッドをともにしたこともあるし、自分のために悲しんでくれる彼女とひとつになったこともあった。だが、こんなに不安で暗い気持ちのときに抱いたことはない。

許可も求めず、きみが欲しいと言葉にもせず、強引にミニーを壁に押しつけ、スカートとペチコートをたくしあげた。ただ彼女の中に入りたかった。だがそんなことをすれば父親と同じ人間になってしまうし、さらにみじめな気分になるだけだ。

ミニーはうつむいていた。まわりには誰もいないのだから、声をあげても助けは呼べない。さぞや怯えていることだろう。

ロバートはスカートをおろしてうしろにさがった。「すまない。機嫌が悪いんだ。わたしのそばにはいないほうがいい」

彼女は顔をあげ、愛らしいグレーの目でこちらを見あげたまま動こうとしなかった。

窓の外を木々が走り、ミニーの顔に光と影の縞《しま》模様が流れた。ロバートは欲望で体が震えた。

「真面目に言っているんだ。早くわたしから離れないと、ひどいことをしてしまいそうだ」

「どんなこと？」穏やかな声だ。「教えて」

「きみを壁に押しつけて……」ミニーの顔の両脇に手をつく。「身勝手なことをしようとしている」

「かまわないわ」彼女は少し考えて頭を振った。「どんなこと？」

ロバートは眉根を寄せた。「わかっているだろう」

「いいえ、全然」

彼は一歩踏みだし、妻が逃げられないようにした。「本当に聞きたいのか？」

「ええ」

「きみの中に入りたい」下腹部を押しあてた。「今すぐに、ここで」

ミニーが目を丸くする。「まあ」頬にえくぼができた。「それだけはだめよ」

こんな状況だというのに、ロバートもつられて笑みを浮かべた。「機嫌が悪いと言ったのに、本気にしていないだろう？」

彼女はその質問を無視した。「今はなんだか自分が空っぽになった気分なの。そんなところへ入ってこられたら、さぞかし奇妙な感じがするでしょうね」そう言いながらロバートのズボンの前を開け、硬くなっているものを指でなぞる。

「でも、そんなことにはならないわ。だって、こんなに大きかったら入るわけがないもの」先端を軽く握りしめ、くすくすと笑った。

「頭がどうかなりそうだ」

「我慢してくれて嬉しいわ」ミニーは声を落とした。「だって、わたしがこれほど潤っていることを知られたら恥ずかしいから」

ロバートは彼女を壁に押しつけ、両脚を自分の体に巻きつけさせて、こわばりを突き入れた。ミニーは熱い蜜に濡れていた。汽車の動きに刺激され、苦しいほどの快感がこみあげてくる。

両手で乳房をつかんだ。

「それでいいのよ」彼女が抱きついてきた。「とてもいいわ」

欲望のままに、ロバートは額に汗がにじむほど激しく体を動かした。下腹部に感じるぬくもりと、胸のふくらみのことしか考えられない。ミニーがリズミカルなあえぎ声をもらしている。

彼女の体の奥がけいれんしはじめたのがわかった。ロバートは情熱のかぎりをこめて腰を打ちつけ、絶頂を迎えた。妻の中に自分の一部を解き放ったことで、深くつながったような気がした。手を握り合っていることよりも、腰に脚が巻きついていることよりも、彼女の顎に唇を押しあてていることよりも。単なる体の交わりというだけではない。人生で初めて、自分にも誰かいるのだと感じられた。どんなにつらいときもそばにいてくれる相手。恋人よりも、友人よりも、同志よりも、さらに強く結びついた妻という存在。喜びのときも悲しみのときも、富めるときも貧しいときも、健やかなるときも病めるときも、笑っているときも泣いているときも。

肩で息をしながら、ロバートは妻という贈り物に心から感謝し、そっと頰に触れた。きみはわたしのものだ。

いっそうミニーのことが愛おしく思えた。オリヴァーの件で混乱しているときではあるが、心からの願いがかなった。もう二度と彼女を放したくない。

ミニーが頭をもたせかけてきた。

彼女とのあいだに感じているものが初めて知る感覚であるだけに、それを口に出せば消えてしまいそうで怖かった。だが、言葉にしなければ……。

「わたしがきみと結婚したのは大きな過ちだったと言う人間がいるかもしれない」

ミニーが顔をあげ、大きな目でこちらを見た。

「しかし、それは違う」ロバートは妻を抱きしめた。「わたしは最高の女性を選んだと思っている」

ミニーの目が輝いた。それを見て、ロバートは自分が強くなったような気がした。彼女がそばにいてくれれば、軍隊が相手だろうが勝てそうだ。最悪の状況でも、きっとうまくいくと思える。

信じてしまうのが怖いほどだ。

彼はミニーにキスをした。


一日の大半を費やし、ようやくレスターに帰ってきた。新婚初夜を迎え、翌朝はミニーの隣で目覚めて、それから毎日愛を交わした日々の記憶は、急行列車の振動と汽船の揺れですっかり消え去った。

レスターの駅に着いても、先を急いでいたため食事もとらず、顔や手さえ洗わなかった。外はすでに暗く、空高くに月がかかっている。ロバートはミニーを馬車に乗せ、自分は歩いて街の中心部へ向かった。

風は強かったが、それほど寒くはなかった。セバスチャンからの電報によれば、オリヴァーは〈ギルド・ホール〉の独房に勾留されているらしい。ミニーと出会った図書室の真下で、彼女を紹介された応接室のすぐそばにある。

こうして夜に〈ギルド・ホール〉を訪れると、ミニーに出会った晩のことを思いだす。今日も何か催しが行われているようだ。ロバートは拘置所につながる通用口のドアを叩き、しばらく待った。誰も出てこないので、さらに強く叩くと、ようやく看守らしき男が顔をのぞかせた。

「こんな遅い時間に面会は無理ですな」看守は顔をしかめた。

ロバートは男に重い硬貨を握らせた。

看守はまばたきひとつせずに態度を変えた。「どうぞこちらへ」

パリのセーヌ川沿いでクロワッサンを食べたのが遠い日のことに思える。まるで他人の記憶のようだ。あのときは結婚した幸せに浸り、将来に希望を抱いていた。だが、今は胸にぽっかり穴が開いている。看守に案内されて廊下を進んだ。ランタンに照らされた壁は汚く、木製のドアがいくつか並んでいる。看守は何度かドアの鍵を開けながら廊下を進み、ひとつの部屋の前で立ち止まった。

ドアは開けず、目の高さに設けられた小窓を開く。

看守がうしろにさがった。

ロバートはドアに近づき、ランタンを持ちあげた。ランタンの光は真っ暗な独房の中までは届かなかった。

「オリヴァー」ロバートは低い声で呼びかけた。

「ロバートか？」衣服がこすれる音がした。「まぶしくて何も見えないぞ」

独房の奥まで照らせないほど弱々しい光なのに、それがまぶしいということは、もう何時間も暗闇の中にいたということだ。自分が一等車に乗っていたあいだ、弟はここにいたのかと思うと、ロバートは体が震えた。

「毛布はあるのか？　食べ物は？」

「なぜここにいるんだ？」オリヴァーは不自然なほど明るい声で言った。「パリにいるんじゃなかったのか？　新婚旅行の真っ最中だろうに」

「すまない」ロバートはランタンを床に置き、小窓に顔を近づけて声を落とした。「あのビラを書いたのはわたしなんだ。きみを巻きこむつもりはなかった。こんなくさいところへ入れてしまったのは、わたしの責任だ」言葉の綾《あや》ではない。小窓から流れてくる空気は、くさいという言葉では言い足りないほどの悪臭がした。

「そうだろうと思っていたよ」しばらく沈黙したあと、オリヴァーはそう言った。「きみが書きそうな文言だからな。なかなかの名文だったぞ。なぜ話してくれなかったんだ？」

「この街は扇動罪の摘発件数が多すぎる。だから、誰か裏で操作している人間がいるんだろうと思った」ロバートはため息をついた。息が白かった。「それを突き止めたくて、あのビラを書いたんだ。わたしなら起訴されないからね。だが、きみに話せば共犯者にさせてしまう」

「なるほど」

「しかし、こんな結果を招いてしまった。まだ裁判が開かれていないのが不思議なくらいだ。急ぐに違いないと思っていたんだが」

「証人の到着を待っているんだよ」オリヴァーはため息をついた。「大学が一緒だったグリーン卿を覚えているか？」

「ああ、覚えている。いったい彼が何を知っているというんだ？　最近会ったのか？」

「いや、三年前にチェスの大会で賭けをしたのが最後だ。何を証言させるつもりなのかはさっぱりわからない」

またチェスか。偶然の一致ではないのだろう。だが、どう関係しているのかは見当もつかない。ロバートは頭を振った。

「きみにも証人はいる。クレアモント公爵みずからが法廷に立ち、ビラを書いたのは自分であり、被告人は何も知らないと証言すれば、陪審員はきみを有罪にしたりはしない」

ロバートは小窓へ手を伸ばした。しかし冷たい鉄格子に阻まれ、弟の指先に触れることしかできなかった。

「ちょっと」看守が言った。「こっそり刃物を渡すとか、そういうことをしてもらっては困りますぞ」

ロバートはいらだちながら手をおろした。

「明日の朝、また来る」そう約束した。「ゆっくり作戦を練ろう。必ず無罪にできるはずだから、お祝いのシャンパンを用意しておくよ」

「灯油にしてくれ」

「なぜだ?」

「ここはシラミだらけでね」

ロバートは顔をしかめた。真っ暗で異臭の漂う、シラミだらけの独房に弟を閉じこめてしまったのかと思うと、自己嫌悪にさいなまれた。せめてオリヴァーの気分を少しでも明るくしてやりたかった。

「きみの肩を叩けなくて残念だ」

「よく言うよ」

「必ず無罪にすると約束する」ロバートは帰ろうとうしろを向いた。

そのとき、看守ではない別の男が立っていることに気づいた。ロバートより背が低くて横幅がある。廊下が暗いため、筋肉質だということぐらいしかわからなかった。

「そのお約束、絶対に守ってください、閣下」

男が近づいてきた。ランタンの明かりが届き、顔が見えた。

「ええ、わかっています、ミスター・マーシャル」ロバートは応えた。

オリヴァーの育ての父親は鋭い目で静かにこちらを見据えた。

「父さん」オリヴァーが言った。「そんなふうににらむのはやめてくれ。こっちが恥ずかしくなるよ」

「ふん」ミスター・マーシャルは一歩前に出た。「知らせを聞いて飛んできたんだ。母さんは宿を取りに行っている。もうすぐここへ来るはずだ」

さっさと立ち去れと言われているのだとロバートは察した。オリヴァーの母親と鉢合わせするのは避けたい。

「では、また明日」ロバートは急いでその場をあとにした。自分に会えば、ミセス・マーシャルはまたつらい思いをするだけだ。

通りの先にある広場に馬車乗り場がある。そこへ向かおうとしたとき、背後から柔らかい足音が追いかけてくるのが聞こえた。

「お待ちください」女性の声だ。

ロバートは驚いて振り返った。マントを着た女性が駆け寄ってきて、フードを外した。

「きみか」リディアだった。

「お話があります」彼女は真剣な表情をしていた。「スティーヴンス大尉がミスター・マーシャルを捕まえたのは、あなたを苦しめるためです」

「ああ、そうだろうな」

「裁判が終わるまであなたは帰ってこないと大尉は思っています。あなたがお仕事を任せていらっしゃるミスター・マーシャルの――」

「彼とはそういう関係ではない」吐き捨てるように言った。

「詳しくは存じあげませんが、とにかくミスター・マーシャルの有罪を立証できると大尉は考えています。あなたの指示で動いたことを証明できると言っていました」

ロバートはリディアを見た。「そんなことができるわけがない。わたしは指示など出していないからだ。スティーヴンスが証人を買収でもしないかぎり、有罪に持っていくことなど不可能だ」

リディアは首を横に振った。「彼には自信があります。あとには引かないでしょう」

「絶対に無理だ」

彼女はまばたきをした。「お気持ちはわかります」落ち着いた声で続ける。「スティーヴンス大尉の考えはこうです。あなたが書かれたビラには、チェスの戦法を記した難解な本からの引用が使われていました。あなたがチェスをなさらないことは、みなが知っています。でも、ミスター・マーシャルはチェスをされます。彼とチェスの戦法について議論し、問題の本を貸したという人が、裁判で証言します」

「そういうことか……」ロバートは重いため息をついた。「どの文言かはわかっている。たしかにわたしは、ある人からその言葉を教わった」

彼はぞっとした。そのビラをまいた翌日、ミニーが自分に疑いがかかると言って激怒したことを思いだす。胃がねじれそうだ。

「わかっています。ミニーの手紙にすべて書かれていました。スティーヴンス大尉はミニーの本名は知っているけれど、昔の事件には気づいていません」リディアはかぶりを振った。「偽名を使っているのはうさんくさいと思っていますが、過去に何かしたとまでは考えていないのです」

「きみはなぜ証言の内容まで知っているんだ?」

しばらく黙りこんだあと、リディアは小さくため息をついた。「父が教えてくれました。この街の治安判事を務めているので、ミスター・マーシャルの逮捕状を請求したんです。仕方がなかったと言っていました」

「なぜだ?」口調に怒りがにじんだ。

「ストライキを止めることにかけては、スティーヴンス大尉の右に出る者はいません。父は工場を経営していますから、ストライキは困ります。ですが大尉は、こちらが協力しないことには力を貸してくれません。わたしが婚約を解消したことを盾に、逮捕状を請求するよう強く迫ってきたと父は言っていました」

「なるほど」ロバートは穏やかに言った。裁判の結果にかかわらず、スティーヴンスは在郷軍を辞めさせなくてはいけない。「わたしが訪ねていったら、お父上は会ってくださるだろうか？」

リディアは短くうなずき、その場を立ち去ろうとした。

「待ってくれ。もうひとつだけ」

リディアは結婚式を欠席した。ミニーはそのことを悲しみ、レスターからロンドンへ向かう汽車のなかで落ちこんでいた。

ロバートは彼女の目をまっすぐに見た。「ミニーが寂しがっている」

非難されたような気がしたのか、リディアはあとずさりをした。「わたしもです」小さな声だ。「いえ、本当はよくわかりません。まだ彼女に怒っています。でも、だからといって傷つけたいとは思っていません」彼女はかぶりを振った。「もう行かなくては。黙って家を抜けだしてきたんです。誰かにこの話をしておかなくてはいけないと思ったから。でも、まだミニーと顔を合わせることはできません。わたしの気持ちがもう少し落ち着くまで、この件を誰から聞いたのかは内緒にしておいてください」

リディアは帰っていった。

裁判のことを考えながら、ロバートは歩きだした。広場では二輪馬車の御者が、手綱を手にしたままうたた寝をしている。彼はその脇を通り過ぎた。

裁判そのものをやめさせることはできる。だが、それではオリヴァーへの嫌疑が晴れない。あるいは、ビラはわたしが書いたと証言するか。どれほど大きな醜聞になろうと、自分が非難されるだけなら迷わずにそうする。しかし、そのためには難解なチェスの解説書に書かれた言葉をどこで知ったのか、説明しなくてはいけなくなる。

ミニーには秘密を守ると約束した。オリヴァーには必ず無罪にすると約束した。ふたつの約束を両方とも一度に果たすのは不可能だ。

心の中の悪魔が頭をもたげ、法廷で真実を話したら、ミニーがどんな反応をするか想像した。裁判を傍聴させ、大切に思っている夫があっさり裏切るところを見せる。なんという残酷な仕打ちだろう。彼女にそんなことはできない。

だが、オリヴァーは弟だ。出自のせいで家族が苦しんだというのに、腹違いの兄を受け入れてくれた。わたしにとってはただひとり、心から家族だと思える男だ。

傍聴席で真っ青になるミニーの姿が頭から離れない。彼女の衝撃が大きければ大きいほど、陪審員はそれが真実だと信じるだろう。しかし、そんなことをすると思っただけで吐きそうな気分になる。間違いなくミニーを失うし、わたしは弁解することさえできない。

彼女が恐れていた事態を招くのだから、当然の報いだろう。

ロバートは歩きつづけた。脚が痛くなり、手が冷たくなり、何も考えられなくなるまで、ひたすら歩いた。そして心を決めた。

24

自分が裁判で何をしようとしているのか、きっとミニーには悟られてしまうだろうと思いながら、ロバートは帰宅した。彼女はいつでも勘が鋭い。だが、軽食とお茶の支度をして待っていたミニーは彼の暗い表情を見ても、弟の状況を憂えているだけだと思ったようだ。

「有罪にはならないと思う」ロバートは温かい紅茶を飲みながら話した。

「それはよかったわ」

「まあね。有罪に持ちこめるほどの証拠はないが、無実だと世間を納得させるのも難しいといったところだ。だが、わたしが証言すれば状況は変わるだろう」

「証言なさるの？」

彼は言葉を切り、ミニーの目を見た。「ほかの人も巻きこむことになると思うが」

ミニーがまっすぐにこちらを見あげた。彼女はいつからわたしのことをこれほど信頼するようになったのだろう？　なぜこんなふうにさせてしまったのか、今となっては後悔ばかりだ。

「ほかの人って？」

「たとえば、わたしの母親だ」妻に初めての嘘をつくのが苦しくて、ロバートは目を閉じた。「すべて話すしかなくなるからな。オリヴァーが腹違いの弟だということも含めてだ。オリヴァーは、わたしの両親が結婚してわずか二、三カ月後にできた子供なんだよ。そんなことをおおやけの場で話せば、わたしの母やオリヴァーの両親に恥をかかせることになる。まあ、オリヴァー自身は公爵の息子だと世間に知られても困りはしないだろうが」

「そうね」

「だが、それが真実だと印象づけるのは意外に難しい。陪審員や傍聴人だけでなく、世間にもそう思わせなくては意味がないからな。単にわたしが彼を弟だと言っただけでは、親友を助けるために嘘をついたのだと思われる。それではオリヴァーへの疑いが完全に晴れることにはならない。しかし、母がその場にいたらどうなると思う?」

「そうね、クレアモント公爵夫人は……もう公爵未亡人だけれど……強そうで、じつはもろいところがある方だから……」

「おそらく真っ青になり、立ちあがって法廷を出ていくだろう。それがわたしの証言に真実味を持たせることになる」ロバートは妻の背後へ視線をさまよわせた。「母には恥をかかせるが、弟は助けることができるというわけだ」

「でも、そうなることがわかっていたら、お母様は――」

「意地でも表情を変えないだろうな。そもそも裁判所に来ないかもしれない」ミニーの顔を見た。「わたしが証言すれば、オリヴァーの身の潔白を証明することができる。しかし同時に、今ではそれなりに穏やかな母との関係は永遠に崩れる。そうするだけの価値はあるだろうか？」

ミニーは長いあいだ、こちらの目を見つめていた。ロバートは妻に隠しているもうひとつの決心を心の奥底にしまいこみ、その視線に耐えた。

「もう気持ちは決まっているんでしょう？」彼女がようやく言った。「お母様と絶縁状態になるのを覚悟で、弟さんを助けるつもりなのね？」

「わたしの父親は……」声がかすれ、ロバートは目を閉じた。うまく伝えることはできないかもしれないが、今話しておかないと、もうその機会がなくなる。

「答えなくてもいいのよ」ミニーは言った。「お母様が恥をかくことと弟さんの将来がだめになることを比べたら、弟さんのことのほうが大きいに決まっているもの」

彼女はロバートを抱きしめた。良心の呵責にさいなまれ、彼は妻の腕から離れた。自分にはこんなことをしてもらう資格はない。

「それだけではないんだ」ロバートは静かに話しはじめた。「父はオリヴァーの母親を無理やり自分のものにした。そして彼女を捨て、子供は認知せず、わずかな金で解決した。それにわたしのせいで、今夜オリヴァーは独房にいる」こぶしを握りしめた。「父のような人間にはなりたくないと、ずっと思ってきた。だからこそ、弟を助けることができるのにそれをせず、有罪判決を受けるかもしれないとわかっていながら、手をこまねいて見ていることなどできないんだ」

「わかるわ」ミニーは彼の頬を撫でた。「あなたの人生は後悔することばかりだった。今こそ、好きなようにするべきよ」

一生、後悔の念から逃れることはできないだろう。好きなようにするべきだと背中を押されても、少しは気分が楽になるどころか、かえって重い気持ちになっている。

彼女がほほえんだ。「わたしは何をすればいいの？」

ロバートは胸がつぶれそうになった。

「母を裁判に連れてきてくれ」ゆっくりと言う。「わたしが証言するとき、必ず傍聴席にいるようにさせてほしい」

そうすれば、ミニーもまた証言を聞くことになる。

賽《さい》は投げられた。もう後悔しても遅い。

彼女の笑みを見て、ロバートはガラスの破片を浴びたような気分になった。

「任せておいて」ミニーは約束した。

こうして、彼は妻に嘘をつき通した。

翌朝、ロバートはふたたび〈ギルド・ホール〉を訪れた。昨夜、看守に金を握らせた効果がすでに表れていた。独房のドアは上半分が開けられ、鉄格子はあるものの、中の様子が見えた。それなりに掃除がなされて、手や顔を洗うための水が置かれている。

まだ匂いは残っていたが、吐き気をもよおすほどのものではなくなっていた。

「さっきまで弁護士と打ち合わせをしていたんだ」オリヴァーは明るく言った。「両親は朝食をとりに出ている。もうすぐ戻ってくるだろう」

「だったら短くすませる」ロバートは言った。

オリヴァーが複雑な表情を見せたが、かまわずに話しはじめた。ゆうべリディアから聞いたグリーン卿の証言内容や、チェスの解説本からの引用についてだ。

オリヴァーは壁にもたれかかった。「なるほど、敵もいいところをついてくるな。ビラにそんな引用があったのは気づかなかった。チェスもしないのに、ディスカバード・アタックなどという言葉をどこで覚えてきたんだ？」

ロバートは深く息を吸った。「ミナーヴァ・レインを知っているか？　当時はマクシミリアン・レインという名前だった」

オリヴァーは驚いた表情を見せ、身を乗りだした。「もちろん知っている。彼は……いや、彼女はチェスの世界では有名だった。最後にはあんなことになってしまったがね。彼女の戦術を勉強したものだよ。ほら、対戦の記録が残っているから……」言葉を切り、ロバートの目を見る。「おい、冗談だろう？　まさかミニーがミナーヴァ・レインなのか？」

「その……」ロバートは肩をすくめた。「まあ、そういうことだ」

「だからきみがそんな言葉を知っていたのか」

ロバートはうなずいた。「スティーヴンスはミニーの本名は知っているが、過去の事件には気づいていない」

「なるほど」オリヴァーは壁のほうへ二歩ほど歩き、くるりと振り向いた。「身元を隠すのは当然だ。そんなことが世間に知れれば、醜聞どころではすまなくなる」妻の過去を法廷で証言するのかとは訊いてこなかった。どうかそうしてくれと懇願もしなかった。そういうことを頼むような男ではない。ただ手の甲が白くなるほど、きつく鉄格子を握りしめた。「どうしようもないな」

「そんなことはない」ロバートはドアに身を近づけた。「兄弟だというのに、わたしには身分も財産もあり、きみには何もない。だからせめて、ささやかな自由ぐらいは必要だ」

オリヴァーが首をかしげ、困惑したように鼻の頭にしわを寄せた。

「そんなふうに思っていたのか？　きみは運がよくて、ぼくはつきに見放されていると？」

個人的な意見ではなく、それが現実だとロバートは思った。だから、なるべく受け入れやすい言葉で話したつもりだ。しかし、オリヴァーは自分の社会的地位にこだわっていた。

「もういい。忘れてくれ」ロバートは言った。

「いや、よくない。きみのほうがぼくより多くのものを持っていると本気で思っているのか？」

「それが事実だ」

オリヴァーはこちらに背を向け、肩をこわばらせた。「よく考えてみろ。たとえこんなシラミだらけの独房に入っていようが、ぼくは自分の持っているものをきみの財産と交換するつもりはない」

「何がそんなに大切なんだ？」

「ぼくを愛してくれる家族だ」

その言葉はロバートの胸にこたえた。自分もこれから愛する家族を作り、幸せになるはずだったのに、みずからその将来を断ち切ろうとしている。息が苦しくなった。腹を強く殴られ、肺がけいれんを起こしているような気分だ。

オリヴァーはこちらに横顔を向けて立っていた。眼鏡から反射したわずかな光が、明るい色の髪にあたっている。

この冷たい鉄格子の向こうにいるのは彼ひとりではないのだ、とロバートは悟った。息子を守ろうとする父親、上品な母親、三人の姉妹、おば、ふたりの甥、それに……この自分という兄がともにいる。

一二歳で出会い、わたしを受け入れてくれたころのオリヴァーは本当に幸せそうな子供だった。見ていて愕然としたほどだ。家族というのがどういうものか、わたしはオリヴァーの話を聞いて学んだ。

「そうだな」声がかすれた。「だが、わたしにも昔からひとりだけ家族がいる。その彼を見捨てるつもりはない」

ロバートは鉄格子に手をあてた。

「ぼくの手にはシラミがついているぞ」オリヴァーが言う。

「いいから手を出せ」

鉄格子越しに手を合わせるというのもおかしなものだが、何物にも代えがたい大切な瞬間だった。

「きみを助けたい」ロバートは言った。「イートン校で出会ったとき、きみはわたしを殴ったり蹴ったりすることもできたのに、そうはせず、兄として受け入れてくれた」

「それに……」オリヴァーが明るく言った。「今はシラミをくれてやろうとしている」

ロバートは笑った。「きみのために灯油をたっぷり用意してあるから、わたしの手にかけるくらいの余裕はあるさ」

背後で咳払いをする音が聞こえた。ロバートは振り返り、それが誰だか気づいて気持ちが沈んだ。

いつからそこにいたのだろう？　一〇年ほど前に一度会ったきりだが、その姿は鮮明に記憶に焼きついている。

ミセス・マーシャルは息子よりはるかに背が低く、栗色の髪には白いものが交じっていたが、それでも気品があった。ふたりは黙って見つめ合った。草地で出会った二頭のシカが、敵に襲われないことを願いながら、お互いの匂いをかぎ合うように。

「申し訳ない」ロバートは言った。「もう行きます」できるだけ距離を取ってミセス・マーシャルの脇を通り過ぎ、ドアを開けて中庭に出た。材木と漆喰でできた二階建ての建物が晩秋の風をさえぎっている。それでもひどく寒かった。彼は手袋をはめ、帽子を深くかぶった。

歩きだそうとしたときに足音が聞こえ、外に出てきたミセス・マーシャルと目が合った。

ロバートは視線を落とした。

彼女は石を敷いた中庭を横切り、ゆっくりとこちらに近づいてきた。

「ミセス・マーシャル」息をすることもできなかった。「本当に申し訳ない」

「閣下」ミセス・マーシャルはこちらを見あげ、すぐに顔をそむけた。

「敬称は不要です」ロバートは中庭の端にある石造りのベンチに座った。それは昨夜の雨でまだ濡れており、ズボンに水が染みてきた。それでも立ちあがって相手を見おろすようなまねはしたくなかった。そうでなくとも、こんなときに憎い男の子供に遭遇し、昔のつらい記憶を思いださせてしまっているのだ。「あなたのご家族はわたしのことを閣下と呼ぶべきではありません」

ミセス・マーシャルがこちらを見たのはわかったが、ロバートは顔をあげることができなかった。

「わたしの家族はあなた方にひどいことをしたのだから、敬意を払ってもらう資格などないんです」彼は静かに言った。「本当に申し訳ありませんでした。オリヴァーのことは――」

「あなたが悪いわけではありませんわ」

「いいえ、わたしのせいです。あのビラを書いたのはわたしなのです。だがスティーヴンスはわたしを裁きにかけることができないから、オリヴァーを身代わりにしたんです。すべてわたしが悪いのです」ロバートは壁を見つめた。「しかし、ご子息のことは何があっても必ず助けるとお約束します」

ミセス・マーシャルは黙っていた。ロバートはうつむいたまま、その息遣いを聞いていた。すると彼女がスカートの裾を軽くひるがえし、ロバートの隣に腰をおろした。二〇センチほど離れてはいるが、それでも隣に座ったのだ。「あなたは息子のいいお友達です」

「わたしは兄弟だと思っています」ロバートはまだ相手の顔を見ることができなかった。

「息子は学校から帰ってくるたびに、あなたのことをよく話していました。あなたの従兄弟の話題も出ましたけど、あなたのことのほうが多かったです。言うまでもなく、夫とわたしは心配しました。でも息子の話を聞いていると、あなたはお父様とはまったく似ていないと思うようになりました。物静かで、思いやりのある少年らしいとわかったのです。どちらもお父様にはない性格ですわ。本当にいい友人だと息子が言うものだから、きっと見かけも全然違うのだろうと思っていました。だからあのとき部屋に入り、あなたに会ったとき、目も鼻も口もお父様にそっくりなのを見て、気が動転してしまったんです。しばらくは動揺していて、何をしたのか思いだせないほどです」

「ご説明してくださる必要はありません。父があなたに何をしたのかは知っています。そんな男の子供に会いたくないと思うのは当然ですよ」

「あとで息子に言われました、あなたが傷ついたみたいだって」

ロバートは首を横に振った。「わたしの気持ちなど、どうでもいいことです。あなたが気を遣うことはありません。わたしのほうこそ、あなたの視界に入らないようにして、ご迷惑をおかけしないよう気をつけるべきなんです」

「そうなのかもしれませんけど……」ミセス・マーシャルは言った。

この季節にしては珍しく、空は真っ青に晴れあがり、雲ひとつなかった。ロバートは空を見あげて目を閉じた。

「息子には小さいころに本当のことを話しました。わたしがというより、夫が話したんですけどね。もちろん、すべてではありません。子供にわかりやすいようにです。悪い男の人がいて、わたしにいやなことをしたせいで、本当の父親は違う人だと誰かに言われるかもしれないけれど、わたしたちはあなたのことを愛しているからと。わたしとしては何も話したくなかったのですが、夫に説得されました」

そういう両親を持つというのはどんな感じだろう、とロバートは想像した。子供に何をどう話すべきか考え、言葉を選び、そして愛しているとわからせようとする両親。

そんな親に自分もなりたい。彼はこぶしを握りしめた。

「夫の話し方がうまかったおかげで、息子はあっさりと事実を受け止めました。でもあなたの存在を知ってから、悪夢を見るようになったのです」

「わたしの存在を知ってから？」

「ええ。ある晩、息子は泣きながら目覚め、ずっと涙を流していました。わけを尋ねると、悪い男の人にはもうひとり子供がいるから、助けてあげなくちゃと言ったのです」

胸が熱くなり、喉が詰まった。「そうですか」涙をこらえて言う。

「優しい子だと思いました」ミセス・マーシャルはこちらを見た。「もう三〇年近くも経っているし、ほんの一〇分ほどの出来事だったというのに、わたしはあなたのお父様にされたことをまだ忘れられずにいます」手を伸ばし、ロバートの膝を軽く叩く。

彼は顔をあげ、相手の目を見た。ミセス・マーシャルは顔をそむけなかった。

「そんなことができる人と一緒に暮らすのは、さぞやつらかったでしょうね」

背が高くて体も大きい父親の姿が、ロバートの脳裏によみがえった。

〝本当にどうしようもない子供だな〟父はいらだちながら、あきれたように両手をあげた。〝おまえみたいなやつだから、母上が家を出ていくんだぞ〟

「それは……」ロバートは静かに応えた。「いえ、そうでもありませんでした。父はわたしのことなど、ほとんど気にかけもしませんでしたから」

一瞬、言葉に詰まったことに気づいたのだろう。ミセス・マーシャルがゆっくりと彼を抱きしめた。

「おかわいそうに」

その日の午後の用件は、午前中ほど感動的なものにはならなかった。

「閣下がどういうお方なのか、さっぱりわかりませんな」

リディアの家の玄関は青色とクリーム色でまとめられ、明るくて居心地がよかった。だが腕組みをしているチャリングフォードの表情は、明るくも嬉しそうでもない。

「ご要望にお応えすることにしたのは、少なくともひとつのことに関しては正しい判断ができる方だとわかったからです」

「ひとつのこととは？」ロバートは片眉をつりあげた。

「ミス・パースリングと結婚されたことですよ。いや、もうその呼び方はできませんね」チャリングフォードは首をかしげ、ほほえみかけた。「うちの息子にも勧めていたんですが、息子は頰の傷痕が気になってだめでした。ですが、娘にとっては本当によい友人です。わたしも一緒にコーンウォールへ旅行に行き、四カ月も過ごしましたから、彼女のことはよく知っています。いや、彼女を選んだのは正解ですよ」

本当にそのとおりだ、とロバートは思った。だが、明日には状況が変わる。

「彼女の人柄のよさに閣下が影響を受けられることを祈るばかりです。レスターくんだりまで来られて、わたしたちのような人間にも選挙改革を支持させるためにわざわざあんなビラを書かれるとは、いったいどういうおつもりなんです？」チャリングフォードは上目遣いでロバートを見た。

「わたしがしたことだとご存じなら、なぜミスター・マーシャルの逮捕状を請求したんですか？」

相手は視線を落とした。「彼の関与を示す証拠がありますからね」

「それに、スティーヴンスにそうしろと言われたから？」ロバートはつけ加えた。

チャリングフォードは唇を嚙んだ。「ご存じなのですか」

「人柄のことで、あなたに説教などされたくありませんね」ロバートは言った。「工場見学に応じると言ったのだから、さっさと見せてください」

チャリングフォードは使用人に玄関ドアを開けさせた。通りの向かい側にある工場から聞こえていた振動音が大きくなった。

「仰せのままに、閣下」チャリングフォードが苦々しげに言う。

砂利道を渡った。工場のドアは塗装し直されて間がないらしく、緑色でつやがあり、煤で汚れたれんがの壁に比べるとやけに目立っていた。振動音が響き、機械の甲高い音が耳に痛いほどだ。チャリングフォードは手振りで案内しながらロバートを工場の中へ招き入れ、小さな階段をのぼって、工場内を見渡せる金属製の台に立った。

「ここがいちばん大きな作業場です」機械音に負けないよう、チャリングフォードは声を張りあげた。「ここで糸を靴下に編みます」

彼は工場の内部を指さした。白髪交じりの髪を無造作に結った女が、糸を金属製のボビンに巻いていた。数人の男が機械を操作したり、ボビンを交換したり、下働きの子供に商品を渡したりしている。子供はそれを受け取ると、隣の部屋へ走って荷物を運んだ。誰もが最低限の動作で作業をしていた。効率的に動いているというよりは、疲れているように見える。

「それぞれの機械が九分で一足の靴下を編みあげます」チャリングフォードが大声で言った。「作業員たちはできあがった商品を機械から外し、靴下の形を作るシリンダーをつけ直すだけです。なんの判断もしなくていいんですよ。そんな彼らに国の将来や産業の未来を決めさせるのは無理でしょう」

ロバートは首をかしげ、騒音とともに聞こえてくる小さな声に耳を傾けた。

「歌声が聞こえる。彼らはなぜ歌っているんです？」

チャリングフォードは耳のうしろに手をあてた。「ここで働いているのが幸せだからでしょうな。あれは讃美歌ですよ。神に感謝しているんです」

自分はこうして工場内を見おろしている側の人間だ、とロバートは思った。こちらは見ているだけでいいが、下にいる人々は糸を巻いたり切ったりしている。

〝お幸せな方ですね〟ミニーの声が聞こえた。〝何ひとつ恐れることなく将来を考えられるのです〟毎日この耐えがたいほどうるさい環境で、疲れ果てるまで働くというのがどういうことか、自分に理解できるとは思えない。だが、この讃美歌が神に感謝するためという単純なものでないことは想像がつく。

結婚してまだ数日だが、今はミニーがひどく遠い存在に感じられた。昨晩は妻に嘘をつき、明日は彼女が傷つくのを承知で裏切ろうとしている。それでもこうして騒音の中でさえ、ミニーの声が聞こえる。

「労働者の気持ちがわかるとまでは言いませんが、祖父から工場をいくつか相続したので、わたしも彼らと接しています。ここの従業員は幸せそうには見えません」

階下にいる女性がこちらを見あげた。その目にあるのは憎しみや軽蔑ではなく、静かな憧れだった。

「でしたら、どういうふうに見えるんです？」チャリングフォードは尋ねた。

「ミニーに重なります」ロバートは言葉に詰まった。「わたしと結婚せず、大おばたちが老齢で弱れば、一〇年後、ミニーはこういうところで働いていたでしょう」

チャリングフォードが息をのんだ。

「靴下が売れなくなれば、あなたのお嬢さんも同じ運命です」

「そんな、まさか」衝撃を受けたような声だ。「うちの娘は……」不安げに言葉が途切れた。

「わたしの弟も、育ての父親がいなければ同じです。子供のころにうちにいた料理人も、わたしが年金を与えなければ働いていたでしょう。そうならないのはわたしだけです」ロバートは工場内を手で指し示した。「わたしはこういうところで働いたことはないし、これからもありません」

工場で上を見あげ、讃美歌を歌う人たちの気持ちがわからないのです」

チャリングフォードは真剣な顔でこちらを見た。

「自分の間違いに気づきました。ビラなどまいて訴えるのではなく、彼らの中に入り、もっと耳を傾けるべきでした。神しか聞いてくれる人がいないから、彼らは讃美歌を歌っているのです」

チャリングフォードは警戒するような口調で言った。「一度でもそんなことをすれば、労働者はさらに理不尽な要求をしてくるだけだとスティーヴンスは言っていますよ」

「スティーヴンスの要求に屈したら、相手はますます理不尽になったから、労働者も同じに違いないと?」

チャリングフォードが顔をそむける。

「どれくらいのことを求められたんです？　あなたは治安判事だ。言うとおりにしないなら協力しないと脅されましたか？　金をせびられたことは？　力を貸す代わりに、うつくしいお嬢さんをよこせとでも？」

チャリングフォードは金属製の手すりを握りしめた。「全部です」

「長い目で見れば、将来を憂えずにすむだけの賃金を支払うことで、労働者たちは落ち着きます。こちらを脅してきたりはしません」

「ミニーが言いそうな台詞ですな」非難がましい口調だ。

ロバートはほほえみ、頭を振った。それは最大の褒め言葉だ。

下働きの子供が重そうなボビンを男に手渡し、男はそれを機械につけた。

「ちゃんと気をつけて見ていないと、労働者たちの姿がぼやけます。鉄でできた機械の一部にしか見えなくなってしまう。だが、彼らは血の通った人間です。だからこそ歌うし、希望も抱くのです。スティーヴンスのような人間が一〇〇人いたところで、彼らを止めることはできません。わたしなら、そんなことはしようとも思いませんね」

「過激な発言ですな」その言葉に非難の色はなかった。チャリングフォードは工場内を見まわした。靴下を紙で包んでいる女たちや、機械を操作している男たちのひとりひとりに目をやっている。

「わかっています」ロバートは応えた。

「ビラなどまかずに、最初からそう話してくれればよかったものを……」チャリングフォードは言った。

「未熟者ですから。しかし、早々に妻の影響を受けたようです」ロバートは肩をすくめた。

「三〇歳になるころには、少しはましな人間になっているかもしれませんね」

25

夫が帰宅したことにミニーが気づいたのは、かなり遅い時刻だった。使用人は従僕がひとり起きて待っているだけだ。玄関のドアが開き、そして閉まった。ロバートがコートを脱ぎ、それを従僕に手渡しているところを思い浮かべる。階段をあがる足音がするのを待ったが、いつまで経っても聞こえてこなかった。

ミニーは寝室を出て、玄関へと続く階段をおりた。階下は真っ暗だったが、どこかの部屋からもれる明かりで足元は見えた。

廊下の奥にある部屋のドアがわずかに開いていた。ロバートはテーブルにつき、その前には冷めた夕食の残りが置かれている。だが、彼は料理を食べてはいなかった。片手にフォークを持ち、ぼんやりと宙を見つめているだけだ。目の端に指をやって、まるで涙でも拭くような仕草をした。

けれども泣いてはいないし、ハンカチを取りだすこともしなかった。感情を抑えこもうとするように、ただ目の縁を指で押さえている。

ミニーは息を殺した。

そっと廊下を戻り、わざとらしく音を立てて応接間のドアを開け、昼間に用意しておいた贈り物の包みを手に取る。そして応接間を出ると、さらに大きな音をさせてドアを閉めた。

廊下には絨毯が敷いてあり、柔らかいシルクの室内履きでは足音を立てるのが難しかったが、それでもできるだけ音を出しながら奥の部屋に戻った。夫の顔からは暗い表情が消え、ほほえみが浮かんでいた。

「まだ起きていたのか？」ロバートが言った。

夫とオリヴァーのことが気になって眠れるわけがない。裁判は明日だ。ロバートの顔には疲れが浮かんでいた。目の下にはくまができ、額には心配そうなしわが刻まれている。

「あなたがいないと眠れなくて」ミニーは包みをテーブルに置いた。

彼は肉をフォークで突き刺した。「夕食をとる暇もなくてね」弁解がましく言う。「こんなに腹が空いたのは生まれて初めてだ」

ミニーは隣の椅子に腰をおろした。「わたしもちょっとお腹が空いているの」

お互いに嘘をついているであろうことは、ふたりともわかっていた。

それでも彼女は皿に取った料理をつつくふりをしながら、夫の食事に付き合った。自分がそばにいれば少しは食べるだろうと思ったからだ。ロバートは豆やカブやニンジンを機械的に口へ運んだ。ソースに浸された肉は冷めて固まり、まずそうに見えた。だが、彼は食べ物の味などまったくわからない様子だ。やがて皿が空っぽになったのを見て、驚いた顔をした。

「長い一日だったよ。もう……寝ることにする」そう言いながらも、ロバートは立ちあがろうとはしなかった。

お酒を飲みたいのだろうと思い、ミニーは食器棚のほうへ行くと、シェリー酒をグラスに注いで持ってきた。グラスを手渡すとき、指が触れ合った。

「明日はうまくいきそう？」

ロバートは両手でこめかみを押さえた。ミニーはその手に指を添えた。温かい手だ。こめかみの血管の拍動が伝わってくるような気がする。彼女はゆっくりと夫の眉のあたりを指圧した。彼は小さな声をもらし、その感覚に身を任せた。

「どうかな」そう言ってちらりと彼女の目を見たあと、すぐに視線をそらした。「よくわからない」指でこつこつとテーブルを叩いている。「だがオリヴァーを助けるためなら、なんでもするつもりだ」ロバートはひとつ大きく息を吸った。「オリヴァーはじつの父親に放置されて育った。同じ兄弟なのに、わたしのような特権は何ひとつ持っていない。そのうえ、わたしのしたことが原因で裁判にかけられようとしている。この状況に耐えられないんだ。考えるだけで頭がどうかなりそうだよ。わかってくれるか？」

「もちろんよ」ミニーは夫の額を撫でた。「でも、できることはすべてしたんでしょう？」

「ああ」ひどく暗い声だ。「それでもうまくいきそうな気がしない」

ロバートは長いため息をついた。「明日は傍聴人が大勢来るだろう。わたしが証言することがロンドンに伝わったらしく、新聞記者も二〇人ほどになるそうだ」

「わたしがたくさんの人に耐えられるかどうか心配してくださっているの？　大丈夫よ。落ち着かない気分にはなるだろうけれど、みんなに見られているわけでないかぎり、なんとかなるわ」

なぜか彼はつらそうな表情を浮かべた。「なんと言えばいいのかわからない」

ミニーは首を横に振った。「行くしかないもの。大丈夫」

ロバートは頭を振った。「少なくともひとつはいい知らせがある。わたしがレスターへ来たのは、この街ではストライキを止める道具として扇動罪が不当に利用されているからだ。その黒幕が誰かわかった」ちらりと笑みを浮かべる。「今日、治安判事と話をしてきたよ。スティーヴンスは街の平和を守ることと引き換えに、判事にさまざまなことを要求したらしい。彼を処罰するいい理由ができた」

「それはよかったわ」ミニーは言った。「わたしのほうも、あなたにあげたいものがひとつあるの。気に入ってもらえるといいんだけど」先ほどテーブルに置いた、茶色い紙に包まれたものを指さした。

ロバートは長方形の包みに目をやり、端をつかんで引き寄せた。「なんだい?」

「贈り物よ」

「今日は誕生日ではないぞ」ちらりと顔をあげる。「クリスマスでもないし、一カ月目の結婚記念日でもない」

「特別な意味はないわ」ミニーの鼓動が速くなった。「街で見かけたから、あなたに贈りたくなったの」

「重いな」ロバートは包みの端を持ちあげた。「書物か？　それとも地図？」

「教えてあげない。開けてみて」

彼はリボンをほどいて床に落とし、かさかさと音を立てて包みを広げた。

それはクリーム色の革で装丁され、薄く模様が打ちだされた本だった。表紙にも背表紙にも題名はない。彼女は息を詰め、ロバートがぱらぱらと最初のほうのページをめくるのを見守った。

その本に印刷された文字はひとつもなく、手描きで美しい挿絵が描かれている。おそらく水彩画だろうが、それにしては驚くほど色が鮮やかだ。何度も塗り重ねているのか、赤色は秋の紅葉のようだし、青色は夏の空さながらだ。最初の挿絵はAが題材だった。丘の上にたくさんの小さな絵で書いたAという文字が立ち、その隣には風に揺れるリンゴ《アップル》の木が描かれている。そのてっぺんでアホウドリ《アルバトロス》が翼を広げ、アルパカが首を伸ばしてリンゴの実を食べていた。その足元ではクサリヘビ《アダー》がとぐろを巻き、ほかの生き物を怖がらせるようなことはせず、アンズ《アプリコット》にかぶりついている。Aから始まる言葉の絵ばかりが描かれているのだ。

ロバートはその挿絵をじっと見つめたあと、ページをめくった。次はB《ビー》だ。ハチ、カバ《バーチ》の木、キンポウゲ《バターカップ》の花などの絵が描かれている。「子供用の読本をわたしに？」彼は困惑の表情を浮かべた。

「子供がたくさん欲しいと言ったでしょう？」ミニーは唾をのみこんだ。「だから言葉が書かれていない本をあげたかったの。そうしたら、あなたが好きに言葉を選べる。あなたなら、きっとぴったりの言葉を選ぶわ」

ロバートは何ページかめくり、ページの端に触れた。Mの文字のことを考えているのかしら、とミニーは思った。Mのところには、やはりたくさんのネズミ《マウス》が描かれている。ほかには月明かり《ムーンライト》の下で赤ん坊の手を握る母親《マザー》や、真夜中《ミッドナイト》にクワの木《マルベリー》のまわりを飛ぶガ《モス》などもある。だがロバートはそこまで進まず、ミニーのほうを見た。

「これをわたしに？」彼は繰り返した。

ミニーはうなずいた。

「なぜ……」

「あなたのことを考えていたからよ」

ロバートが立ちあがった。その表情はまったく読めなかった。

彼はミニーの両肩をつかみ、唇を重ねた。優しく甘いキスではなく、感情を爆発させたような激しくて荒々しいキスだった。まるで一〇年ぶりにようやく妻に再会できたと言わんばかりの口づけだ。ミニーをしっかりと抱きしめ、唇をむさぼりつづけている。ミニーは息をすることもできなかった。ロバートはミニーをテーブルに座らせ、顎や首筋に唇を這わせたあと、ナイトガウンのボタンを外して胸をあらわにした。

先端を口に含み、彼女の腰をつかんでテーブルの上に押し倒す。

「きみがいなくなったら、わたしはどうしたらいいんだ？」ロバートが言った。

「そんなこと、考える必要もないわ。わたしはいなくならないもの」

だが、その言葉が夫の耳に届いている様子はなかった。彼はズボンの前を開けると、目も合わせずにミニーの両手首をつかみ、テーブルに押しつけた。

「そんなふうに押さえつけなくても、わたしは逃げたりしないわよ」

それでもロバートは手を離そうとせず、低い声をもらしてミニーの中に身をうずめた。彼女の体はすでに潤っていた。夫がズボンを脱ぐのももどかしいほど自分を強く求めていると思うと、興奮が高まった。

いつもの思いやりに満ちた愛の交わし方ではなかった。何かに突き動かされるような、本能的な交わりだ。ロバートは力をこめてリズムを刻んだ。髪が額に垂れ、汗が流れている。

彼が低い声でうなった。

ミニーは両脚を夫の腰にきつく巻きつけた。ロバートがふたたびうなる。

「こんなにきみが欲しいのに、なぜわたしのものにならないんだ」

「もうなっているわ」

それには応えず、彼はさらに激しく動いた。そしてひとつ声をあげると絶頂に達した。ミニーの手首を放し、頬を包みこんで唇をむさぼる。

快感の波が去るにつれ、それは穏やかなキスに変わった。ロバートは顔をあげ、震える息をつくと、テーブルの上で強引に妻を奪ったことを確かめるように室内を見まわした。

彼は体を離し、床におりた。ミニーもゆっくりと身を起こした。

「ミニー……」ロバートが何か言いかけた。

「すばらしかったと言わないと嚙みつくわよ」

彼は笑い声をあげ、ミニーの頰を指でなぞった。「最高にすばらしかったよ」しかしすぐにまた表情を曇らせ、カーテンを引くように感情を隠すと、一歩うしろにさがった。

彼女は力なくほほえみ、夫の手首を軽く叩いた。

「子供を授かるのはいつもテーブルの上というのはいやだけど、こういうのもたまには悪くないわ」

「きみが……まだわたしのものかどうか確かめたかった」ロバートはミニーの肩を抱こうとしたものの、すぐにその手をおろした。「どうかしていたんだ」

彼女は夫の手を取り、指を絡めた。「ずっと男性を夢中にさせてみたいと思っていたの。だから、とても嬉しかったわ」指先で彼の唇に触れる。「今日は疲れたでしょう。ここ数日、つらいことばかりだもの。結婚するとき、夫婦は同志になれればそれがいちばんだと言ったわよね。力になってくれる人が欲しいと」夫を抱き寄せた。「わたしがいるわ」

「きみがいる」ロバートはかすれた声で言い、ミニーの顔を両手で包みこんだ。「そうだな、きみがいる」

真夜中の三時にロバートは夢を見た。自分は証言台に立ち、まだ幼いミニーが傍聴している。

「変わった子供なのです」自分がそう言う声が聞こえた。「すべてあの子にそそのかされてやったことです。なんといっても悪魔の子ですから」

ミニーは傷ついたように目を見開き、グレーのガラスとなって砕け散った。ロバートは慌てて手を伸ばしたものの、ガラスの破片で腕が血まみれになった。

はっとして目覚め、肩で息をしながら、妻のほうへ手を伸ばした。まだ夢の感覚が生々しく残っている。ああ、わたしは今の夢のとおりのことをするのだ。証言台に立ち、おおやけの場で、父親がしたのと同じように彼女を裏切ろうとしている。

ミニーはロバートの腰に手を置き、肩に頭をもたせかけ、丸くなって寝ていた。眠っているときでさえ、これほどわたしを信頼してくれている。

だめだ、彼女にそんなことはできない。

ロバートはベッドから抜けだすとろうそくに火を灯し、すべてを打ち明ける手紙を書いた。

〝きみの秘密を暴露する以外に方法が見つからない。だから法廷には来ないでほしい。本当にすまないと思っている。裁判は傍聴しないでくれ。

愛している。〟

もう一行書きたくて、ペンが紙の上をさまよった。

〝どうか許してほしい〟

だが、どうしてもその言葉を書くことができなかった。自分がしようとしていることは、決して許されることではない。

オリヴァーの弁護士に会いに行く前にメイドを起こし、手紙を握らせた。「彼女が起きたら、すぐにこの手紙を渡してほしい。急ぎの大事な手紙なんだ」

「ここに座っていてくれ」夫婦の寝室の前に置いた椅子を指し示す。

午前中は何をしているのかよくわからないままに過ぎた。裁判を待つ時間が永遠にも思えたが、実際に始まると検察側の証言や証拠の検証は意味のない言葉となって流れていった。

傍聴席では新聞記者たちがメモを取りつづけている。やがて弁護側の答弁が始まった。ミニーがロバートの母親を連れて、裁判を傍聴しているはずの時間だ。だが、妻の姿はなかった。彼はそのことを神に感謝した。

ロバートが証言をする番になった。法廷も、陪審員も、興味津々の顔でこちらを見ている新聞記者たちもすべて消え去り、自分と弁護士のふたりだけになったような気がした。

最初の質問は簡単なものだった。名前、爵位、年齢、最後に議会に出席した日などだ。そして次の質問となった。

「本件で問われているビラを書いた人物が誰だか知っていますか？」弁護士は尋ねた。

「はい」ロバートは答えた。「わたしです」

傍聴席がざわついた。

「それを手伝った人物はいますか？」

「印刷は遠い街で行いましたし、配布は文字の読めない男に頼みました。わたしの身のまわりで、ビラのことを知っている人間は誰もいません」

「誰ひとりもですか？　ミスター・マーシャルは？」

「それは絶対にありません」ロバートは力をこめて言った。「ビラを書いた理由は、ここレスターでは扇動罪の適用数が異常に多く、法律が不当に運用されていると感じたからです。だから法律を悪用している人間をあぶりだしたいと思いました。わたしなら裁判にかけられることはありませんが、ほかの人間であれば起訴される恐れがあります。ですから誰も関与させていません」

「なぜミスター・マーシャルのためにそこまでお話しされるのですか？　彼はあなたの仕事を管理している、いわば雇用人ではないのですか？」

「いいえ、違います」ロバートははっきりとした口調で答えた。「彼に投資はしていますが、賃金を支払ったことはありません。もちろん雇用人の福祉は大切だと考えています。ですが、彼はそれ以上の存在です。じつは腹違いの弟なのです」傍聴席からどよめきが起こった。それまでは質問に気持ちを集中させていたため、法廷内を見まわすことはしなかったが、ここに来て初めて傍聴席に視線を向けた。前方の列に陣取っている新聞記者たちが啞然とした顔をしている。やがて、これは想像以上におもしろい記事になりそうだと思ったのか、にやにやしながら全員が猛烈な速さでメモを取りはじめた。ロバートは笑みを浮かべ、傍聴席のうしろのほうへ目をやった。そして愕然とした。

最後列にミニーが母親と並んで座っていた。おそらく証言の最中に入ってきたのだろう。なぜここにいるんだ？　手紙を受け取らなかったのか？

「閣下」弁護士がゆっくりと次の質問をした。「チェスはしますか?」

ミニーがじっとこちらを見つめている。

「いいえ」ロバートは妻から視線を離すことができなかった。

「これまでにチェスをしたことはありますか?」

「子供のころに何度かありますし、ルールくらいは知っています。だが、それだけです」

「あなたがビラの中に書いた〝ディスカバード・アタック〟という言葉は、チェスの難解な解説書に書かれている戦術用語です。なぜそんな言葉を知っていたのか説明できますか?」

「できます」

法廷全体がしんと静まり返った。

「あのビラを作っていたころ、チェスに詳しい人物と話をしました。ミスター・マーシャルではありません」

「では、誰ですか?」

たとえ手紙を読んでいないとしても、ミニーはもう何が起きようとしているのか気づいているだろう。法廷に来るように頼んだ理由も、秘密はもらさないと約束したにもかかわらず公衆の面前で裏切ろうとしていることも。こんなことなら今朝、彼女を起こし、自分の口から話しておくべきだった。

ミニーはじっとこちらを見つめ、奇妙なことに親指と人差し指を唇にあててキスをしたあと、その指をこちらへ向けた。

ミニー、すまない。

「一八五一年に」まるで自分の声ではないようだった。「ミナーヴァ・レインという名前の一二歳の少女が、チェスの国際競技会で優勝寸前まで行きました」

一八五一年はミニーが父親に裏切られた年でもある。そしてわたしは今、その父親と同じことをしようとしている。

「あなたはミナーヴァ・レインとお知り合いですか？」

刃物を突き立てる瞬間、ロバートはあえてミニーの目をまっすぐに見つめた。彼女は目を見開き、蒼白な顔で、キスをした指をゆっくりとおろした。

まるで口の中いっぱいにガラスの破片を頬張っているような気がする。それでもロバートは次の言葉を口にした。「わたしは彼女と結婚しました」

26

　こういう展開になるのを知っていたとはいえ、それでもミニーは平静ではいられなかった。不安に襲われ、心臓が動いているのかどうかさえもわからない。夫の最後のひと言を聞き、全身が凍りついた。証人が誰を見ているのか知ろうと傍聴人たちが振り返り、非難するような目でこちらを見たとき、恐慌状態に陥った。法廷内のどよめきが大きくなった。

「あそこにいる女性だ」誰かがそう言う声が聞こえた。

　息をすることもできなかった。肺が空気を求めてけいれんしている。大声が渦巻く中で、視界がどんどん暗くなった。ロバートが証言台で、手すりから身を乗りだしている姿が見えた。それを最後にミニーは気を失った。

　最初に意識が戻りかけたのがいつなのかはわからない。ゆっくりと夢から覚めるように、周囲の様子がしだいにわかるようになった。馬車に揺られている。ロバートの腕の中にいるらしい。首筋に息がかかっている。彼の手が温かい。励ましの言葉をかけられているのがわかった。だが、目が開かなかった。

　また深い眠りに落ちたものの、それからも何度かうっすらと意識が戻った。誰かに抱きあげられ、階段をのぼっている。何か柔らかいものの上に寝かされた。不安な夢を見ながらも、夫の声が聞こえた。くぐもったささやき声を耳にしながら、ミニーはまたうとうとと眠りに落ちた。

はっきりと目が覚めたときは、すでに午後になっていた。ベッドに横たわっている。いつものベッドではない。自分の寝室にあるベッドだ。ここで眠るのは初めてだった。こんなところにいるのはいやだ。

シルク地のブルーのドレスとコルセット、ペチコートは脱がされ、シュミーズ一枚になっていた。もう群衆はいない。公衆の面前で倒れたことを思いだした。法廷の様子や証言台に立つロバートの姿、彼がこちらを見ながら秘密を暴露したことも覚えている。

怒りはなかった。心が空っぽになっているだけだ。ミニーはため息をつき、体を起こした。倒れたことは覚えているものの、不思議なことに痛い思いをした記憶はなかった。用心しながら片足ずつ床におろした。そっと体重をかけてみる。大丈夫そうだ。

そのとき、椅子に座っている女性の姿が目に入った。

「リディア」ミニーは息をのんだ。「どうしてここにいるの？」

リディアが立ちあがった。「クレアモント公爵に呼ばれたの」暗い顔をしている。「何があったのかは聞いたわ。あなたがわたしを必要としていると言われて、ここへ来たのよ」

「でも……」

「ごめんなさい」リディアはそう言うと駆け寄ってきた。「嘘をつかれたと思っていたの。

あなたがわたしを信用してくれないなら、わたしもあなたを信頼できないと」ミニーの隣に腰をおろす。「何も話してくれなかったとあなたを責めたのは間違いだったわ。あなたが大勢の人の中にいるのがつらいのは知っていたし、それで気を失うところを見たこともある。よく考えればわかったはずなのに、ひどいことを言ってしまって……」

ミニーは友人の顔を見た。「もういいの」

「それではわたしの気がすまないわ。わたしが妊娠したのを知って、大丈夫よと慰めてくれた言葉は嘘じゃなかった。わたしが流産して、死ぬのではないかとベッドで怯えていたとき、ずっと本を読み聞かせてくれたときの優しさも嘘じゃない。もちろん、どうして話してくれなかったんだろうという気持ちはあるけれど……」落ち着いた声になった。「わたしたちのあいだに嘘は一度もなかったのよ。わたしがつらいとき、そばにいてくれたように、わたしも早くあなたに会いに来るべきだったわ」

リディアは二度と放してくれないのではないかと思うほど、きつく抱きしめてきた。ミニーはずっとこうしていたいと思った。

「ちゃんと謝ることができなくて……」リディアは静かに言った。「本当にごめんなさい」

ふたりは顔を見合わせて笑った。「もうそれ以上、謝らないで。それにあなたの言うとおりだもの。わたしはずっと……」ミニーは顔をしかめた。「話し声がするわ」

リディアはあたりを見まわした。「ああ、あれは公爵がご自分の部屋で使用人たちに指図している声よ」

ロバートの部屋？　違う、ふたりの寝室だ。結婚してからは一度も別々に眠ったことはない。ここ数日、彼が暗い気持ちでいるときも同じベッドに入った。わたしは自分の寝室など使ったことはなかった。

たしかに夫の声だ。何を話しているのかまではわからないけれど、声の抑揚やてきぱきと指示を出している口調は伝わってくる。

「どうして彼はここにいないの？」

自分を家に連れ帰ってくれたのはロバートだ。リディアを呼びにやってくれたのもそう。前回気絶したときは、そばについていてくれた。それが世間の噂になれば求婚するしかないとわかっていながら。それなのに、なぜ今はここにいないのだろう？

リディアは首を横に振った。「いろいろとお忙しいから」

「そんなのおかしいわ」ミニーは衣装戸棚から部屋着を取りだして身につけ、ふたりの寝室を隔てるドアへ向かった。体重をかけて取っ手を押しさげると、ドアが自然に開いた。

ロバートのほかに従者と従僕がふたりいて、トランクがいくつも広げられていた。ロバートはこちらに背を向け、使用人たちが動きまわるのを見ている。別の従僕が腕に何着ものベストをかけて化粧室から出てくると、それをトランクにしまった。ミニーは時間が止まったような気がした。

「いったい何をしているの？」彼女は尋ねた。

こちらに背を向けたまま、ロバートが体をこわばらせた。使用人たちは顔をそむけ、音を立てないように気をつけながら仕事の手を速めた。好奇心からか、ときおり横目でちらちらとこちらを見ている。

「意外に早く意識が戻ったな」ロバートはこちらを見ようとはしなかった。「きみが眠っているあいだに出発するつもりだったのに」

「どこへ行くの?」

ようやくロバートがこちらを向いた。だが、視線はそらしたままだ。

「この家を出るつもりだ」

その言葉を聞いて、使用人たちがいっせいにミニーのほうを見た。視線が自分に集まったことで、ミニーは再び恐慌状態に陥った。気絶するのはつらいことだが、それでも気を失ってしまえば現実と向き合わずにすむ。けれども今、この状況から逃げるわけにはいかなかった。胸が引き裂かれそうだ。

「家を出て、いったいどこへ行くの? いつまで?」

「わたしは約束を破った」ようやくロバートが口を開いた。「これ以上の仕打ちはないというやり方でね。さぞや怒りがおさまらないことだろうと思う」険しい表情になった。「許しを請おうなどとは思っていないし、それでもそばにいてくれとも言わない」彼は寂しそうにほほえんだ。「ただ、きみの気持ちを少しでも楽にしたいだけだ」

ミニーは頭が痛くなってきた。「それで家を出ていくと?」

「そうすれば言い争わなくてすむし、きみが物を投げることもない」彼はようやくミニーと目を合わせ、疲れた笑みを浮かべた。「欲しいものがあったら、なんでも遠慮なく言ってくれ」

使用人たちは何も聞こえないふりをしながら、さらに手の動きを速めた。

ミニーはゆっくりと部屋に入り、夫の前に立った。「何をおっしゃっているのかわからないわ」

「きみは守ってもらえると思ったからこそ、わたしと結婚したのに――」

「ちょっと待って」彼女は使用人たちに追い払うような仕草をした。「あなたたちはさがっていいわ。一時間ほど、ここへは来ないでちょうだい」

ひとりの従僕が困ったような目で腕にかけたクラヴァットに目をやり、別の従僕は主人の顔を見た。ロバートは黙ったままだ。

ミニーは手を叩いた。「何も片づけなくていいから、今すぐに出ていって」

使用人たちは慌てて部屋をあとにした。

ミニーが振り返ると、ドアのそばで目を丸くしているリディアが、わかっているというように両手をあげた。「わたしも帰るわね。また会いに来てちょうだい」

リディアはロバートをにらんだあと、部屋を出ていった。

足音が聞こえなくなるのを待って、ミニーは夫の胸を強く押した。

「あなたって、本当に愚かな人ね。いったいどういうつもりなの?」

「仕方がなかったんだ」ロバートはじっと彼女を見た。「オリヴァーは血のつながった弟だ。

だから――」

「まったくもう」ミニーはふたたび夫の胸を押した。彼はよろめき、ベッドにぶつかった。

「そのことじゃないわ」

「今朝、きみに手紙を残していったんだ。だが本当はきみを起こして、ちゃんと話すべきだった。それを悔やんだときは、もうあとの祭りだった。きみをあんな目に遭わせてしまったと思うと――」

「手紙はちゃんと読んだわ」彼女は言った。「そのうえで法廷に行くことを決めたの」

「手紙は……なんだって？」ロバートが啞然とした顔で目をしばたたいた。

「ちゃんと読んだと言ったの」ミニーは続けた。「あなたの考えは正しいと思ったわ。どのみち、わたしの過去を隠し通すことなどできなかったのよ。わたしたちがどうしようと、いずれ世間に知られることになる。それでわたしは少しばかり屈辱的な思いをすることになるけれど、弟さんの人生がかかっていることに比べれば、たいしたことではないわ」

ロバートは戸惑いを隠せなかった。「だが、きみは――」

ミニーは夫の肩に手を置いた。「彼を助けるためには本当のことを話すしかなかったのよ。それがわかっていながら、わたしがあなたに黙っていてほしいと懇願するとでも思ったの？たしかにあなたが真実を語ったときは怖いと思ったし、もう二度とあんなことはしてほしくない。大勢の人に見られると息ができなくなるし、何も考えられなくなるもの」彼の目をのぞきこんだ。「あのときは苦しかったけれど、別に人生が終わるわけではないわ。それなのにあなたは、これでわたしたちの結婚は終わりだと思っている」

ロバートは目をしばたたいた。「そうではないのか?」ようやく目を合わせ、驚いた声で言った。「だが、本当は怒っているんだろう? そんなことは見ればわかる」

「もちろん怒っているわよ」

彼は頭を振った。「それでも、まだわたしと一緒にいてくれるのか?」

「怒っているのは、あなたがわたしのことを少しは大切に思っていると信じていたからよ。なのにあなたはわたしとの関係を修復する努力をしようともせず、家を出ようとしている」

「努力といっても……」ロバートは呆然とした顔になり、荷造りしかけたトランクや、従僕が戸棚の引き出しにかけていったクラヴァットへ目をやった。

「どうすればいいんだ?」疲れたような声だった。「きみを傷つけることになるのはわかっていたのに、わたしはきみを裏切った。それについては弁解のしようもない。ましてや、許してくれなどと言えるわけもない。きみが怒るのは当然だからな」

ミニーには夫の気持ちが痛いほど理解できた。ロバートは幼いころ、母親に見捨てられている。父親は彼のことを、妻に金を出させるための道具としか見ていなかった。そんな人生を送ってきたからこそ、わたしの裏切り行為は許せたのに、自分のことになると希望を持つことさえできないのだ。

彼女はロバートの手を握った。「わたしが怒っているのは、あなたがわたしとの結婚生活を簡単にあきらめようとしているからよ」

彼はミニーの目をのぞきこんだ。「だが……」

「あなたが口論は嫌いなのは知っているわ。でも、口論したって結婚生活は終わらない。それが終わるのはあきらめたときなの」

ロバートが唾をのみこんだ。「きみは口論をしたいのか？」

「そうよ。そしてあなたが、自分が悪かったと本気で言うのを聞きたいの」

彼はひるんだ。「わたしが悪かったということは、いやというほどわかっている」

「だったら誠心誠意、謝ってちょうだい。もう二度とあなたに傷つけられることはないと、わたしが信じられるように。またこんなことが起きたときにはちゃんと話し合って、どうするかはふたりで決めると約束してほしいの」

ロバートが首をかしげてミニーを見た。

「そうしたら、わたしはあなたを許すから」

「なぜそんな手間をかけたいんだ？」

「あなたを愛しているからよ」彼女は言った。「心の底から愛しているから」

彼は深々とため息をついた。「本当に？」静かに尋ねた。

ミニーはうなずいた。

「わかった」そう言うと、ロバートは部屋を出ていった。

27

わけがわからず、ミニーはロバートが閉めたドアを見つめた。どうして彼は出ていったの？　いったいどこへ行ったのかしら？　わたしはどうしたらいいの？

彼が外出するかどうか確かめようと思い、ミニーは窓の下を見て、はっとした。玄関の前にちょっとした人だかりができていたからだ。茶色や黒の帽子をかぶった男性たちが、三重になって玄関を取り囲んでいる。そのうちのひとりが顔をあげ、こちらを指さした。

ミニーは慌ててうしろにさがった。一気に鼓動が速くなった。

これではロバートが家を出ていっても、あとを追うことさえできない。

窓に背を向けたとき、戸棚の上に新聞が置かれているのが目に入った。それを手に取って開くと、今日の午後に印刷されたものだとわかった。まだ発行されてから一時間も経っていないに違いない。

〝クレアモント公爵、ビラを書く〟という見出しが躍っていた。その下にもう少し小さな活字で、〝公爵夫人はチェスの優勝者〟という副題が書かれている。

その見出しをもう一度読み、意外と何も感じないことに気づいて、ミニーは頭を振った。

「きっと……」彼女はつぶやいた。「〝公爵夫人は男の子の格好をして世間をだました元詐欺師〟では入りきらなかったのね。字数がかぎられていることに万歳だわ」

記事は驚くほど公平な立場で書かれていた。昔は怪物とか、ぺてん師とか、悪魔の子などとなじられたものだが、そんな言葉は使われていなかった。過去の事実を短く伝えているだけだ。当時、父親の言葉には不思議な説得力があったが、その力が歳月の流れとともに色あせていることにも軽い衝撃を受けた。

〝すべては娘が考えたことだとミスター・レインは主張したが、一二歳の子供が詐欺行為に加担したという証拠は見つかっていない〟

巨大な怪物だと思っていたものが、改めて見てみたら一五センチほどの身長しかないとわかったような気分だ。世間は子供を犯罪者だと責めることはしても、相手が公爵夫人だと大目に見るのかもしれない。

今日の裁判に関する記述も、思っていたものとはまったく違った。

自分が失神したことを伝える内容を読むのは奇妙なものだった。みずからの感情を遠くから眺めているような気分だ。法廷でのざわめきは耳に残っているものの、今ならそれは非難ではなく、驚きの声だったと理解できる。自分が蒼白になっている姿は目に浮かぶようだが、それでも脂汗が出たり、鼓動が速くなったりすることはない。

そのあと何が起きたのかも知ることができた。ミニーが気を失って倒れたあと、近くにいた男性が唾を吐きかけた。それを見たクレアモント公爵未亡人が日傘で男性の頭を叩き、誰も近づかないように周囲をにらみつけたらしい。

これは誇張だろうけれど、ロバートが長椅子を三列飛び越え、駆け寄ってきたとも書かれている。

〝クレアモント公爵は奥方を法廷から運びだすとき、新聞記者の質問に短くお答えになった。それによれば、公爵は結婚時から奥方の身元をご存じだったという。婚姻届にミナーヴァ・レインの名前が記載されていることからも、それが間違いのない事実だとわかる。公爵は奥方を選んだ理由について、「最高の女性が目の前にいるというのに政略結婚を選ぶ必要はない」と述べられた〟

ミニーは新聞を置き、涙をこらえようと目を閉じた。ロバートがそう言ったときの様子が目に見えるようだ。きっとあきれた顔をして、いらだたしげな目で記者たちを見たに違いない。そのときの記憶はないけれど、彼に抱きかかえられている感覚は体に残っている気がする。

これらの事実をどう理解すればいいのかはわからない。でもひとつ、はっきりしていることがある。

ロバートは必ず戻ってくる。

その二段ほどしかない記事をさらに読み進んだ。関連した事件として、スティーヴンス大尉が公職を遂行するのと引き換えに賄賂を受け取った容疑で身柄を確保され、告発されたと書かれていた。ミニーは力なくほほえんだ。いい知らせだわ。

ドアが開いた。ロバートが本を胸に抱え、迷っているような表情で廊下に立っていた。

「これを台なしにするようなまねをするかもしれないが、そのときは許してほしい」彼は穏やかに言った。「こんなことをするのは初めてなものでね」

「何をするつもり?」

ロバートは部屋に入り、革で装丁された本を近くの戸棚の上に置いた。

彼女が贈った読本だ。ロバートは本に目をやり、それからミニーを見た。

「どの文字が何を表すか考えたんだ。それをきみに話そうかと思って」

この人は緊張しているのだ。ミニーはしばらくしてから、そう気づいた。彼は横目でちらりとこちらを見たあと、最初のページを開いた。「Aは……一生、きみを愛しつづける《オール・ザ・ウェイ・アイ・ラブ・ユー》、のAだ」

また涙がこみあげそうになり、ミニーは視界が曇らないように何度もまばたきをした。今はロバートのブロンドや、唇を噛んだ表情を見ていたい。

彼は顔をそむけた「下手くそだな」そうつぶやくと、表紙の端に手をやった。本を閉じかけているのだと気づき、ミニーは慌ててページのあいだに手を差し入れた。

「だめよ。続けてちょうだい」

一瞬その手をどけようとして、ロバートは唾をのみこんだ。

「下手なんてことはないわ。わたしを愛していると言ってくれたんだもの」

「そうか」彼は静かに言い、ミニーの言葉をしばらく噛みしめたあと、また本を開いた。

「言いたいことはたくさんあるんだが、アルファベットは二六文字しかないから、ちゃんと選ばないとな」

中世時代の書物に出てきそうな、鮮やかな緋《ひ》色が使われているＢの文字のページを開いた。ブナの木《ビーチツリー》がＢの縦線となり、カーブした線の上にチョウ《バタフライ》が止まっている。

「Ｂは、でも、わたしは間違いを犯すだろう《バット・アイ・アム・ゴーイング・トゥ・メイク・ミステイクス》、のＢだ」ロバートはちらりとこちらを見たあと、Ｃのページに進んだ。「Ｃは告白《コンフェッション》のＣ。告白の仕方も知らないし、どうすればよい夫や、よい父親になれるのかもわからない。わたしが父から学んだのはやってはいけないことばかりで、お手本がないんだ。だが……」またページをめくる。「Ｄは決意《ディタミネーション》のＤ」次のページを開いた。「Ｅは永遠に《イターニティ》、のＥ。永遠にきみのことをあきらめはしない。そしてＦは許し《フォアギブネス》のＦ。まともなことができるようになるまでには、たくさんの許しが必要になるだろうから」

「今のあなたはとてもまともで、すてきよ」ミニーはほほえんだ。「続けて」

ロバートはうなずき、次のページへ進んだ。「Ｇは……しまった《グッド・ヘヴンズ》、のＧだな。ちゃんと書き留めておけばよかった。なんのＧだったか忘れてしまったよ」

ミニーは笑った。彼はまごつき、顔をしかめた。「本当なんだ。Ｈも覚えていない。全部の文字を使ってあれこれ考え、すごくいい文章を組み立てたのに。わたしがそれを言い終えたら、きみは感動してわたしの腕の中に飛びこみ、万事めでたしとなる予定だった」

ミニーはＭのページを開いた。書店でこのページが展示されているのを見たのがきっかけで、この本を買うことに決めたのだ。Mの文字には青色と黒色に金色が交じった色が使われている。クワの木《マルベリー》の茂みが線となり、月明かり《ムーンライト》に照らされた空に文字が浮かんでいる。おそらく真夜中《ミッドナイト》をイメージしているのだろう。

「大切な文字よ。Mはわたしのム《ミー》。わたしはあなたのものよ。あなたが間違い《ミステイク》を犯しているときもね」ページを指先でとんとんと叩く。

ロバートがゆっくりと彼女を抱きしめた。「ミニー、わたしのミナーヴァ。きみがいなくなったら途方に暮れそうだ」

「大切な文字がもうひとつあるわ」ミニーはひとつページを戻した。「Lは愛《ラブ》のL。愛しているわ、ロバート。あなたの優しさも、正直なところも、貴族制度を廃止したがっているところも、みんな大好きよ」彼を抱きしめ返す。「一度ぐらい傷ついたからって、そんなことであなたをあきらめたりはしない」

「だが――」

ミニーは首を横に振った。「その話はあとにしましょう。今はやらなくてはいけないことがあるもの」

「そうだな」

「玄関前に記者がたくさん集まっているわ。わたしの正体を明かしたばかりだから」

「追い払ってくる」ロバートは立ちあがった。

彼女は片手をあげてそれを制し、ゆっくりと言った。「いいえ、そんなことをしなくても大丈夫よ」

「奥方を社交界に出されるおつもりですか？」

「クレアモント公爵未亡人は今回の件をどうお考えなんです？」

「ビラを書いたのは政治的な策略ですか？」

およそ二時間後、ロバートが応接間に入ると、矢継ぎ早に質問が飛んできた。ほかの記者の質問が終わるのも待たず、たたみかけるように怒鳴る声が耳障りだった。すでに日は暮れ、いくつもあるランプには火が灯り、室内は人いきれでむっとしている。

新聞記者たちは一五分前に応接間に入り、すっかりくつろいだのか、他人の私邸で怒鳴ってもいいと勘違いしているようだ。

弟が応接間に入ってきたのを見て、ロバートは片手をあげ、記者たちを黙らせようとした。それでもまだ大声で質問は続いたが、彼が無言でひとにらみすると、やがて室内は静かになった。

「諸君」ロバートは言った。「ひとつ言っておきたいことがあります。わたしはあなた方を自宅に招き入れ、紅茶と甘いビスケットを振る舞いました」

何人かの記者が上着についたビスケットのくずをこっそり払い落とした。

「わたしが決めた決まり事に従えば、質問にはいくらでもお答えしましょう。ですが、快適な会話を超える大声を出した方は出ていってもらいます。質問の順番を守らない方もつまみだします。暴徒のように振る舞えば、こちらも暴徒として扱います。ですが礼儀正しく行動してもらえれば、すべての質問にお答えします」

「閣下！」うしろのほうにいる記者が声を張りあげた。「どうして決まり事なんか？　何か恐れてることでもあるんですか？」

ロバートはいかめしく首を横に振った。「オリヴァー、そちらの方を玄関へご案内してくれ」

「待ってください！　ぼくは別に――」

抗議の声を無視し、ロバートは見せしめとして、その記者を応接間から追いだした。必死に弁解を続ける男の背後でドアが閉まると、彼はまた記者たちのほうへ顔を向けた。二〇人ほどがほかの部屋から運んできた椅子に腰かけ、全員が帳面を手にしている。およそ四〇の目が用心深そうにこちらを見ていた。

「これに関して容赦はしません」ロバートは言った。ドアが開き、弟が戻ってきた。「オリヴァー、質問方法の手本を見せてさしあげてくれ」

弟は近くの席に座り、黙って手をあげた。

ロバートは弟を指さした。「そこの壁際の方、質問をどうぞ」

「閣下」オリヴァーは普通の大きさの声で話した。「なぜ決まり事などお作りになったのでしょうか？　何か恐れていらっしゃることでもおありなのですか？」

「いい質問です」ロバートは言った。「あとで公爵夫人がここへ来ます。ですが、怒鳴り声をあげるような輩《やから》の前に妻を出す気はありません」

記者たちは緊張した面持ちで前のめりになった。

「これでおわかりでしょう」ロバートは続けた。「質問方法さえ守ってくれればいいのです。内容に関してはどんなことでも結構です。ただし、あまりに個人的なことはお答えしません。では、どうぞ」

記者たちは不安げな顔で顔を見合わせた。やがて、うしろにいる男がおずおずと手をあげた。ロバートはうなずいてみせた。

「閣下、なぜミナーヴァ・レインとご結婚されたのですか？」

「わたしは美しくて、賢くて、勇気のある女性を公爵夫人にと望んでいました。家柄や経済力はどうでもよかったのです。そのうえ妻と愛し合える関係になれたことは、大きな喜びです」彼は次の記者を指さした。「どうぞ」

「奥方様は普段はズボンをはいていらっしゃるのですか？」

誰もが満足するような答えを提供しないかぎり、この質問はこれから繰り返し聞くはめになるだろう。

「妻がわたしの金でいちばんに何をしたかわかりますか？」ロバートは尋ねた。「パリの仕立屋に行ったんですよ」

小さな笑い声が広がった。

「真面目な話、妻ほどドレスの似合う女性は、ズボンをはこうなどとは思わないものです」

記者たちはさっそくペンを走らせた。

ミニーの言ったとおりだ、とロバートは思った。〝男の人には、女性とはこうあるべきだという思いこみがあるわ。現実にはそんな女性はいないけれど、その思いこみを逆手に取って利用することはできる。何かある一点で、その思いこみを満足させればいいの。そうすれば、ほかの点が違っていても気にしなくなる〟彼女はほほえみながら説明した。〝わたしの場合は簡単よ。きれいなドレスが好きだと言えばいい。本当にそうだというところを見せれば、ほかのことはもう訊いてこなくなるはずよ〟

「それは結構なことです」次にあてられた記者が言った。「ミナーヴァ・レインは子供のころ父親に詐欺を働かせ、そのせいで父親は有罪となり、早死にしたと言われています。その件についてはどうお考えですか？」

その質問に怒りを覚え、ロバートは冷静になろうと歯を食いしばった。

「まったく信じていません。妻の父親は偽名で銀行口座を開き、娘のいないところでまわりに嘘をついたことがわかっています。常識的に考えれば、死刑になるのを恐れ、自分の娘が犠牲になるのもかまわずに、また嘘をついたのでしょう。そのことで妻の心はもう充分に傷ついています。ここはぜひとも夫としての権利を行使し、公爵夫人の名誉を汚すようなことをほのめかす人間に対しては、それなりの対処をしたいと考えています」

記者たちが、またいっせいにペンを走らせる。

〝それを言うからには、少なくとも一度は実行しないと効果がなくなるわ〟

喜んで実行しようじゃないか。

「ちょうど公爵夫人の話をしているところですし……」ロバートは言った。「そろそろ妻を呼んできましょう」

彼が背を向けると、記者たちはひそひそとささやきはじめた。脇のドアを通り抜け、隣の部屋に入った。

ミニーが両手を握りあわせ、部屋の中を行ったり来たりしている。

その姿を見て、ロバートは立ち止まった。初めて見るドレスだ。パリで愛を交わす合間に仕立てたものだろう。生地は光沢のある深紅色で、人目を引くデザインだ。コルセットをきつめに締めているせいで、体の曲線が強調されている。彼が贈ったルビーのネックレスが、ドレスによく似合っていた。

素肌の腕に黒いショールをまとい、髪には花飾りをつけている。それに加えて口元の近くに、ロバートが前世紀の肖像画でしか見たことのないようなつけぼくろがあった。そのせいで、頬についた白く細いクモの巣のような傷痕が暴力の名残ではなく、とてもおしゃれに見える。現代的なデザインのドレスと古典的なつけぼくろという組み合わせが、ミニーをどの時代にも属さない存在に押しあげていた。

ロバートは思わず見とれた。

「惚れ直したよ」声がかすれる。「きれいだ」

「そう？　お母様なら、つけぼくろが気に入らないとおっしゃるでしょうね」ミニーは言った。「応接間にいるのは何人くらいなの？」

彼は妻のそばに寄った。「二〇人ほどだ。礼儀正しく振る舞うように、たっぷり脅しておいた。本当に大丈夫か？」

ミニーは大きく息を吸い、そのせいで胸元が震えた。「ええ」

ロバートは彼女の手を取った。「妙なことを言うやつがいたら、わたしが地獄に送りこんでやる」

妻の手は冷たくて汗ばみ、呼吸は速かった。

「ずっとそばについている。誰もきみに近寄らせはしない。約束するよ」

「ありがとう」ミニーは彼の手をぎゅっと握りしめた。ロバートはその手を取ったまま、彼女と一緒に応接間へ入った。ミニーが気力だけでもっているのか、それとも本気で自分の姿を記者たちに印象づけようとしているのかは、よくわからない。

どちらにしても、彼女の態度は堂々たるものだった。記者たちはその姿を見て息をのみ、慌てて立ちあがった。まるで男装をして現れると思っていた相手が、これほど美しくて華やかな女性であることに驚いたとでもいうように。

ミニーはほほえみこそ浮かべていたが、いっせいに注目を浴びたせいで緊張が高まったらしく、手首の脈が速くなり、指先に力が入った。必死の思いで耐えているのだろう。誰かが大声を出したり、暴徒を連想させるような音を立てたりすれば、このまま失神してしまうかもしれない。しかし記者たちは追いだされたくないからか、しんと静まり返っていた。

ロバートは妻の手を取ったまま、背もたれのない長椅子へとエスコートした。長椅子は少し高さのある台の上に置かれている。

「まるで王座に座ったようで緊張しますわ」

記者たちのあいだに笑いがもれた。

「ひとつ、お詫びをさせてください」あまりに小さな声だったので、記者たちは身を乗りだして耳を傾けた。「みな様に静かにしていただくようお願いしたのは、このわたしなのです。声が小さくて、それに緊張しているものですから」

記者のひとりが手をあげた。「それは何か知られたくない事実が、ここで明るみに出るのを恐れていらっしゃるからですか?」

なんとも大胆な質問だ。だが、ミニーはひるまなかった。

「いいえ。心の問題を抱えているからです。わたしは一二歳のとき……」いったん言葉を切り、呼吸を整えてから、ふたたび話しはじめた。「一二歳のとき、父親が裁判でどんな証言をしたか、わたしが暴徒に襲われてどうなったか、新聞記者であるみな様はすでによくご存じだろうと思います。そのときの傷痕がこれです」頰に触れてみせる。「それ以来、たくさんの人がいるところへ行くと、息が苦しくなるようになりました。大勢の人に見られると、そのときのことを思いだして耐えられなくなるのです。みな様がメモを取るためにうつむかれるのは、わたしにとってはありがたいことです。ずっと見られているより、はるかに気分が楽ですから」ミニーは申し訳なさそうな笑みを浮かべた。しかしロバートの手を握る指先には、まだ力が入ったままだった。

記者たちが今の言葉を書き留めた。彼らは気づかないだろうが、妻の頬が青ざめ、唇の色が薄くなっていることを、ロバートは見て取った。

「これほど歳月が経っているというのに、当時のことを思いだすといまだに手が震えます」彼女はロバートから手を離し、本当に震えていることを記者たちに見せた。「もしみな様がもう一〇人多かったら、この場に出てこられたかどうかわかりません。もしどなたかが怒鳴り声をあげたりすれば、わたしは失神してしまうでしょう」もう一度ほほえむ。「それが今日、法廷の場で起きたのです」

「公爵夫人ともなれば舞踏会やパーティに出席なさらないわけにはいかないでしょうに、それはどうされるおつもりですか？」

「ええ、きっとたくさんの招待状をちょうだいすることになるでしょうね」

その件については、ロバートはもう何度もミニーと話し合っている。

「ただ、たとえわたしが出席をお断りしても、そこに悪意はないということはわかっていただけると思います。最初の二、三年はこちらで小さなパーティを開き、お客様をお招きしたいと思っています。そうすることで、まずはクレアモント公爵の寛大なご友人たちとお付き合いをさせていただき、いずれはもっと多くの方々とお知り合いになれるだろうと信じています」

「過去のことが原因で、社交界で孤立するかもしれないというご心配はありませんか？」

「わたしと関わることを望まれない方もいらっしゃるでしょう。それに今の状況を考えますと、わたしの交際範囲はどうしても狭いものになります。そういう人間関係がわずらわしくて身を引かれる方がおいでになるとしたら、それは仕方のないことだと思っています」ミニーは記者たちに向かってほほえんだ。

彼女が話すあいだも、記者たちはずっとペンを走らせていた。きっと明日は多くの新聞に妻の言葉がそのまま載ることだろう、とロバートは思った。だが顔をあげる人間が少ないのは、彼女にとっていいことだ。

ミニーはどの点をとっても女性らしく振る舞っている。自分の弱さを見せ、記者たちの警戒心を解いた。しかし壁の近くに座っている白髪交じりの男だけは、興味深そうに彼女のことを見ていた。たしか名前はパレットだったと記憶している。ロバートたちが生まれるよりも前から、ロンドンで政治と噂話にまつわる記事を書いている男だ。パレットはすでにこちらの考えに気づいているのだろう。ミニーはたった今、ロンドン社交界の女性たちに向けて、自分は仲間に入れてほしいと懇願などしないし、高い評価を得るために卑屈になったりもしないと宣言した。クレアモント公爵夫人と友情を結べるのは少ない人間だけにかぎられた栄誉であり、こちらは慎重に相手を選ぶと言ったのだ。

パレットが手をあげた。「子供のころにチェスで才能を発揮されたのは、まぐれあたりが重なったからですか？　それとも、やはり何か詐欺の手口を使ったのですか？」

ミニーの口元に小さな笑みがこぼれた。本心から笑っているようだ。

「いいえ、どちらでもありません」

パレットは片眉をつりあげ、しばらく考えこんだ。「先ほど緊張しているとおっしゃいましたが、ちっともそういうふうには見えませんね」

「以前は不安を覚えると、何も感じてはいけないと自分に言い聞かせて、なんとか気持ちを静めてきました」ミニーはロバートの手を握った。「今はひとりではありませんから、それが大きな力になっています」

ひとりではない。

その言葉がロバートの胸を打った。自分たちは手をつないでいるだけでなく、こうして並んで座っている。一緒にこの試練に立ち向かっているだけでなく、ともに人生を歩んでいる。楽なことばかりでも、楽しいことばかりでもないだろう。しかしどんなにつらいときでも、ミニーがそばにいてくれるほうがいい。

自分はひとりではない。今ははっきりとそう思える。妻も、そして弟もいる。ミニーがもう一方の手を重ねてきた。ロバートはちらりと彼女の目を見た。この会見が終わり、記者たちがクレアモント公爵夫妻はなかなかしっかりした人物だというニュースを発信するために帰社したら、わたしたちはひとりではないということをミニーと確かめ合おう。

ネックレスはつけたままがいい。だが、衣服は……。

「閣下」記者の声で、ロバートの楽しい空想は中断された。「ビラの件ですが、あれをお書きになった意図はなんでしょう?」

「簡単なことです」ロバートは答えた。「公爵という立場にいる人間は、自分の幸せだけではなく、国全体の幸福を考えなければならないと思ったからです」彼はオリヴァーと笑みを交わし、身を乗りだした。「声をあげたい人々を黙らせてしまっては、その務めが果たせません。スティーヴンス大尉の逮捕は始まりにすぎないのです」

ミニーが手を握りしめてきた。

「どこまでできるかわかりませんが、今回の件はその第一歩ですよ」

エピローグ

四年後

はたから見ればいつものくつろいだ集まりに見えるかもしれないが、そうではないということをロバートは理解していた。部屋には緊張した空気が流れている。隣に座っている客人はこぶしを握りしめ、身を乗りだしていた。その向こう側ではオリヴァーと、その父親がじっとチェス盤を眺めている。向かい側にはリディアと、その夫が椅子に腰かけていた。リディアはチェスのことはほとんど知らないが、それでも口に手をあて、試合に見入っている。ほかにもふたりの客人が観戦していた。今日、招待したのは八人だ。

八人という人数なら、ミニーも緊張することはなくなった。それどころか、今は部屋の真ん中に置いた小さなテーブルでチェスの試合に没頭し、ここにいる一〇人の中でいちばん肩の力が抜けているように見える。

四年前、ミニーはロンドン社交界で話題の人となった。たしかに彼女には決して近づこうとしない貴族もいた。だが、社交界でそれなりに権力を持っている人間の大半は嫌悪感よりも好奇心のほうが勝り、ミニーを無視するようなことはしなかった。彼女が少人数のパーティを開けば、招待客はきちんと参加してくれた。みな、大物ばかりだ。

ミニーはしだいに女主人としての役割に慣れていった。まだ大人数のパーティには出席しないし、通りでじろじろ見られるのも避けている。しかし、このように本当の自分をわかってくれる人たちの集まりなら、もう大丈夫だった。今日は青いシルク地の美しいドレスを着ている。チェスの対戦相手は汗をかきはじめているというのに、彼女のほうは落ち着いたものだ。

ようやく相手が駒を動かした。ミニーの対戦相手は、一五年前にロンドンで行われた初の国際競技会で優勝したグスタフ・ハーンストだ。

彼女はちらりと見ただけで自分の駒を取り、それにキスをした。

ハーンストは首を横に振り、自分のキングを倒すと、椅子の背にもたれかかった。

「たいしたものですね。あのときはやはりあなたが勝つべきでしたよ」彼はドイツ人だが、なまりはほとんどわからない。「あなたとは、なんとしてももう一度勝負をしてみたいと思っていたんです」

ミニーは立ちあがり、握手をしようと手を差しだした。「いい試合でした」

「いやあ、すばらしかった。ご主人が招待してくださったことに感謝します。一五年前、あんな形で試合が中断されたのは本当に気の毒に思っています。もう少しであなたが勝つところだったのだから。あのときのことは、今考えても腹立たしいかぎりです。でもこうしてちやんと勝負をつけられて、本当によかった」

ミニーがロバートを見た。もう結婚して四年も経つというのに、彼はいまだに妻の目を見ると温かい気持ちになる。いや、目を見ただけで感情が読めるようになったおかげで、以前にも増して愛情は深まっている。ミニーが手をつないできた。

「広間に軽食のご用意をしてありますから、みなさん、どうぞ」彼女は言った。

案内はオリヴァーに任せ、ロバートとミニーはあとに残った。客人たちがいなくなると、ふたりは廊下の向かい側にある部屋のドアを開けた。

ロバートの母親は、そんな見世物みたいな催しは悪趣味だと言って観戦しなかった。だが、本当は別の理由があるのではないかとロバートはにらんでいる。

案の定、三歳になる息子のエヴァンは祖母の膝にのり、読本を見ていた。

「ガチョウ《グース》！」とても楽しそうだ。

「ほかにGから始まる言葉は何？」

「おばあさま《グランドマザー》！」エヴァンが答えた。

母は鼻を鳴らした。「それは結構。ほかには？」

エヴァンが顔をしかめる。「灰色《グレー》！　おばあさまの髪はグレーだよ」

「まあ、意地悪なことを言うのね」母は静かな口調で言った。それでも孫を抱いたまま、身をかがめて匂いをかいでいる。

「母上」ロバートは呼びかけた。「広間で軽食でもどうですか？」

母がこちらを見あげた。「そうね」わずかに眉をひそめる。「わたしは……いいわ」また身をかがめた。唇の端に笑みが見えた。「今、忙しいの」

訳者あとがき

ライムブックス初登場、コートニー・ミランのブラザー・シニスターシリーズ、第一作目『気高き夢に抱《いだ》かれて』をお送りいたします。

ときは一九世紀半ば、舞台はロンドンから北へ一五〇キロほど離れたレスターという街です。由緒あるホールで音楽会が開かれていた夜、クレアモント公爵ロバート・ブレイズデルは外の様子を見ようと、誰もいない二階の図書室でカーテンのうしろに入り、窓を開きます。そこへ足音が聞こえ、女性が入ってきます。女性は彼の存在に気づきません。しばし躊躇していたせいで、ロバートは彼女に声をかけるタイミングを失ってしまいました。

カーテンのうしろからちらりと見えた女性は地味なドレスを着ていました。彼女はチェス盤を見つけるとそれを見つめ、駒をひとつ取りあげてキスをします。それを見て、何か深い秘密がありそうだとロバートは感じます。

女性の名前はミニー・パースリング。中流階級の家庭に育ち、両親はすでに他界しており、決して経済的に豊かではありません。ミニーには世間に知られると身の破滅を招きかねない過去があり、そのときの経験がトラウマになっています。その過去を隠すため、名前を偽り、ひたすら目立たないようにひっそりと生きています。

両親の愛を知らずに育ったロバートは、ミニーの聡明さや謎めいた魅力、それに何より、彼女が自分を公爵ではなくひとりの人間として見てくれるところに惹かれてやみません。一方、つらい人生を送ってきたミニーは、ロバートの誠実さや明るさ、それに夢を追いかける信念を持った純粋さに強い魅力を覚えます。ですが、そこには身分の壁を超える大きな障害があり……。

著者のコートニー・ミランについて、少しご紹介しましょう。カリフォルニア大学バークレー校で理論物理化学を専攻し、ミシガン大学の法科大学院へ進学、優秀な成績をおさめます。その後、法律関係の職業についたあと、法科の教授となり、ロマンス小説家に転向しました。

デビューしたのは二〇一〇年。処女作でRITA賞のファイナリストとなり、今では《ニューヨークタイムズ》と《USAトゥデイ》のベストセラー作家です。現在はアメリカ北西部で、夫と中型犬一匹、気の強い猫一匹と暮らしています。

卓越したストーリーテラーのコートニー・ミランが紡ぎだす、甘く、せつなく、悲しい愛の物語をどうぞご堪能ください。また、第二作目もライムブックスより刊行予定ですので、そちらもお楽しみに。

二〇一五年四月

ライムブックス

気高《けだか》き夢《ゆめ》に抱《いだ》かれて

著　者　コートニー・ミラン
訳　者　水野《みずの》　凛《りん》

2015年5月20日　初版第一刷発行

発行人　成瀬雅人
発行所　株式会社原書房
〒160-0022東京都新宿区新宿1-25-13
電話・代表03-3354-0685　http://www.harashobo.co.jp
振替・00150-6-151594
カバーデザイン　松山はるみ
印刷所　図書印刷株式会社

落丁・乱丁本はお取替えいたします。
定価は、カバーに表示してあります。
 ISBN978-4-562-04470-2 Printed in Japan